Gefangen
in einem Schwur

Marion Krafzik

Wittenbecksweg 51
29649 Bispingen
E-Mail: info@marionkrafzik.de

www.marionkrafzik.de

Umschlag-Gestaltung: www.evelyntaresch.de
Lektorat und Korrektorat: Corinna Luerweg
www.hamburgerlektorat.de
Satz: Corinna Rindlisbacher www.ebokks.de

Jetzt

Wie ein aus feiner Seide gesponnenes Tuch umhüllt das Wasser ihren Körper. Ein Gefühl von unendlicher Freiheit und Geborgenheit berauscht ihren Geist, als sie immer tiefer in das nasse, dunkle Grab hinabsinkt. Sie spürt einen heftigen Schmerz in ihren Lungen, es fühlt sich an, als würden sie gleich zerbersten.

Wie ein Blitz schießt es durch ihr Gehirn, kämpfe um dein Leben, Marie. Kämpfe, du musst leben, Marie.

Sie schüttelt heftig ihren Kopf, nein, für so ein Leben, wie sie es hatte, ist es nicht wert, zu kämpfen.

Nein, sie will dieses schöne Gefühl des Dahingleitens festhalten, sie will die Bilder in ihrem Kopf weiterträumen, wie sie mit Ruth und Marleen unter dem Apfelbaum in dem Garten ihres Elternhauses steht und ihr Vater ihnen zuwinkt. Sie sahen so schön aus und wie fröhlich sie waren an diesem besonderen Tag vor acht Jahren. Wie oft hat sie sich gewünscht, dass es diesen Tag nie gegeben hätte.

Wie wäre ihr Leben dann verlaufen? Was wäre gewesen, wenn sie Marleen und Ruth nie kennengelernt hätte? Was wäre aus ihrem jetzigen Leben geworden, wenn sie nicht wieder an diesen Ort zurückgekehrt wäre?

Noch mehr Wasser dringt in ihre Lungen und ihr Körper krampft sich zusammen.

Leben, Marie, du musst leben. Was wird aus Marleen und Ruth, wenn du jetzt aufgibst? Soll denn alles vergeblich gewesen sein? All das Leid, der Druck, die Ängste und das Schamgefühl. Jetzt, wo du weißt, wie es wirklich war, darf es nicht vergeblich gewesen sein. Nein, nein, das darf es nicht. Marie reißt die Augen auf, um sie herum nur unendliches Schwarz, es macht ihr angst, doch sie entscheidet sich für das Leben.

Ja, sie will ein neues Leben beginnen. Sie will es mit aller Macht. Doch sie kann sich nicht mehr bewegen.

EINS

Acht Jahre zuvor

Marie reißt ihre Augen auf starrt auf ihren Wecker. Die roten Leuchtziffern verraten ihr, dass es 6.30 Uhr ist. Sie springt aus ihrem Bett, ihren blassblauen Pyjama hat sie wie immer schief zugeknöpft. Ihre langen braunen Haare sind völlig verwuselt, als hätte sie den schlimmsten aller Albträume durchlebt. Sie zieht das rot gestreifte Raffrollo hoch. Ihre Laune steigt sofort um einhundertachtzig Prozent, als sie den strahlend blauen Himmel erblickt. Endlich, denn seit einer Woche hat es wie aus Eimern geschüttet. Aber heute schickt die Sonne ihre wärmenden Strahlen auf Hamburgs Dächer. Marie öffnet das Fenster ihres Zimmers im obersten Stock der kleinen Doppelhaushälfte in Hamburg Stellingen. Sie atmet die Luft, die nach feuchtem Gras und fetter, reicher Erde riecht, ein. Es ist ein Geruch, den Marie liebt, er erinnert sie an ihre Kindheit auf dem Land. Nur selten riecht es in der Stadt so. Er ist etwas Besonderes und deshalb atmet sie noch einmal tief durch und hält die Luft in ihre Lungen so lange an, wie es ihr möglich ist, und atmet dann langsam aus. Vor ihrem Fenster ragen die Zweige des majestätisch großen Apfelbaumes. Er hängt voll mit roten, reifen Äpfeln. Einen davon will Marie unbedingt haben. Sie stellt sich auf ihre Zehenspitzen und macht sich ganz lang. Sie vollbringt eine akrobatische Leistung, um an den auserkorenen Apfel zu gelangen. Fast hätte sie das Gleichgewicht verloren, doch sie ist geschickt. In ihrer Hand hält sie einen perfekten Apfel. Bevor sie hineinbeißt, hält sie ihn unter ihre Nase und atmet den würzigen Duft ein. Zufrieden setzt sich Marie auf die breite Fensterbank. Sie hält ihr Gesicht in die Sonne und schließt ihre Augen, bevor sie in den süßen saftigen Apfel beißt.

Marie kneift ihre Augen zu kleinen Schlitzen zusammen und blinzelt in die Sonne. Heute ist es soweit. Sie hat lange auf diesen Augenblick gewartet, dass sie endlich das Abitur besteht und dann hinaus in die weite Welt kann. Sie möchte auf eigenen Füßen stehen, eigenes Geld verdienen und ihre erste eigene Wohnung einrichten. Und heute ist der große Tag, ihr großer Tag. Marie hält es nicht länger in ihrem Zimmer aus.

Wie ein kleines Mädchen reißt sie jubelnd die Tür ihres Zimmers auf und stürmt übermütig die knarrende

Holztreppe herunter. Der Geruch von Kaffee und leicht verbranntem Toast weht ihr entgegen. Unten in dem engen, verwinkelten Flur hört Marie ihre Mutter, wie sie mit monotoner leiser Stimme auf ihren Vater einredet. Marie bleibt abrupt stehen und hält den Atem an. Bitte nicht. Nicht an diesem Tag, denkt Marie. Sie schleicht sich zur Küchentür, unschlüssig darüber, ob sie hineingehen soll. Durch den Spalt der angelehnten Tür sieht sie ihre Mutter Franziska. Die Sonne scheint auf ihr schwarzes halblanges Haar, in dem sich kleine silberne Fäden spiegeln. Ihre Miene wirkt verbittert. Franziska wischt sich verstohlen eine Träne von der Wange und sieht entschlossen ihren Mann Georg an. Maries Vater rutscht nervös auf dem alten Küchenstuhl hin und her, er hat seine Hände in den Schoß gelegt und wie zum Gebet gefaltet. Mit schmalen zusammengepressten Lippen sieht er aus dem Fenster.

Betrübt dreht Marie sich um und schleicht sich zur Treppe. An der zweiten Stufe hält sie inne. Nein, so nicht. Entschlossen geht sie zur Küche, stößt die Tür auf und mit einem Strahlen im Gesicht sagt sie: „Ist das nicht der Hammer? Die Sonne scheint.“

Franziska wendet schnell ihren Blick ab und sieht aus dem Fenster. Maries Vater räuspert sich verlegen. „Ja, in der Tat, es ist ein wunderbarer Morgen“, Georg zwinkert seiner Tochter zu, „das hast du mir zu verdanken. Ich habe das schöne Wetter extra für den heutigen Tag bestellt. Damit er dir immer tief in Erinnerung bleibt.“

Marie beugt sich zu ihm herunter und gibt ihm einen

Kuss auf die Wange. Er hat sich noch nicht rasiert und die kleinen Bartstoppeln kitzeln sie. „Danke. Das ist das größte Geschenk."

Marie setzt sich auf ihren Platz und greift sich einen Toast aus dem kleinen Bastkörbchen und schmiert ordentlich Butter und Marmelade darauf.

Franziska wirft einen Blick auf die große Wanduhr über dem Herd und mit leiser Stimme sagt sie: „Es ist noch früh. Du hast noch viel Zeit. Ruh dich lieber etwas aus. Es wird heute noch anstrengend genug werden."

Marie beißt beherzt in den Toast, mit vollem Mund antwortet sie: „Ich kann nicht mehr liegen, ich bin viel zu aufgeregt."

Mit Nachdruck in der Stimme, der keine Widerworte duldet, erwidert ihre Mutter: „Nimm dir einen Teller mit nach oben und leg dich noch eine Stunde ins Bett."

Marie schaut erstaunt erst ihre Mutter und dann ihren Vater an. Es ist totenstill, nur die Uhr an der Wand tickt laut die Zeit hinfort.

Lang ausgesteckt liegt Marie auf ihrem Bett und starrt an die Decke. Die unzähligen kleinen Kissen, die sie sonst immer so akkurat auf ihrem Bett platziert hat, liegen verstreut auf den Boden. Ihre Eltern werden sich trennen, das ist so sicher wie das Amen in der Kirche. Marie hatte bis eben noch die Hoffnung, dass sie es sich doch noch anders überlegen, und diese nie aufgegeben.

Als Marie vor einem halben Jahr die Zusage bekam, dass sie an der Universität in München angenommen wird, rannte sie aufgeregt zu ihrer Mutter in die Küche und legte ihr die Zusage wortlos auf den Küchentisch. Marie wird nie den Gesichtsausdruck ihrer Mutter vergessen, er war gequält und doch versuchte Franziska, sich zu freuen. Mit einem leisen Lächeln sagte sie: „München? Eine schöne Stadt. Wird dir gefallen." Nach einer Pause fügte sie hinzu: „Aber warum ausgerechnet München? Du kannst doch auch hier einen Studienplatz in Germanistik bekommen, dann bist du nicht so weit weg von uns und wir könnten uns öfter mal sehen."

Marie zuckte nur mit den Achseln.

Mit einem verzweifelten, fast traurigen Seufzer nahm Franziska den pfeifenden Teekessel vom Herd und goss das kochende Wasser langsam in die Teekanne. „Ohne dich wird es einsam werden, Marie."

„Wieso einsam? Ihr habt doch euch beide."

Franziska sah ihre Tochter lange an. „Nein, das haben wir nicht."

„Nein, was?"

Franziska hatte sich mit einer Tasse schwarzem Tee an den Küchentisch gesetzt den Blick auf den kleinen zugeschneiten Garten gerichtet. In diesem Winter gab es viel Schnee. Schwer hing er auf den Ästen des Apfelbaumes.

„Ich fürchte, dein Vater und ich werden uns trennen, wenn du nicht mehr da bist." Sie sah ihre Tochter mit traurigen Augen an. „Du scheinst nicht überrascht zu sein." Marie schüttelte nur den Kopf, sie konnte nichts sagen. Sie wollte weglaufen, sie wollte ihre Mutter anschreien, doch stattdessen setzte sie sich zu Franziska an den Tisch. Sie hatte es geahnt, zu häufig war der Streit zwischen ihren Eltern geworden, das Genörgel ihrer Mutter wurde immer lauter und ihr Vater immer stiller.

Marie schluckte hart und räusperte sich, um diesen Kloß im Hals loszuwerden. „Das hatte ich mir gedacht. Aber ich meinte, wenn ich weg bin, dann könntet ihr wieder mehr für euch sein, mehr unternehmen, ihr braucht euch nicht mehr um mich zu kümmern.“ Marie umklammerte verzweifelt die Hand ihrer Mutter. „Bitte, ich tue auch alles, damit … ich lasse München sausen.“

Franziska unterbrach sie vehement. „Nein, das machst du nicht. Du hast dein Leben und wir haben unseres. Ach Kind, du bist doch nicht Schuld. Meine Süße, so ist das Leben nun mal, nichts ist für immer. Auch du wirst das noch erleben.“

Marie versucht, die trüben Gedanken aus ihrem Kopf zu verscheuchen. Ihre Augen wandern über die an die Wand gepinnten Erinnerungsfotos von der letzten Klassenreise, und das schiefe Regal, das vollgepfropft mit Büchern aus den unterschiedlichsten Genres ist. Sie nimmt ihren alten Teddy fest in die Arme. „Ach, Karl, wie werde ich das alles vermissen, dich und mein Kinderzimmer.“

Sie kommt sich albern dabei vor. Sie ist neunzehn und keine sechs mehr. Lachend drückt sie ihren Teddy Karl noch fester an sich und gibt ihm einen Kuss auf die ausgefranste Bärenschnauze. „Ich glaube, unsere Wege werden sich jetzt trennen. Vielen Dank, dass du mich begleitest hast.“ Mit Schwung landet Karl auf dem Fußboden.

Sie sieht auf ihre Uhr. Es ist fünf Uhr am Nachmittag. Es wird Zeit, sich fertigzumachen. Bevor sie unter die Dusche springt, stellt sie ihre Musik auf volle Lautstärke. Marie wäscht ihre langen dunkelbraunen Haare gründlich durch und rasiert sich ihre muskulösen Beine. Heute soll alles perfekt sein.

Sie wischt mit dem Handtuch über den beschlagenen Spiegel und betrachtet ihr Gesicht mit den großen rehbraunen Augen, die von dichten schwarzen Wimpern umrandet sind. Marie lächelt in sich hinein, ja, die hat sie von ihrer Mutter geerbt und die schlanke gerade Nase von ihrem Vater. Ihre Muter meint immer, sie sehe aus wie eine Aztekin. Marie hat nie verstanden, was an diesem Gesicht so schön sein soll. Sie findet sich eher normal. Sie wühlt in ihrem kleinen Schminktäschchen und entscheidet sich für ein dezentes Make-up, auch wenn Ruth ihr wahrscheinlich gleich wieder sagen wird: „Du musst mehr Farbe auftragen, damit dein Gesicht besser zur Geltung kommt."

Ruth und Marleen sind ihre beiden Freundinnen. Marie ist froh, dass sie die beiden kennengelernt hat, als sie vor fünf Jahren von der Kleinstadt in die große weite Welt nach Hamburg zogen. Es war alles andere als witzig. Marie erinnert sich daran, wie schüchtern sie war und wie selbstbewusst die anderen in der Schule auftraten. Wie sehr hat sie sich geschämt, dass sie modisch nicht up to date war und nicht Bescheid darüber wusste, wie das Leben in einer Stadt funktioniert. Sie hört immer noch die Hänseleien, die die anderen hinter ihrem Rücken tuschelten: „Das ist das Landei, wie die wieder aussieht, und hast du mal mit der geredet, ich sage dir, furchtbar, wie die sich ausdrückt.“

Sie wäre damals am liebsten im Erdboden versunken. Aber das ist Gott sei Dank lange her. Seitdem sie mit Marleen und Ruth befreundet ist und die beiden sie unter ihre „Fittiche“ nahmen, ist alles anders geworden.

Marie stellt die Musik noch lauter und stimmt in Cindy Laupers Lied ‚Girls just wanna have fun‘ ein. Ja, sie will heute Abend Spaß haben, zusammen mit ihren Freundinnen. Sie beugt ihren Kopf nach unten und föhnt ihre Haare. ‚Girls just wanna have fun, yeah, yeah.‘

Auf dem Bett hat sie ihr Kleid für den heutigen Abend drapiert. Es ist dunkelrot, eng geschnitten und hat ein tief ausgeschnittenes Dekolleté. Sanft streicht sie über den edlen Seidenstoff, und er fühlt sich gut an, kühl und sinnlich. Marie streift das Kleid über ihren schlanken Körper, dabei knistert der Stoff ganz leise und schmiegt sich sanft an ihre Haut. Es ist ein wunderbares Gefühl. Marie betrachtet wohlwollend ihr Spiegelbild, das neue Outfit sitzt perfekt. Klar, wie soll es auch anders sein, schließlich hat Ruth es ausgesucht. Marie wäre nie auf die Idee gekommen, so etwas zu tragen. Viel zu sexy. Nein, sie mag es lieber schlicht und einfach. Doch ihr Spiegelbild sagt ihr, dass sie darin wunderschön und reizvoll aussieht. Schüchtern lächelt sie sich im Spiegel an, denn sich so zu sehen, ist ungewohnt für sie. Aber es gefällt ihr, was sie sieht. Sie kokettiert mit ihrem Spiegelbild, beugt sich aufreizend nach vorn, betrachtet lasziv ihr Dekolleté und übt einen sanften Augenaufschlag mit einem verheißungsvollen Lä cheln. Sie wirft ihrem Spiegelbild einen Kuss entgegen. „Na, mein Süßer, wie wär's, wollen wir tanzen oder möchtest du lieber mit mir ein Spiel spielen?“

„Marie, was machst du da?“

Marie wirbelt herum, vor ihr steht ihre Mutter. In ihrem Blick liegt Entsetzen und in ihrer Stimme eine pikante Schärfe. „Wage es ja nicht, heute Abend irgendeine Dummheit zu machen, vergeude deine Zeit nicht mit Nichtigkeiten.“

Marie fühlt sich ertappt. Sie spürt förmlich, wie ihr Blut heiß zu ihrem Kopf schießt. Sie weiß, dass sie gleich wie ein Feuerlöscher aussehen wird.

„Ich … ich …“, stammelt sie und fummelt nervös an ihrem Dekolleté.

Franziska ist nicht entgangen, dass ihre Tochter wunderschön aussieht. Es macht sie stolz, dass sie es geschafft hat, so eine schöne, kluge und liebenswerte Tochter großzuziehen. Sie möchte um alles in der Welt verhindern, dass sie bei dem Erstbesten hängen bleibt. Nicht ihre Tochter. Sie soll es einmal zu etwas bringen und nicht den Fehler machen, den sie damals begangen hat. Nur, weil sie dem Elternhaus entrinnen wollte, ließ sie sich gleich schwängern. Franziska liebt ihre Tochter, sie ist das Einzige, was sie nicht in ihrem Leben bereut.

Bei dem Blick in das schuldbewusste Gesicht ihrer Tochter hat sie sofort Gewissensbisse, weil sie so harsch war. Franziska nimmt ihre Tochter in den Arm, mit liebevoller Stimme haucht sie ihr ins Ohr:„Entschuldige, ich habe nur Angst, dass du nicht das bekommst, was du verdienst.“ Sie hält Marie eine Armeslänge von sich.

„Toll siehst du aus. Komm, deine Freundinnen sind da und dein Vater wird schon ganz rappelig, weil Ruth ihn noch wegen des Fotos in den Wahnsinn treibt."

Der kleine Garten ist eingerahmt von unzähligen bunten Blumen, in seinem Zentrum herrscht der Apfelbaum, unter dem jetzt Ruth wie Napoleon hin und her schreitet. Ihre kurzen, kupferfarbenen Haare leuchten in der Sonne und ihr dunkelgrünes Kleid verleiht ihren blaugrünen Augen etwas Magisches.

„Herr Kellermann, ich würde mich mit der Kamera hier positionieren, genau hier." Ruth deutet etwas ungeduldig auf eine Stelle vor dem Apfelbaum. „Wenn Sie sich hier hinstellen und die Kamera da unter den Apfelbaum richten, haben wir schönes weiches Licht und keine Schlagschatten im Gesicht." Sie ist ganz eifrig dabei und doch schwingt in ihrem Ton Ungeduld mit. Am liebsten würde sie die Kamera aus den Händen von Maries Vater reißen, aber sie weiß, was sich gehört.

Frisch rasiert und angesteckt von der quirligen Ruth, stellt sich Maries Vater bereitwillig auf die von ihr angewiesene Position. Es belustigt ihn, wie eifrig sie ist. Seit fünf Jahren kennt er sie und Marleen nun schon, und er findet, dass sie genau das sind, was Marie immer brauchte, Leitfiguren, die ihr helfen, sich in der Welt zurechtzufinden. Er hat die Freundschaft der Drei immer für gut geheißen, auch wenn Franziska gegen diese Freundschaft war. Sie behauptete, Marie würde von den beiden nur benutzt werden. Er hat es immer als ein

Frauending abgetan. Frauen können nicht objektiv über Frauen urteilen, das ist seine Meinung, die er nie kundtun würde.

Jetzt fügt er sich gern Ruths Anweisungen, denn er will kein Spielverderber sein.

„Gut so, Herr Kellermann. Genau da stehen bleiben. Sie werden schon sehen, dass ich recht habe." Ruth winkt mit den Armen in Marleens Richtung, ohne Georg Kellermann aus den Augen zu lassen. Sie traut niemandem.

„Marleen, komm her, stell dich genau hier unter den Baum."

Marleen sieht von dem kleinen Schminkspiegel in ihrer Hand auf, sie kennt Ruth schon zu lange, um über diesen Befehlston entnervt zu sein. Ganz entspannt zieht sie ihre vollen Lippen noch einmal mit einem kräftigen Rot nach. Immer wieder schielt sie dabei über den Rand des Spiegels zu Ruth herüber und zieht noch eine blonde Strähne ihrer Hochsteckfrisur ein wenig mehr in ihr Gesicht. Sie betrachtet zufrieden ihr Spiegelbild, bevor sie den Spiegel in ihre kleine, mit Swarovski-Steinen verzierte Handtasche steckt. Sie streicht über ihr kornblumenblaues Kleid und ist sich darüber bewusst, dass die Farbe perfekt ihren blassen Teint unterstreicht. Grazil wie eine Gazelle bewegt sie sich auf Ruth zu. Sie genießt es regelrecht, wie Ruth sie mit einer Mischung aus Neid und Ungeduld ansieht. Ruth hat nicht ihre Eleganz, ihre Klasse. Ruths Drängelei lässt Marleen völlig kalt.

„Marleen, dass du immer eine Extra-Einladung brauchst. Du weißt, dass ich dieses Getue nicht ausstehen kann.“ Schnippisch fügt sie hinzu: „Allerdings hätte ich das Haar offen getragen, mit diesem Turm auf deinem Kopf siehst du wie deine Oma aus.“

Marleen nimmt die Bemerkung gelassen hin. „Nein so ist es viel edler“, erwidert sie und streicht zur Unterstützung ihrer Worte über ihre Frisur. „Also, was soll ich machen?“

Voller Ungeduld ergreift Ruth Marleens Hand und zieht sie unter dem Baum. „Stell dich hier hin.“ Sie geht ein paar Schritte zurück und betracht mit zusammengekniffenen Augen die Szenerie. „Ein Stück nach links.“ Marleen bewegt sich hölzern nach links.

„Nein, nicht zu viel. Ein wenig zurück. Halt! Gut so. Genau so stehen bleiben.“ Ruth blickt hinauf zur Sonne und rechnet aus, in welcher Zeit und in welcher Richtung sie ihren Lauf nehmen wird. Es muss perfekt werden. Mit ernster und konzentrierter Stimme gibt sie Marleen die nächsten Anweisungen. „Okay, Marleen, ein Stück noch nach rechts. Halt, stopp. Wieder ein wenig nach links.“ Es wirkt fast grotesk, wie Marleen Zentimeter für Zentimeter von einer Seite zur nächsten trippelt, und langsam verliert sie die Lust daran.

„Ruth, es ist doch nur ein ganz normales Foto und kein Werbefoto.“

Ruth schießt ihr einen Blick herüber, der töten würde, wenn er könnte. Marleen kennt diesen Blick und sie hält lieber ihren Mund, denn sonst muss sie sich einen stundenlangen Vortrag darüber anhören, wie wichtig es sei, eine gute Kameraposition zu finden.

Mit Befriedigung bemerkt Ruth, dass Maries Vater immer noch an dem ihm angewiesen Platz steht. Ruth nimmt nun doch ohne zu fragen die Kamera aus Georgs Hand und sieht hindurch. „Ja, genau so und jetzt wäre es toll, wenn auch Marie mal ihren Arsch hierher bewegen würde."

Maries Vater räuspert sich missbilligend.

„Entschuldigung, war nicht so gemeint."

„Juhu, Mädels, hier bin ich." Wie eine Hollywood-Diva schreitet Marie die drei Stufen von der Veranda herunter in den Garten.

Franziska sieht ihrer Tochter hinterher und muss sich beherrschen, um nicht hysterisch loszuheulen. Für Franziska ist es das Ende ihres bisherigen und gleichzeitig der Anfang ihres neuen Lebens. Sie eilt zurück ins Haus, um ihrer Tochter nicht ihren großen Moment zu verderben.

Als Ruth Marie anschaut, wird sie ganz still, fast ehrfürchtig, und das geschieht äußerst selten. „Du siehst fantastisch aus." Neid und Stolz schwingen in ihrer Stimme mit, denn schließlich ist es ihre Kreation. Marie hatte sich für ein langweiliges Rock-Bluse-Ensemble in Grau entschieden. Doch Ruth hat sofort reagiert und es ihr ausgeredet. Wie stünde sie denn da, wenn ihr Ziehkind als graue Maus auf dem Abschlussball erscheint, das ginge auf gar keinen Fall. Nein, Marie musste gut aussehen und auffallen, aber dass sie so gut aussieht?

Marleen verlässt ihre von Ruth angewiesene Position, umarmt Marie und dreht sie im Kreis herum. „Zeig mal, wirklich super Figur." Sie strahlt Ruth an. „Wow, Ruth, da hast du ja ganze Arbeit geleistet." Marleen ist überwältigt, ja, so hat sie es sich vorgestellt. Das Resultat kann sich wirklich sehen lassen, sie ist froh, dass Ruth sich bei der gemeinsamen Shoppingtour durchgesetzt hat. Keiner kann ihnen nachsagen, dass sie sich nicht bis zum Schluss um Marie gekümmert hätten. Marleen erinnert sich daran, als Marie das erste Mal die Klasse betrat. Für sie und Ruth war sofort klar: Das ist unsere. Damals war es gang und gäbe, dass sich die etablierten Schüler jemanden herauspicken, den sie unter die Fittiche nehmen. So eine Art Sport hatte sich daraus entwickelt. Marleen ist mit dem Ergebnis der letzten fünf Jahre höchst zufrieden.

Marie ist peinlich berührt, denn so viel Aufmerksamkeit ist sie nicht gewohnt. Und schon spürt sie wieder, wie ihr Blut heiß zu ihrem Kopf aufsteigt. Sie sieht sich Hilfe suchend zu ihrem Vater um, der mit weit geöffnetem Mund dasteht und sie anstarrt. Energisch, aber respektvoll sagt sie: „Papa, was ist denn nun mit dem Foto?"

Georg reißt sich von dem Anblick seiner Tochter los. „Ja, meine Hübschen, los geht's."

Er platziert die Mädchen unter dem Apfelbaum so, wie er es für richtig hält. Georg sieht durch seine Kamera drei unterschiedliche wunderschöne junge Frauen, rechts von Marie die drahtige Ruth und links die elegante Marleen. Doch seine Tochter überragt sie alle. Sein Herz macht einen Hüpfer vor Stolz, denn seine Tochter ist so schön, anmutig und unschuldig.

ZWEI

Maries Vater gibt sich große Mühe, im dichten Hamburger Stadtverkehr voranzukommen. In seinem Nacken spürt er Ruth und Marleens Ungeduld. Doch was soll er machen, es geht nun einmal nur so schnell, wie es der Verkehr erlaubt. Er wirft Marie, die neben ihm sitzt, ein verschmitztes Lächeln zu. Sie zwinkert zurück und nickt zustimmend. Ja, das ist für ihn das Startsignal und Georg drückt das Gaspedal herunter. Wie ein Rallyefahrer überholt er rechts, links, fährt bei Dunkelorange über die Kreuzung und schneidet die Kurven. Sein rasanter Fahrstil wird mit euphorischem Gejohle der Mädchen belohnt. Ruth beugt sich begeistert zu Georg herüber. „Hey, Herr Kellermann, das hätte ich Ihnen im Leben nicht zugetraut. Ist echt krass.“ Sie ist völlig aus dem Häuschen. „Marie, du hast einen tollen Vater.“

Marie strahlt. „Ich weiß“.

Nach einer vierzigminütigen Fahrt sind sie endlich am Boberger See angekommen. Die alte Schützenhalle erstrahlt zum letzten Mal im Partylicht, bevor sie in drei Tagen abgerissen wird, um einem Imbiss Platz zu machen. Es ist die perfekte Location für eine wilde Party. Fackeln und Tonnenfeuer säumen den Parkplatz. Die frisch gebackenen Abiturienten strömen johlend und kichernd in die Festhalle. Marleen und Ruth springen aus dem Auto, und ihre Augen glänzen vor Freude. Marie beugt sich zu ihrem Vater herüber und haucht ihm einen Kuss auf die Wange.

„Danke fürs Bringen, war echt toll.“

„Gern geschehen, es war mir eine große Freude.“ Bevor Marie aussteigt, hält er sie kurz am Arm fest. „Ich wünsche dir viel Spaß. Mach all das, worauf du Lust hast. Jetzt darfst du es.“

Marie lacht. „Na, ich weiß nicht, und morgen wirst du mich über jedes Detail ausfragen.“ Marie sieht sich zu ihren Freundinnen um, die ungeduldig auf sie warten. „Also, Papa, bis morgen und fahr vorsichtig.“ Sie knallt die Wagentür zu, bevor Georg noch etwas sagen kann, und mit wiegenden Schritten bewegt sie sich auf ihre Freundinnen zu. Georg sieht den Dreien hinterher, bis sie in der Festhalle verschwunden sind. Am liebsten würde er ihnen folgen, denn es hat Spaß gemacht, mit ihnen durch Hamburg zu rasen. So fröhlich war er schon lange nicht mehr.

Die Party ist voll im Gang, der Bass dröhnt durch Mark und Bein. Niemand im Umkreis von drei Kilometern wird heute ruhig schlafen können. Für Ruth ist das völlig in Ordnung, denn heute wird bis zum Umfallen gefeiert. Sie fühlt sich gut, irgendwie befreit. Niemand kann sie mehr aufhalten. Sie hat das Gefühl, dass sie sich die Welt untertan machen kann. Bei diesem Gedanken muss sie lächeln, denn das wäre ein guter Werbe-Slogan. Angestrengt denkt sie darüber nach, für welches Produkt dieser Slogan passen würde. Sie muss unbedingt Ralf von dieser Idee erzählen, ihrem Ralf, den sie über alles liebt. Seit einem Jahr sind sie nun schon das Traumpaar. Niemand kommt an ihnen vorbei. Sie werden die Welt, insbesondere die Werbewelt, revolutionieren. Sie mit ihrer Stilsicherheit und Ralf mit seinen verrückten Ideen. Sie sind für einander geschaffen. Gott, wie sie ihn liebt. Bei dieser Erkenntnis wird ihr mulmig in der Magengegend und aufgeregt lässt sie ihren Blick über die tanzende Menge schweifen.

Ihr Herz setzt einen Schlag lang aus, als sie Ralf auf der anderen Seite der Tanzfläche lässig an der Wand gelehnt entdeckt. Kein Maler dieser Welt hätte ihn so treffen können, wie er in diesem Moment dasteht. Gut gebauter Körper, markante Gesichtszüge, eine enorme maskuline Ausstrahlung, der ganze Mann ist sexy. Das Kribbeln in Ruths Bauch wird immer stärker. Sie muss so schnell es geht zu Ralf. Gerade, als sie auf der Mitte der Tanzfläche angekommen ist, zischt und dampft es aus der Nebelmaschine. Für Sekunden ist nichts außer dichtem Dunst zu sehen. Der DJ brüllt durch das Mikro: „Wollt ihr noch mehr? Wollt ihr Trance? Wollt ihr den Bobo tanzen?“ Die Menge kreischt vor Entzückung. Der DJ schmeißt wieder die Nebelmaschine an und dreht die Musik noch lauter. Ruth drängelt sich energisch durch die Nebelschwaden und die bobohüpfende Menge. Für Ruth ist es äußerst schwierig, da sie mit ihren einmeterachtundfünfzig nicht die Größte ist und Gefahr läuft, glatt übersehen zu werden. Sie ärgert sich, dass ausgerechnet jetzt dieser bescheuerte Tanz stattfindet. Das Dampfgemisch kratzt in ihrem Hals. Sie hätte lieber außen herum gehen soll. Und da spürt sie auch schon den ersten Ellenbogen in ihren Rippen. „Hey, pass doch auf, Blödmann“, brüllt sie den Typen an, der wie verrückt beim Tanzen mit seinen Armen wedelt. Die Musik ist so laut, dass ihr Kommentar ungehört bleibt. Entnervt erreicht Ruth das andere Ende der Tanzfläche. Ihre eben noch hitzige Aufregung ist schlagartig verflogen. Außerdem ist sie nicht wie geplant dort angekommen, wo sie eigentlich hin wollte. Verärgert schaut sie sich um. Zwei Meter von ihr entfernt erblickt sie Ralf. Er lacht laut und wirft dabei seinen Kopf in den Nacken. Ruth atmet erleichtert auf und zaubert auf ihre Lippen ein verheißungsvolles Lächeln, das sofort erstirbt, als sie erkennt, mit wem sich Ralf so angeregt unterhält. Es ist Sonja, die blöde Schlampe aus der Parallelklasse. Seit Langem versucht sie sich schon an Ralf heranzuschmeißen. Sie trägt immer ein tiefes Dekolleté bis zum Bauchnabel und schminkt sich die Lippen mit einem Gloss, sodass sie immer feucht glänzen. So ein widerliches Miststück.

Ruth wird übel, als sie sieht, wie Ralf eine Haarsträhne von Sonjas blonder Mähne sanft hinter ihr Ohr streicht. Wie er sich zu Sonja herunterbeugt und ihr etwas zuflüstert und Sonja ihn mit ihren Klein-Mädchen-Unschuldsaugen anstrahlt.

Gott, wie sie ihn anschmachtet. Ruth kocht vor Wut

und Eifersucht. Niemand, niemand außer Ruth darf Ralf so ansehen und niemand außer Ruth darf so von Ralf angesehen werden.

Marie schlendert durch die Menge, alle sind gut drauf, nur sie nicht. Sie ist sauer und nervös zugleich. Sie will tanzen, aber allein traut sie sich nicht. Ruth und Marleen hat sie schon seit einer halben Stunde nicht mehr gesehen. „Bleib hier, wir sind gleich wieder da, wir müssen nur mal eben ein paar Freunden Lebewohl sagen." Und schon waren beide verschwunden. Sie sieht verloren aus. Marie nippt an ihrem Wein und lässt ihren Blick schweifen. Ist denn niemand hier, mit dem sie sich unterhalten kann, niemand der mit ihr tanzen will? Marie stellt sich auf die Zehenspitzen und hält Ausschau nach ihren Freundinnen. Sie haben ihr gesagt, sie solle hier warten, also wartet sie auch. Sie sieht noch einmal auf ihre Uhr und es ärgert sie, dass sie seit einer halben Stunde hier herumsteht wie bestellt und nicht abgeholt.

Verlegen beobachtet Marie eine Gruppe von Mädchen, die dicht bei der Tanzfläche stehen. Eines von ihnen, mit schwarzen, glänzenden Locken, ist der Mittelpunkt der Gruppe. Sie erzählt mit theatralischer Miene einen Gossenhauer nach dem anderen und wird mit schallendem Gelächter belohnt. Auch Marie muss unwillkürlich lachen, obwohl sie nichts verstanden hat. Als der DJ den Bobo-Tanz ankündigt, stürmen die fünf kreischend auf die Tanzfläche. Einen kurzen Moment lang möchte Marie hinterher stürmen, doch sie kennt die Mädchen nur flüchtig, und um sich ihnen anzuschließen, dazu fehlt ihr der Mut. Betrübt dreht sie sich um und schaut sich nach ihren Freundinnen um.

Sie wird von einer Gruppe angerempelt, die johlend auf die Tanzfläche stürmt. Marie hält schützend ihre Hand über das Glas Wein, an dem sie seit einer Stunde nippt. Einer der Jungs entschuldigt sich und sieht Marie wohlwollend von oben bis unten an.

„Hey, sexy Lady. Wir kennen uns ja noch nicht. Wie heißt du?" Marie wird unwillkürlich rot. Sie hasst es, aber sie kann nichts dagegen tun. Bevor sie antworten kann, wird der Junge von einem Kumpel am Arm mitgerissen.

„Hey, Alter. Los, lass uns den Bobo dancen." Der Junge reißt sich von seinem Kumpel los.

„Mann, siehst du nicht, dass ich mich gerade mit dieser sexy Lady unterhalte."

Erst jetzt bemerkt Marie, dass der Junge total betrunken ist, und Enttäuschung macht sich in ihr breit, denn einen kurzen Moment lang glaubte sie, er meine das Kompliment ernst. Sie wendet sich entschuldigend ab, doch der Junge hält sie an der Schulter fest.

„Komm schon, wie heißt du?"

Marie versucht ihn abzuschütteln und pikiert schleudert sie ihm die Worte entgegen: „Lass mich los und gehe lieber zu deinen Kumpels Bobo dancen. Vielleicht in einem anderen Leben."

Doch der Junge ist hartnäckig. „Nun zier dich nicht so."

„Hey, Wichser, zieh Leine oder es passiert was. Siehst du nicht, dass die Kleine keinen Bock auf dich hat?" Wie aus dem Nichts ist Klaus aus ihrer Klasse aufgetaucht. Seine große schlaksige Figur überragt den Jungen um eine Haupteslänge. Sein Blick verheißt nichts Gutes und ist starr auf den Jungen gerichtet. Sein Körper ist angespannt wie die Seiten einer Geige. Er schubst den Jungen unsanft zur Seite. Reflexartig will dieser sofort um sich schlagen, doch Klaus ist schneller und kann seine Faust abwehren. Als der Junge sieht, wen er da vor sich hat, trollt er sich murrend.

Marie sieht sich nach allen Seiten um, die ganze Situation ist ihr unangenehm und sie wirft Klaus nur einen flüchtigen Blick zu.

„Danke, aber das hätte ich schon alleine geschafft."

„Das denkst du, aber ich weiß, wie die Jungs ticken." Seine leblos wirkenden blauen Augen sehen sie an und erzeugen bei Marie eine Gänsehaut, und sie hält unwillkürlich die Luft an. Sie kann seinen Atem spüren, als er sich zu ihr herunterbeugt. Sein Mund versucht, ein Lächeln hervorzubringen. „Schönen Abend noch." Klaus verschwindet in der Menge. Marie atmet erleichtert aus und sieht sich um in der Hoffnung, dass niemand diesen Zwischenfall bemerkt hat. Das ist das Letzte, was sie heute noch braucht, mit Klaus, dem Psycho, gesehen zu werden. Er ist nicht ganz richtig im Kopf, den Eindruck hat sie, seit sie ihn das erste Mal sah. Er hat unsagbare Freude daran, andere zu erniedrigen. Sie erinnert sich daran, wie Klaus sich mitten im Unterricht eine Zigarette ansteckte und der Klassenlehrer Herr Schmidt ihn darauf hinwies, dieses zu unterlassen. Klaus fläzte sich auf seinen Stuhl, die Kippe in seinen Mundwinkeln, und verwickelte Schmidt in fadenscheinige Argumente.

Klaus provozierte Schmidt so sehr, dass dieser ihn der Klasse verwies. Aber anstatt den Anweisungen Schmidts zu folgen, war Klaus drohend auf ihn zugegangen, nahm den Papierkorb und stülpte ihn Schmidt über den Kopf. Mit kalter Stimme zischte er: „Ersticke in deinen Sumpf von Vorschriften, du alter Sack." Dann setzte er sich wieder ganz entspannt auf seinen Platz. Niemand hatte etwas gesagt, geschweige denn getan. Schmidt hatte sich den Papierkorb von seinem Kopf gerissen und war wortlos aus der Klasse gestürmt. Klaus lachte schallend hinter ihm her. „Freistunde für alle." Dann zündete er sich mitten im Klassenzimmer eine neue Zigarette an.

Marie läuft ein Schauer über den Rücken. Sie muss sich unwillkürlich schütteln und stürzt den letzten Rest ihres lauwarmen Weines herunter. „Pfui Teufel."

„Was ist pfui Teufel, der Wein oder der Psycho?"

Marie dreht sich um. Hinter ihr steht Marleen mit zwei Gläsern Wodka. „Hier, trink den, der spült den schlechten Geschmack herunter."

Marie ist erleichtert ihre Freundin zu sehen und ohne zu überlegen kippt sie den Wodka herunter. Eine wohlige Wärme breitet sich in ihrem Körper aus und gleichzeitig wird ihr ganz schwindelig, denn sie verträgt keine harten Sachen.

„Was wollte der Psycho denn von dir?"

„Nichts weiter, alles bestens."

„Sicher?" Marleen sieht sie durchdringend an. „Lass dich bloß nicht mit ihm ein, nicht jetzt noch, am letzten Abend."

„Natürlich nicht."

Der DJ legt den Hit des Sommers auf. Marie strahlt, endlich, darauf hat sie die ganze Zeit gewartet. „Hey, hast du Lust zu tanzen?“

Marleen zögert und Marie bemerkt, wie Marleens Blick immer wieder zu der Bar hinüber schweift, an der die Stimmung auf dem Höhepunkt zu sein scheint. Einer der Jungen winkt aufgeregt zu Marleen herüber. Marie schaut ihre Freundin erwartungsvoll an. „Komm schon, unser Sommerlied.“

„Gib mir noch fünf Minuten, dann bin ich wieder bei dir. Okay?“

Marie ist enttäuscht, sie will Marleen aber nicht den Abend verderben. „Ja, okay, in fünf Minuten. Ich warte hier an der Tanzfläche.“

Marie hat sich den Abend ein wenig anders vorgestellt. Schon wieder muss sie warten. Allmählich hat sie die Nase voll davon. Nach all diesen Komplimenten, wie toll sie aussieht, hat sie schon fest damit gerechnet, dass sie heute Abend mit einem gut aussehenden Jungen flirten würde, dass sie Schlange stehen würden, um nur einen Tanz mit ihr zu ergattern. Sie versucht, sich selbst Mut zu machen. ‚Der Abend ist ja noch jung, wer weiß, was noch alles so passiert.‘

Sie lässt ihren Blick über die volle Tanzfläche schweifen. Die Discokugel aus den 80ern malt hektische bunte Kreise an Wände und Decke. Es sieht lustig aus und Marie gefällt es. Auf der anderen Seite entdeckt sie Ruth. Marie hebt ihre Hand, um ihr zuzuwinken, doch als sie Ruths wütende Miene bemerkt, lässt sie die Hand schnell wieder sinken. Marie muss grinsen, als sie beobachtet, wie Ruth versucht, sich zu beherrschen, und so tut, als würde sie gleichgültig auf Ralf und Sonja zugehen. Doch Marie weiß, wie es innerlich in Ruth aussieht. Ruth kocht vor Wut, sie ist schnell auf hundertachtzig. Marie weiß nur zu gut, wie sich das anfühlt, wenn Ruths Zorn mit voller Wucht auf einen trifft. Marie erinnert sich an eine Situation, als sie den Preis in Art und Medien bekam und nicht Ruth, obwohl diese sich derartig ins Zeug gelegt hatte und siegessicher der Verkündung entgegen sah. Ruth ignorierte sie noch tagelang, und danach behandelte sie sie wie eine Sklavin. „Marie, hol mir dies, hol mir das." Marie war allen Befehlen Ruths gefolgt, damit sie endlich wieder normal wurde. Es tat weh und sie kann sich vorstellen, wie gemein Ruth sein kann, wenn man nicht zu ihrem Freundeskreis gehört. Marie hat jetzt schon Mitleid mit Sonja.

Sie ist dankbar für die kleine Ablenkung und mit einer Spur von Schadenfreude beobachtet sie, was als Nächstes passiert.

Den Blick starr auf Ralf und Sonja gerichtet, schlendert Ruth, so gelassen wie es ihr möglich ist, durch die Menge auf die beiden zu. Sie hört Ralfs Lachen, dieses weiche schmeichelnde Lachen, sie wird gewahr, wie Sonja mit einem gekonnten Augenaufschlag Ralf anschmachtet und wie er sich zu ihr herunterbeugt, um ihr Komplimente ins Ohr zu flüstern. Ruth kann es kaum noch ertragen, aber sie zwingt sich, nicht zu rennen, um dieser Schlampe direkt eine in ihr schönes Puppengesicht zu knallen. Ihr

Herz schlägt schnell, sie steht jetzt ganz dicht hinter den beiden, und weder Ralf noch Sonja bemerken sie. Ruth legt ihre Hand auf Ralfs wohlgeformten Hintern, ganz sanft streichelt sie ihn. Sie weiß ganz genau, dass er es genau so mag und sie weiß auch, wenn sie jetzt noch ein wenig fester zudrückt, hat Sonja keine Chance mehr.

Ralf stöhnt auf, wirbelt herum, seine Augen blitzen, er beugt sich zu Ruth herunter und sein Kuss ist leidenschaftlich und viel versprechend. Triumphierend sieht Ruth Sonja direkt an. ‚Verschwinde, du blöde Schlampe.' Sonja hat verstanden. Ralf hält Ruth fest umschlossen in seinen Armen. Sie presst ihren zierlichen Körper an ihn und sie scheinen ineinander verschlungen zu sein. Sie schmelzen zusammen und werden eins.

Mit einer Mischung aus Scham und Verlangen hat Marie diese kleine prickelnde Szene beobachtet. Gern hätte sie auch so einen Lover. Aber das ist nicht drin. Sie war und ist eben ein kleines graues Mäuschen vom Lande. Daran wird sich auch in Zukunft nichts ändern. Wie soll sie bloß München überstehen, wenn sie ihre Freundinnen nicht in der Nähe hat? Keine Ruth, keine Marleen. Niemanden, den sie kennt. Was war das bloß für eine schwachsinnige Idee, sich an einer Uni zu bewerben, die 800 km weit weg liegt?

Maries Stimmung sinkt auf den Tiefpunkt. Sie hat sich so gefreut und sie wollte mit ihren Freundinnen tanzen, flirten und Spaß haben. Davon haben sie doch seit Wochen geredet. Es scheint aber, dass nur die anderen beiden sich amüsieren.

„Hey, da bist du ja, ich habe dich schon die ganze Zeit gesucht. Komm, wir wollten doch tanzen, also jetzt wäre ich soweit.“ Marleen greift Marie an die Hand und will sie mit auf die Tanzfläche ziehen.

„Nein, das Lied ist blöd.“

„Was ist los?“

„Ich habe Kopfschmerzen, ich glaube, ich gehe nach Hause.“

„Auf keinen Fall. Wer weiß, vielleicht ist dies unser letzter Abend, und den sollten wir genießen. Du bist doch diejenige, die uns verlässt und zu den Bazis geht. Also komm schon, du schuldest uns was. By the way, hast du Ruth gesehen?“

„Da drüben auf der anderen Seite ist sie.“ Marleen folgt Maries Blick. Ruth presst sich ungeniert an Ralf, ihre Hände haben seinen Hintern voll im Griff und Ralf scheint die seinen in Ruths Oberteil vergraben zu haben. Für Marleen ist das ein wenig zu viel des Guten. „Na, die beiden amüsieren sich ja prächtig.“ Marleen hakt sich bei Marie unter und zieht sie in Richtung Bar.

„Also, wenn du nicht tanzen willst, dann komm mit an die Bar. Ich gebe einen aus und außerdem ist da dieser süße, große, gut aussehende Kerl, und weißt du was? Der will dich unbedingt kennenlernen.“

Marie lacht, sie weiß ganz genau, dass das gelogen ist, aber es tut gut, zu lachen. Vielleicht wird es ja doch noch ein schöner Abend.

„Hey, wartet auf mich.“ Ruth kommt auf die beiden zugelaufen, sie sieht aus, als wäre sie völlig stoned. Sie sprüht förmlich vor Elan.

„Los, Mädels, kommt mit aufs Klo.“ Sie öffnet ihre Hand und auf der Innenfläche liegt ein kleines Tütchen. „Ich habe euch doch Spaß versprochen, und hier ist er.“ Sofort lässt sie die Tüte in ihrem Dekolleté verschwinden.

„Mädels, ich sage euch, das ist die Abfahrt.“ Ruth reißt die Tür zu den Toiletten auf. Wie zu erwarten war, ist der Toilettenraum komplett überfüllt von jungen Frauen. Vor den Spiegeln und vor den Klos haben sich lange Schlangen gebildet. Marleen hält Ruth zurück und schaut sich unsicher um. „Meinst du nicht, dass wir lieber woanders hingehen sollten?“

„Ach was, alles cool.“ Ruth drängelt sich an den wartenden Mädels vor den Klos durch. Protest wird laut. „Was soll das, stell dich hinten an wie jede andere auch.“

Ruth dreht sich zu ihren Freundinnen um, mit einem Ich- regle-das-schon-Ausdruck, und einem süffisanten Unterton antwortet sie den nörgelnden Mädchen: „Ja klar, das Problem ist nur, ich bin nicht jede andere.“

Marie hält sich im Hintergrund und wie immer folgt sie den beiden blind, ohne zu fragen, worum es eigentlich geht. Sie muss aufpassen, dass sie den Anschluss nicht verliert. Ihr ist es peinlich, wie Ruth sich benimmt. Ruth rüttelt an jeder Klotür. Alle sind besetzt.

„Los, Mädels macht zu, andere müssen auch mal.“

Eine tiefe sonore Stimme, fast übertönt von dem Geräusch der Klospülung, dröhnt durch die geschlossene Tür. „Entspann dich, jede bekommt ihre Chance.“

Ruth lacht. „Svenja, bist du da drin?“

„Ja klar, wer denn sonst?“

„Na, das kann ja dauern."

„Fick dich selbst."

„Oh, oh, wer wird denn da so angesäuert sein?"

Die Klotür wird mit einem Ruck aufgestoßen und eine große, kräftig gebaute junge Frau kommt heraus.

„Mein Gott, Ruth, mach doch nicht immer so einen Alarm", sagt sie und mit einer verbeugenden Geste Richtung Klo, „Eure Majestät, es ist angerichtet."

Ruth winkt Marie und Marleen zu sich. Als sie das Klo betritt, hält sie den Atem an. „Puh, Svenja, du übertriffst echt alle."

Die drei zwängen sich in den kleinen Verschlag. Marie wird übel von dem Geruch. „Ruth, kannst du mir verraten, was wir hier sollen?"

„Nur Geduld, meine Kleine, nur Geduld." Sie wendet sich Marleen zu, die schon ganz unruhig geworden ist. „Das gilt auch für dich, halt die Füße still, soll doch keiner merken, wie dringend du das Zeug brauchst."

„Spinnst du, ich weiß gar nicht, was du …"

Ruth wirft Marleen einen scharfen Blick zu, und für einen Moment genießt sie es sogar, die so auf Anstand getrimmte Marleen in der Hand zu haben. „Marleen, ich bitte dich." Sie zieht die kleine Tüte aus ihrem BH, öffnet sie und schüttet das weiße Pulver vorsichtig auf den Klodeckel.

„Hat mal jemand einen Schein und eine Kreditkarte?" Marie kramt in ihrer Handtasche, doch Marleen hat schon alles parat und reicht beides Ruth, die sofort anfängt, das weiße Pulver mit der Kreditkarte ordentlich durchzuhacken und anschließend sechs kleine Linien zieht.

„Mädels, ich sage euch, das wird das Highlight der Party. Betrachtet es als mein Abschiedsgeschenk an euch.“ Sie zwinkert den beiden zu, rollt den 10-Euro-Schein zusammen und hält sich das rechte Nasenloch zu, dann steckt sie sich den aufgerollten Schein in das linke Nasenloch und zieht kräftig eine Line von dem Klosettdeckel. Danach wechselt sie die Seiten und zieht durch das rechte Nasenloch die zweite Line. Als hätte sie nie etwas anderes in ihrem Leben gemacht, legt sie den Kopf in den Nacken und wischt sich mit den Fingern den Rest unter die Nase ab, um ihn dann von den Fingern zu lecken.

„Als Nächstes bist du dran, Marie. Ich habe dir doch Spaß versprochen, und hier ist er, vertrau mir.“

Marie, die immer noch fasziniert ist von der Präzision, mit der Ruth dieses weiße Zeug zielgenau in ihre Nase platziert hat, schüttelt nur den Kopf.

„Ach, komm schon, sei kein Spielverderber.“

Marie ist verunsichert „Nein, ich glaube, das kann ich nicht.“

Ruth sieht sie mit ihren strahlenden Augen an. „Ich weiß, es ist dein erstes Mal, aber ich schwöre dir, du wirst es nicht bereuen.“ Ruth lacht laut auf und hält sich gleich die Hand vor dem Mund. Sie hat das Gefühl, als könne sie jeden Moment die Kontrolle verlieren. An der Klotür wird heftig geklopft.

„Hey, was macht ihr so lange da drin?“

Ruth giggelt. „Wir haben Spaß, ihr kleinen ausgetrockneten Hühner.“

Marleen schießt Ruth einen warnenden Blick zu. „Ruth, reiß dich zusammen.“

„Wieso, stimmt doch. Die Einzigen, die es noch zu etwas bringen werden, sind wir."

„Sei nicht so eingebildet, du spielst dich auf, als wärst du Gott."

Ruth schleudert ihr einen gereizten Blick zu. „Ich sag dir was, im Moment fühle ich mich auch so. Du kannst es wohl nicht erwarten? Aber ich habe entschieden, dass Marie die Nächste sein wird."

Marie ist die Spannung zwischen ihren Freundinnen unangenehm, denn in dieser Verfassung hat sie die beiden noch nie erlebt. Marleen, die sonst immer so erwachsen zu sein scheint und über den Dingen steht, hat offenbar ihren berühmten klaren Verstand verloren. Und Ruth führt sich auf, als hätte sie die Macht für sich gepachtet. Marie ist das Getue zu blöde, sie will nicht, dass die Beiden sich streiten, sie will mit ihnen Spaß haben, auch wenn sie keine Lust hat, das Zeug in ihre Nase zu ziehen. „Also gut, ein Mal kann ja nicht schaden, oder?" Unsicher sieht sie Marleen an.

„Nein, da musst du schon öfter mal eine Line durchziehen."

Marie atmet tief durch und erinnert sich an die Worte ihres Vaters: ‚Mach das, worauf du Lust hast. Heute darfst du es.' Aber hat sie Lust hierauf? Die Anspannung in dem engen Klo ist unerträglich. Marie sieht die kleinen Schweißperlen, die sich auf Marleens Stirn gebildet haben, und die Ungeduld in ihren Augen. „Also gut, ich verlasse mich auf dich, Marleen." Sie blickt Marleen durchdringend an. „Zeig mir, was ich tun muss."

Marleen, die die ganze Zeit die Luft angehalten hat, atmet erleichtert aus. „Kein Problem, sieh genau hin. In ein Nasenloch kommt der Schein und das andere Nasenloch hältst du zu und dann ziehst du durch den Schein diesen glücksbringenden weißen Stoff ein."

Marleens Hände zittern ein wenig, als sie den Schein in die Hand nimmt, sie ist sich sicher, dass Ruth sie genau beobachtet und sie weiß, dass diese sich königlich darüber amüsiert. Aber das ist ihr im Moment egal. Sie zieht schnell und gierig ihre Line. Endlich. Eigentlich sollte sie langsam damit aufhören, denn wenn sie ihren Plan, reich zu heiraten und ein entspanntes Leben zu führen, wahr machen will, geht das nur, wenn sie sauber ist. Aber heute, heute ist Party. Ab Morgen wird sie damit aufhören und sich um ihre Zukunft kümmern. Marleen schnieft und legt den Kopf in den Nacken, damit nur kein weißer Krümel ihrem Nasenloch entkommt. „Yeah, das ist gut. Los, meine Kleine, jetzt bist du dran, ich schwöre dir, du wirst begeistert sein." Zögernd nimmt Marie den 10-Euro-Schein und zieht kräftig erst die eine und dann die andere Line weg. Es brennt und juckt in der Nase, aber die Wirkung setzt sofort ein. Es ist ein phänomenales Gefühl. „Mein Gott, das ist ja Wahnsinn, ich könnte, ich könnte, ach, ich weiß auch nicht, alles könnte ich jetzt tun." Marie ist ganz aufgeregt, sie verspürt den Drang, sich zu bewegen.

Kichernd stoßen sie die Klotür auf. Sie ignorieren die Sprüche der wartenden Mädchen, sie haben nur eines im Sinn, schnell noch in den Spiegel schauen, ein wenig das Make-up auffrischen und dann hinaus.

Maries Herz schlägt wie wild, so hat sie sich noch nie gefühlt. Sie sieht ihr Spiegelbild und hat das Gefühl, dass eine fremde Frau sie ansieht. Eine schöne, selbstbewusste Frau.

Die fröhliche Stimmung wird jäh von der hereinstürmenden Svenja unterbrochen. „Ruth, komm schnell. Ralf prügelt sich mit dem Psycho Klaus."

DREI

Schnaubend stürmt Ruth aus dem Klo. ‚Warum gerade jetzt? Warum muss Ralf ihr immer die Stimmung versauen? Idiot', brodelt es in ihr, während sie sich ihren Weg wie ein Rammbock durch die schaulustige Menge bahnt. Ihr Blick ist stur geradeaus gerichtet und ihre blaugrünen Augen sprühen Funken. Die flackernde Partybeleuchtung ist einem grellen Neonlicht gewichen und anstelle der Musik sind dröhnende Anfeuerungsrufe zu hören. Wie eine Welle durchfluten sie Ruth. Es lässt sie für einen Moment erstarren. Etwas Gewaltiges kriecht ihren Nacken hinauf, etwas, das sie vorher noch nie gespürt hat. Angst. Und noch etwas anderes mischt sich darunter. Die Ahnung von Verlust. Sie durchbricht die Wand von Menschen, die sie von Ralf trennen.

Marie und Marleen haben es nicht einfach, der tobenden Ruth so schnell zu folgen, auch wenn sie dicht hinter ihr sind. Marie ist völlig überfordert mit der Situation, eben war noch alles cool und jetzt ist etwas passiert, das sie nicht begreift. Ihr Herz hämmert gegen ihre Brust, alles um sie herum ist messerscharf und präzise gezeichnet und doch sind ihr die Zusammenhänge unklar. Neben ihr bewegt sich Marleen, die sich immer wieder auf ihre Zehenspitzen stellt, um einen besseren Überblick zu bekommen. Sie sieht seltsam aus mit diesem Grinsen im Gesicht. Marie fragt sich, warum sie so merkwürdig lächelt, und hofft, dass sie nicht auch so eine alberne Miene hat. Marie wird durch ein lautes Brüllen aus ihren Gedanken gerissen. Sie überlegt noch, wer das gewesen sein könnte, als sie Marleens Hand auf ihren Arm spürt, die sie fest umklammert. „Oh nein. Ruth. Oh, wie peinlich."

„Lass ihn in Ruhe, du verdammter Psycho. Sieh zu, dass du Land gewinnst, kümmere dich um deine eigenen Angelegenheiten, du krankes Etwas." Ruth schubst den Jungen vor sich zur Seite und betritt die Tanzfläche, die jetzt einer Arena gleicht. Erleichtert stellt sie fest, dass noch kein Blut geflossen ist. Sie atmet auf und die düsteren Gedanken von eben sind wie ausgelöscht. Sie hat es wie immer gerade noch geschafft, um das Furchtbarste zu verhindern. Siegessicher marschiert sie auf die beiden zu, die sich wie zwei Kampfhähne gegenüberstehen. Ruths Gebrüll hat die beiden für einen Moment innehalten lassen. Ralf bemerkt Ruth, die stampfend auf ihn zukommt. In ihrem Blick liegt Entschlossenheit. Klaus nutzt Ralfs kurze Unaufmerksamkeit schamlos aus und versetzt ihm einen Schlag an die Schläfe, der so heftig ist, dass Ralf für einen Moment die Orientierung verliert und zu Boden stürzt. Er hält sich seinen Kopf und windet sich vor Schmerz auf dem Boden. Die Menge kommentiert die Aktion mit Zustimmung und missbilligend zugleich. Ruth steht wie angewurzelt da. Am liebsten würde sie sich in Luft auflösen. Wie jämmerlich er jetzt aussieht. In Ruth wächst die Wut auf Ralf, weil er ihr den Abend verdorben hat und auf Klaus, der nur Ärger bedeutet. In ihren Ohren hallt das Gejohle der Schaulustigen. Alle Augen sind auf Ruth gerichtet. Sie erkennt in den trunkenen Gesichtern, dass sie etwas von ihr erwarten. Eine perfekte Show. Das können sie haben. ‚Diese Geier', denkt sie und lässt sich mit einer dramatischen Geste neben Ralf auf die Knie fallen. Auch wenn sie es kindisch findet, säuselt sie mit sanfter, mitleidiger Stimme: „Oh, mein Armer. Lass mal sehen. Oh, du blutest ganz fürchterlich." Sanft streicht Ruth über die Platzwunde an seiner Schläfe.

Ralf zuckt zusammen, als er ihre Hand auf der Wunde spürt. Genervt dreht er seinen Kopf weg. „Lass mich. Verschwinde." Entgeistert starrt sie ihn, um Fassung ringend, an. Leise zischt sie: „Spinnst du jetzt total? Komm, steh auf und lass uns verschwinden." Ralfs Blut hängt klebrig an ihren Händen. Angewidert wischt sie es an seinem Hemd ab.

Klaus lacht höhnisch auf und entblößt dabei seine makellosen Zähne. „Ja, das ist alles, was du kannst, dich hinter einen Weiberrock verstecken." Klaus hat die Lacher auf seiner Seite und genießt es sichtlich. Mit ausgestreckten Armen, als würde er alles in sich einsaugen wollen, umkreist er den am Boden liegenden Ralf und die daneben kniende Ruth.

Ralf schnaubt vor Wut. Blitzartig ist er wieder auf den Beinen, senkt seinen Kopf und rammt ihn mit voller Wucht in Klaus Magenkuhle. Alles geht so schnell, dass weder Ruth es verhindern kann, noch Klaus eine Chance hat, die Wucht des Stoßes abzufedern. Sein Atem entweicht pfeifend aus seinen Lungen, er beißt die Zähne zusammen, um nicht ohnmächtig zu werden. Wie ein wildes Tier brüllt er: „Ich bringe dich um, du verdammter Nerd!“ Dieser Ausbruch verschafft ihm genug Energie, um Ralf zu umklammern. Er versucht, sein Knie zu platzieren, damit er Ralf sein schönes Kinn zerschmettern kann. Ja, das würde ihm Freude bereiten. Dieses arrogante Arschloch. Klaus schraubt sich immer mehr hoch, alles um ihn herum ist verschwunden, er hat nur ein Ziel vor Augen, Ralfs Kinn.

Ruth sieht mit Entsetzen voraus, was Klaus vorhat und springt wie ein Rodeoreiter auf seinen Rücken, ihr Kleid rutscht dabei hoch in Richtung ihres strammen Hinterns und gibt den Blick auf ihren Tanga frei. Ein Pfeifkonzert ist die Antwort auf diesen sexy Anblick.

Marie und Marleen haben es geschafft, sich einen Platz in der vordersten Reihe zu ergattern. Marleen dreht sich beschämt zur Seite. Sie hat immer noch Maries Arm fest im Griff und in dem Moment, als sie gewahr wird, was geschieht, presst sie ihre Fingernägel fest ins Fleisch. „Marleen, hör auf, das tut weh“, quietscht Marie auf. „Entschuldige, aber siehst du nicht, was da gerade mit

Ruth geschieht? Die ist bekloppt, wie kann sie das nur machen, das ist das Hinterletzte.“

Marie versteht überhaupt nicht, warum Marleen sich so aufregt. „Wieso, ist doch legitim. Sie versucht doch nur, ihrem Freund zu helfen.“

„Marie, ich bitte dich, so etwas macht man nicht“, stößt sie hervor und mit Nachdruck fügt sie hinzu: „Das ist würdelos.“

Marie zuckt nur mit den Achseln. Sie versteht sowieso gar nichts mehr. Alles fühlt sich seltsam an, intensiv und fremd zugleich. Wahrscheinlich hat Marleen recht, schön sieht es nicht aus, wie Ruth da auf Klaus‘ Rücken hängt, aber sie bietet einen höchst amüsanten Anblick. Sie lacht schallend los und erntet prompt einen missbilligenden Blick von Marleen. „Marie, bitte, benimm du dich wenigstens.“ Marleen ist völlig aufgebracht. „Oh nein, nun sieh dir das jetzt bitte mal an, das geht doch gar nicht.“

Ruth schlägt wie wild auf Klaus ein. „Lass meinen Ralf in Ruhe oder ich zertrümmere dir deinen verfluchten Schädel.“ Die Menge feuert sie an, wie im alten Kolosseum in Rom: „Ruth, Ruth, Ruth, Ruth!“ Ruth ist wie berauscht, kein klarer Gedanke lässt sich fassen. Sie empfindet nichts weiter als pure Gewaltbereitschaft. Immer wieder schlägt sie auf Klaus ein. Sie spürt, wie er versucht, sich aufzurichten, um sie abzuschütteln. Sie presst ihre Beine noch fester an ihn. Für einen kurzen Moment nimmt sie wahr, wie Ralf sich aus Klaus‘ Umklammerung befreien kann und wild mit seinen Armen rudert. Noch bevor seine rechte Faust auf Ruth zufliegt, lässt sie sich von Klaus abschütteln und Ralfs Faust trifft Klaus mit Schwung am Kinn.

Taumelnd stürzt Ruth zu Boden. Die Aktion wird sofort mit Pfiffen und Buh-Rufen kommentiert. Klaus hört unvermittelt auf. Er ignoriert den Schmerz und nimmt eine geduckte Haltung ein, um Ralfs nächsten Schlag erfolgreich abwehren zu können. Klaus bemerkt, wie Ruth sich schnell wieder aufrichtet, um den nächsten Angriff zu starten. Er weiß, er hat keine Chance. Er hebt seine Arme, um sich geschlagen zu geben, sein Atem geht schwer: „Du kleines Arschloch wirst es noch bitter bereuen, mich jemals gekannt zu haben, und das nächste Mal lass deine Tusse zu Hause und kämpfe wie ein Mann." Ralf will sofort wieder auf Klaus losstürzen, doch Ruth hält ihn zurück.

„Lass gut sein, wir haben gewonnen, lass uns nicht von diesem Wichser den Abend verderben." Triumphierend zwinkert sie ihm zu. Ralf sieht sich um, die Menge geht enttäuscht auseinander, und er stößt Ruth missmutig von sich.

„Lass mich in Ruhe. Misch dich nicht immer in meine Angelegenheiten ein." Resignierend blickt er in ihre blaugrünen Augen, deren Blicke früher Begehren bei ihm auslösten. „Lass mich einfach nur in Ruhe, ich brauche dich nicht. Ich kann meine Dinge alleine regeln." Ohne ein weiteres Wort und ohne sich noch einmal umzudrehen, stürzt er hinaus und lässt Ruth mitten auf der Tanzfläche stehen.

Sie versteht die Welt nicht mehr, niemals zuvor hat Ralf sich ihr gegenüber so verhalten. Wie kann er es wagen, sie so zu demütigen, was hat er sich nur dabei gedacht? Was werden jetzt die anderen von ihr denken? Sie ist bitter enttäuscht. Sie unterdrückt Tränen der Wut, der Frustration, bloß nicht vor aller Augen heulen, bitte nicht. Jäh setzt die Musik mit ihrem durchdringenden Bass ein. Wellenartig hämmert er durch Ruths Körper und zum ersten Mal an diesem Abend verflucht sie ihn. Das flackernde Licht der Lightshow hetzt bizarr über ihr Gesicht. Sie sieht bemitleidenswert aus. Wie ein kleines trauriges Kind steht sie da, ihre Arme hängen kraftlos an ihrem Körper herunter, als würden sie nicht zu ihr gehören. Die Tanzfläche füllt sich und sie wird unsanft von einer Seite zur anderen geschubst. Niemand, der sich entschuldigt, niemand, der auch nur ein Wort an sie richtet.

Marleen stürmt mit Marie im Schlepptau sofort zu ihr, packt Ruth bestimmt an die Hand und zieht sie an den Rand der Tanzfläche und umarmt sie besorgt.

„Alles gut, meine Liebe? Na, dem Psycho hast du es ja ordentlich gezeigt. War klasse, wie du da auf ihn eingedroschen hast."

Marie wundert sich zusehends über Marleens Besorgnis und ihre Begeisterung über die Prügelei. Sie öffnet ihren Mund, um Widerspruch zu äußern, doch der scharfe Blick, den Marleen ihr über Ruths Schultern zuwirft, lässt sie sofort verstummen. ‚Na gut, dann eben nicht,' denkt sie, aber sie empfindet Marleens Verhalten nicht als ehrlich, das wird sie ihr auch noch sagen. Später, wenn sich alle wieder beruhigt haben.

Resolut schüttelt Ruth Marleens Arme ab. „Lass mich!", und aufgebracht fügt sie hinzu: „Wo ist Ralf?"

Marleen versucht, ganz ruhig zu bleiben. „Lass ihn nur, der kommt schon wieder runter."

Ruth starrt sie eindringlich an, als hätte Marleen sie nicht verstanden. „Wo ist er hin? Er kann mich doch jetzt nicht alleine lassen. Was denkt er sich dabei, einfach so zu verschwinden?" Sie fängt nun doch an zu heulen, sie ärgert sich darüber, aber sie kann es nicht aufhalten. „Na, der kann was erleben, wenn ich ihn sehe. Dieser Idiot hat mir den Abend versaut, verstehst du?"

Marleen weiß nicht so recht, was sie machen soll und schaut sich hilfesuchend zu Marie um, doch diese wendet schnell ihren Blick ab. „Nun ja, vielleicht hättest du dich nicht einmischen sollen, ich meine, es war zwar toll, wie du auf Klaus Rücken eingedroschen hast, aber …"

Ruth fällt ihr ins Wort: „Aber was? Ich sag dir was, Ralf hätte sich erst gar nicht mit dem Psycho anlegen sollen. Ich habe ihm das schon tausendmal gesagt, lass dich nicht von diesem Psycho provozieren. Aber nein, er kann ja nicht auf mich hören. Jetzt bin ich die Blöde, auf die die Leute mit ihren Fingern zeigen. Er kann mich mal." Ruth kann nicht stillstehen, nervös geht sie auf und ab und streicht dabei immer wieder ihr Kleid glatt. Wie ein gehetztes Tier schaut sie sich immer wieder um. „Kann mal irgendjemand diese verfickte Musik leiser machen? Herrgott noch mal, wie soll man da einen klaren Gedanken fassen?"

„Bist du jetzt fertig?" Bemüht, ruhig und gelassen zu wirken, lächelt Marleen Ruth an. „Beruhige dich wieder. Lass dir doch von einem Mann nicht die Laune vermiesen."

Ruth fängt wieder zu weinen an.

Marie kann nicht mehr still bleiben. „Ach Ruth, Marleen hat recht. Bitte, hör auf zu weinen. Er kommt bestimmt gleich wieder.“ Die Tränen haben die Mascara aufgelöst und schwarze Spuren auf Ruths Wangen hinterlassen. Marie kann nicht anders, als ein Tempo aus ihrer Tasche zu holen, um sie wegzuwischen. Sie muss sich zu Ruth herunterbeugen, und wie ein kleines Kind lässt es Ruth geschehen, dass sie ihr Kinn anhebt. Ruth tut ihr leid. Sie wirkt so zerbrechlich. Maries Herz öffnet sich, als sie behutsam ihren Arm um Ruths Schultern legt und das leichte Beben spürt. Und dieses Mal lässt Ruth die Berührung zu. „Komm, Ruth, lass uns Ralf suchen und dann könnt ihr über alles reden, und alles wird wieder gut“, flüstert Marie ihr ins Ohr. Marie spürt sofort, wie Ruth sich erneut verkrampft und sie wegdrückt.

Sie starrt Marie an, als würde diese von einem anderen Stern kommen.

Euphorisch stimmt Marleen in dem Vorschlag mit ein: „Ja, ich finde es eine gute Idee. Lass uns nach ihm suchen, dann wirst du dich besser fühlen. Ich weiß doch, dass du dir Sorgen machst.“

‚Was soll das denn jetzt, sind die beiden total stoned oder nur blöde?‘, denkt Ruth aufgebracht. Sie hat überhaupt keine Lust, diesem Idioten auch nur einen Meter hinterher zu rennen. Soll er doch sehen, wie er klar kommt. Er wird schon angerobbt kommen und auf Knien um Verzeihung bitten, weil er sich wie ein Volltrottel benommen hat.

Marleen legt eine heitere Note in ihre Stimme.

„Komm, Ruth, wir werden ihn schon finden und morgen lachen wir darüber."

Marie und Marleen warten keine Antwort ab, sie haken Ruth unter und ziehen sie lachend Richtung Ausgang.

VIER

Draußen ist inzwischen der Mond aufgegangen und das Gelände vor der Festhalle ist von einer gespenstischen Helligkeit überflutet.

Unschlüssig darüber, wie es weitergehen soll, stehen sie auf dem Parkplatz. Marleen übernimmt die Einteilung. „Okay, Mädels, ich glaube, es ist effektiver, wenn wir uns trennen.“ Ohne eine Antwort abzuwarten, fährt sie fort: „Ruth, du übernimmst den Parkplatz und die Waldkante. Marie, du gehst den Weg runter zum See und ich werde mich links an den Büschen orientieren.“ Sie schaut auf ihre Uhr. „In einer halben Stunde treffen wir uns dann wieder hier.“

Lustlos durchforstet Ruth die Parkplatzreihen. Sie sieht unter die Autos und muss über sich selbst lachen. ‚Wie bekloppt ist das denn, er wird sich nicht wie in einem dieser Amikrimis unter einem Wagen vor mir verstecken.‘

Sie beobachtet immer wieder ihre Freundinnen, die langsam aus ihrem Blickfeld verschwinden. Sie lehnt sich an eines der Autos und betrachtet den Mond. Sie hat keine Lust, auch nur einen Meter weiter zu laufen und nach Ralf zu suchen. Die Luft ist mild und sie verspürt plötzlich eine unbändige Lust, schwimmen zu gehen.

Maries Sinne sind durch das Kokain geschärft, sie empfindet keine Panik und keine Hast. In der Ferne hört sie Marleen, wie sie nach Ralf ruft. Sie hat eine wirklich schöne Stimme, so klar und mit einer so guten Aussprache. Marie hat sie immer dafür bewundert und sie hört ihr gern zu, wenn sie etwas erklärt. Marleen ist sowieso eine ganz tolle Frau, sie weiß so viel und ist immer so beherrscht. Gern würde sie auch so sein.

Marie hat inzwischen das alte abgetakelte Bootshaus erreicht. Nun steht sie davor und weiß nicht, was sie jetzt machen soll. In der Ferne blinken die Lichter der Festhalle und der dumpfe Bass der Musik dröhnt schwallartig zu ihr herüber. Gerade, als sie umkehren will, hört sie ein Geräusch aus dem Bootshaus, sie bleibt abrupt stehen und ihr wird mulmig zumute. Ganz leise und auf Zehenspitzen entfernt sie sich wieder.

„Verfluchte Weiber, verfluchte."

Marie bleibt stehen, als sie Ralfs Stimme erkennt. Gott sei Dank, er lebt und ist offensichtlich in guter Verfassung. Sie öffnet vorsichtig, nur einen Spalt breit, die Tür. Da sitzt er wie ein Häufchen Elend. Am liebsten würde sie ihn in den Arm nehmen, trösten und ihm den Schmerz wegküssen, so wie ihre Mutter es immer getan hat, wenn sie hingefallen war.

Ralf hält seine Hand an die Platzwunde und wischt sich das Blut mit einem dreckigen Tuch ab, das er in der Ecke des Bootshauses gefunden hat. Die Berührung schmerzt. Vor Wut tritt er gegen ein Metallfass, das scheppernd Richtung Tür fliegt.

Marie zuckt zurück und dabei knallt die Tür zu. Auch Ralf fährt vor Schreck zusammen. Schnell hechtet er zur Tür und stößt sie auf. Es dauert einen Moment, bis er Marie erkennt.

„Was willst du denn hier? Hat dich Ruth geschickt?"

Marie ist völlig überrumpelt, und atemlos sagt sie: „Ruth macht sich Sorgen und …"

Er dreht sich um und stolpert in das Bootshaus zurück. Ohne Marie anzusehen, donnert er los: „Ruth macht sich Sorgen, dass ich nicht lache, es wäre das erste Mal, dass sie sich um andere sorgt. Für sie ist es wichtig, immer im Vordergrund zu stehen, sie hasst es, wenn andere ihr die Show stehlen."

Marie folgt ihm ins Bootshaus und bereut es sofort. Der Geruch nach altem Öl und Fäulnis raubt ihr den Atem. Ralf wendet sich um und bewegt sich auf sie zu. Als er ganz dicht vor ihr steht, zischt er: „Ruth hat kein Mitgefühl, alles nur Getue, glaube mir, ich kenne sie."

Das Flackern in seinen Augen erschreckt sie und unwillkürlich macht sie einen Schritt zurück. „Quatsch, sie liebt dich. Sie hat geweint, als du weggerannt bist."

„Bullshit, alles nur gespielt."

„Ach, komm schon, Ralf, rede mit ihr und dann ist alles wieder gut."

Ralf lacht schallend. „Du nimmst deinen Auftrag, mich zu finden, sehr ernst, nicht wahr?" Er lehnt sich lässig an den Rumpf eines ausrangierten Paddelbootes und zündet sich einen Joint an.

Marie überlegt kurz, ob sie ihm die Wahrheit sagen soll, dass es ihre und nicht Ruths Idee war, ihn zu suchen, entscheidet sich aber dagegen. In seiner jetzigen Verfassung ist es besser, wenn er glaubt, dass Ruth sich um ihn sorgt.

„Ralf, überleg doch mal, ihr seid so ein tolles Paar, ihr habt doch noch so viel vor." Marie hält ihm lächelnd ihre Hand hin. „Komm, lass uns feiern." Ralf ignoriert diese Geste und bläst ihr stattdessen den süßlich herben Rauch des Joints ins Gesicht.

„Hast du mir nicht zugehört? Ich habe keinen Bock mehr."

Marie lehnt sich an die gegenüberliegende Wand, um dem Rauch zu entfliehen. Sie schaut Ralf lange an, wie ein kleines trotziges Kind, dem man sein Spielzeug weggenommen hat, sieht er jetzt aus. ‚Aber immer noch unheimlich sexy', denkt sie, wie er an seinem Joint zieht und sie ansieht. Marie merkt, dass ihre Gedanken abschweifen. Sie räuspert sich, geht einen Schritt auf ihn zu, stemmt ihre Hände an die Hüften und blickt ihn ernst an.

„Blödsinn, du redest Blödsinn, nur weil du sauer auf Ruth bist. Gib doch zu, du bist in deiner Eitelkeit gekränkt und jetzt weißt du nicht, wie du damit umgehen sollst. Ja, da ist es immer einfach, den anderen die Schuld zu geben." Marie holt tief Luft.

Ralf sieht sie amüsiert an. „Na, so kenne ich dich ja gar nicht, so voller Elan und Selbstsicherheit, eine ganz neue Seite an dir, aber ich muss sagen, es gefällt mir gut."

Marie senkt verlegen den Blick und wendet sich ab. Ralf zieht noch einmal kräftig am Joint, hält den Atem an, bevor er den Rauch langsam ausbläst, und hält Marie den Joint hin. „Willst du auch mal ziehen?“

Marie schüttelt den Kopf, für den heutigen Tag hat sie genug Drogen genommen. Es reicht ihr und anscheinend kommt nichts Gutes dabei heraus. Ralf zieht noch einmal an dem Joint und wirft ihn dann achtlos weg. Der Rauch beißt ihm in den Augen und er kneift sie unwillkürlich zusammen. Für einen Moment ist es ganz still, unvermittelt stößt sich Ralf von dem Rumpf des Bootes ab und steht plötzlich dicht vor ihr. Durch zusammengepresste Lippen schnaubt er wütend: „Nein, meine Liebe, ich bin nicht gekränkt, ich bin stocksauer. Ich habe Ruth hundert, ach was, tausendmal gesagt, sie soll sich nicht in meine Angelegenheiten einmischen. Aber sie hat dieses Ding laufen, dass wir was ganz Besonderes seien. Dass wir es gemeinsam noch sehr weit bringen werden. Nein, danke. Ich bin doch nicht verrückt, mein Leben mit einem Workaholic zu verbringen.“ Er wendet ihr unvermittelt den Rücken zu. „Geh jetzt, Marie, und bestelle deiner Freundin, sie kann mich mal. Es ist aus und vorbei.“

Marie hat mit einer solchen Reaktion nicht gerechnet. Beschwichtigend legt sie eine Hand auf seine Schulter. „Komm schon, Ralf, ist doch alles halb so wild. Ihr redet darüber und dann ist alles wieder gut“, wiederholt sie eindringlich.

„Nein, Marie lass gut sein, ich brauche eine Frau, die mir Raum gibt, mit der ich gemeinsam etwas erreichen kann und bei der ich nicht das Anhängsel, der Erfüllungsgehilfe bin.“

Marie hört die Bitterkeit und den Schmerz, die dabei mitschwingen. Sie mag es nicht, wenn die Menschen um sie herum so verletzt und unglücklich sind. Sie dreht Ralf behutsam zu sich herum und versucht es mit einem aufmunternden Lächeln. „Aber das stimmt doch nicht, ihr seid ein Traumpaar, wirklich, ich finde, ihr passt sehr gut zusammen. Wirklich."

Ralf betrachtet Marie neugierig. „Das meinst du wirklich ernst, nicht wahr?"

„Ja, das ist mein voller Ernst. Wenn du mein Freund wärst, dann würde ich auch um dich kämpfen und alles tun, damit es dir gut geht."

Ralf lächelt sie mit diesem unwiderstehlichen Lächeln an. „Ja, du würdest alles tun, das glaube ich dir sofort, du bist aber auch anders."

Marie weiß nicht, was sie darauf antworten soll, und nervös stammelt sie: „Jeder ist anders und hat seine Vor- und Nachteile." Marie wird das Ganze zu viel. Ralfs Blicke und der Klang seiner Stimme bewirken bei ihr Herzklopfen. Es bereitet ihr Angst. Sie will weg, und zwar sofort. „Also gut, ich gehe dann wieder und werde Ruth nicht sagen, dass ich dich gefunden habe. Okay?" Verschwörerisch lächelt sie ihn an und bemerkt, dass die Platzwunde wieder zu bluten begonnen hat. „Du blutest wieder."

Ralf nimmt den dreckigen Lappen, um sich das Blut abzuwischen. „Scheiße Mann, verfluchte Scheiße."

Marie hält ihm die Hand fest. „Nein, nicht mit dem dreckigen Ding, davon kriegst du bestimmt eine Blutvergiftung." Marie kramt aus ihrer Tasche ein Tempo hervor und wie selbstverständlich wischt sie Ralf das Blut ab.

Dabei ist sie Ralf ganz nah und er hat einen guten Einblick in ihr Dekolleté. Ungeniert betrachtet er es. Er kann ihren Brustansatz sehen, kleine Brüste, denkt er, makellose weiße Haut mit feinen Härchen. Er malt sich in seinem Geiste aus, wie es sich wohl anfühlt, wenn er mit seinen Fingern sanft über diese glatte Haut streicht. Ralf hält ihre Hand fest und sieht sie an. Wie durch eine Wand aus Nebel dringt Ralfs Stimme zu ihr. Sein Blick ist weich und seine Stimme zärtlich. „Das machst du sehr gut."

Sein Gesicht ist dicht an ihrem Hals und er atmet tief ihren blumigen Duft ein.

„Toller Geruch, genau so, wie ich ihn mag." Er nimmt Maries Hände in die seinen und dreht sie einmal um die Achse. „Du siehst toll aus in diesem Kleid, sehr, sehr sexy. Ich hätte nie gedacht, dass aus dem grauen Mäuschen von damals so eine reizvolle Frau werden könnte. Nein, wirklich, ich sehe hier eine tolle, anziehende Frau vor mir."

Marie wird rot. Sie weiß nicht, wie sie mit seinem Kompliment umgehen soll. Er zieht sie ganz dicht zu sich heran. Maries Atem geht schwer, sie hat einen Kloß im Hals und ihr wird ganz heiß. Sie will flüchten und gleichzeitig bleiben. Marie spürt seinen Atem und die Hitze, die er ausstrahlt. Ihr Körper reagiert sofort. Es erschreckt sie, so etwas hat sie noch nie verspürt, noch nicht einmal bei ihrem Ex-Freund Sven. Sven war klasse, hat aber ihre Sinne nicht so zum Singen gebracht wie Ralf in diesem Moment. Es muss an dem Koks liegen, das ist die einzige Erklärung. Sie muss so schnell es geht hier heraus. „Bitte, lass uns gehen“, seufzt sie. Ralf hält sie noch ein wenig fester in seinen starken Armen. „Nein, ich lass dich nie mehr los. Du bist so anders als die anderen Frauen, so weich, so rein, ich war ein Idiot, dass ich es nicht schon viel früher bemerkt habe.“ Ralfs Atem kitzelt auf ihrer Haut. Maries Körper sagt Ja, doch ihr Verstand sagt Nein. Er ist der Freund ihrer besten Freundin. Ralfs Lippen liegen auf ihren und für einen kurzen Moment gibt sie nach. Tränen schießen ihr in die Augen, ihr Körper schmerzt, vor Verlangen und vor Scham.

„Nein, hör auf lass uns zu den anderen gehen, bitte“, stöhnt sie und stößt ihn von sich. „Bitte, Ralf, lass uns das hier vergessen!“ Sie wendet sich um, läuft zur Tür und nestelt hektisch am Türgriff.

„Nein, komm zurück, du willst es doch auch.“ Ralf ist ihr gefolgt, die Wunde an seiner Stirn blutet jetzt wieder stärker, und er hat das entschlossene Aussehen eines Zombies aus einer dieser B-Serien. Er packt sie bei den Schultern, reißt sie an sich und küsst sie wild. Marie ist mit einem Male hellwach, fasziniert und erschüttert zugleich.

„Lass das, Ralf, bitte, nein, lass mich los.“

Doch Ralf ignoriert ihre Abwehr. Hart presst er sie gegen die Wand. Marie tritt und haut um sich, trotzdem bringt er sie zu Fall und umklammert ihre Oberarme. Marie schreit aus voller Kehle um Hilfe. „Ruhig, meine kleine Marie, ruhig, wehre dich nicht.“ Sie erkennt in seinem Gesicht und in seiner Stimme eine Entschlossenheit, die sie verstummen lässt. Nichts ist mehr so, wie es noch vor einer Minute war. Ralf sieht abstoßend aus, der warme Schimmer in seinen Augen ist verschwunden, ebenso die Zärtlichkeit aus seiner Stimme. Maries Körper wird starr vor Angst. Der modrige Geruch der alten Holzplanken raubt ihr den letzten Atem. Schwer liegt Ralf auf ihr, er hat ihre Arme hinter ihren Kopf gepresst. Sie spürt den schmierigen Belag der Holzplanken an ihren Handrücken. Sie hört, wie die Nähte ihres Kleides platzen, als Ralf versucht, mit seiner freien Hand den Stoff über ihren Brüsten wegzuzerren. Er beißt in ihre Brustwarzen, saugt, schmatzt, und dabei entrinnt ihm ein Grunzen, das tief aus seiner Kehle kommt. Der Schmerz ist unerträglich, der Ekel unvorstellbar. Marie stöhnt auf und er beißt noch einmal hinein. „Ich wusste, dass du das magst. Ich glaube, du bist eine ganz Wilde“, flüstert er heiser. Seine Augen glitzern vor Lüsternheit.

Marie wirft wild ihren Kopf hin und her, und sie wiederholt immer wieder: „Nein, nein, lass mich los, bitte!“ Ralf versucht, ihren Slip herunterzuziehen. Marie windet sich wie ein Aal unter ihm, sie schafft es, eine Hand frei zubekommen. Ohne lange nachzudenken, bohrt sie ihre Fingernägel tief in seine Platzwunde an der Stirn. Zornig brüllt er: „Du Schlampe!“, und schlägt Marie mit voller Wucht ins Gesicht. Ihr Schädel scheint zu zerplatzen, doch sie ignoriert den Schmerz, sie muss hier fort, sie muss ihn irgendwie von sich herunterschieben. Ralfs Körper löst bei Marie eine Beklemmung aus, die in ihr unsagbare Kräfte freisetzten. Sie ballt ihre Fäuste und schlägt wild um sich. Sie trifft Ralfs Nase. Marie spürt, wie sie nachgibt, und vernimmt ein leichtes Knacken.

Ralf rast vor Wut und Schmerz. „Okay, wenn du es auf

die harte Tour haben willst, das kannst du haben.“ Wieder schlägt er ihr ins Gesicht, diesmal hart und gezielt. Marie spürt, wie ihre Lippen aufplatzen und sie schmeckt Blut. Ralf presst seine Hand fest auf ihre schmerzenden Lippen. „Okay, du wolltest es so und jetzt bekommst du, was du verdienst.“ Ralfs Worte klingen in ihren Ohren dröhnend und abgehackt. Tränen brennen in ihren Augen, sie ist wie gelähmt und sie begreift nicht, was sie falsch gemacht hat. Ein quälend langer Schrei bleibt in ihrer Kehle hängen, und unter seiner hart zudrückenden Handfläche ist nur ein leises Wimmern zu hören. Wo sind ihre Freundinnen? Starr vor Fassungslosigkeit liegt sie auf den von Staub, Dreck und Öl verschmierten Planken. Sie kann keinen einzigen Gedanken zu Ende denken. Sie will nur eines, sie will nach Hause, sie will allein sein. Sie presst, so fest sie kann, ihre Beine zusammen, doch Ralf ist stark und sein Körper ist schwer, ihr geht langsam die Luft aus. Er dringt in sie ein, er will sie küssen und liebkosen und gibt ihren Mund frei. Marie schreit.

Marleen ist genervt. Immer wieder muss Ruth die erste Geige spielen, und es war völlig unnötig, sich zwischen die beiden Männern zu werfen. Aber das ist typisch für Ruth. Wenn Marleen sie nicht so gut kennen und auch schätzen würde, hätte sie sich nicht auf so einen Schwachsinn eingelassen. Sie ist wütend, weil sie in ihrem großartigen, eigens für sie geschneiderten Kleid hier in der Wildnis herumrennen muss, und ihre Frisur ist mit Sicherheit auch gleich dahin. Lustlos ruft sie zum gefühlt hundertsten Mal Ralfs Namen.

Ruth hat den Gedanken an ein erquickendes Bad im See nicht aufgegeben und schlendert langsam zum See herunter. Sollen doch die anderen sich zum Affen machen und Ralf suchen. Sie glaubt sowieso, dass es vorbei ist. Sie hat schon seit geraumer Zeit den Eindruck, dass irgendetwas nicht stimmt. Also was solls. War vielleicht gar nicht so übel, diese Prügelei und dass er sie hat stehen lassen. Ruths Stimmung hellt sich auf, ja, das ist eine gute Idee und alle werden ihr beipflichten und auf ihrer Seite stehen, wenn sie erfahren, dass es aus ist mit Ralf. Völlig mit sich und ihrer Entscheidung, Ralf den Laufpass zu geben und dabei mit einer weißen Weste aus der Sache herauszukommen, zufrieden und der Gedanke, sich von ihm zu trennen, beflügelt sie. Erleichtert darüber atmet sie tief ein, ihr Blick wandert hoch zu dem dicken Mond, der fast den See zu berühren scheint. Für eine Sekunde schließt sie die Augen und genießt den Moment des Alleinseins. Als sie ihre Augen wieder öffnet, erblickt sie Marleen, die keine 100 Meter von ihr wie vom Blitz getroffen zum Bootshaus rennt.

Maries Hilfeschrei geht Marleen durch Mark und Bein. Sie hetzt durch die Büsche, folgt den qualvollen Schreien, sie vergisst ihr Kleid, sie vergisst ihre Frisur, sie hört nur noch Maries verzweifelte Hilferufe.

Marleen reißt die Tür zum Bootshaus auf. Es ist schummrig und ihre Augen brauchen ein paar Sekunden, um sich an das diffuse Dämmerlicht zu gewöhnen. Der Geruch nach Dope, Schweiß, Blut und Sex dringt ihr in die Nase. In der hintersten Ecke auf den verdreckten

Holzplanken entdeckt sie zwei ineinander verschlungene Gestalten. Sie identifiziert sofort Maries rotes Kleid, es ist bis zum Bauchnabel hochgeschoben und dann schaut sie in Maries Augen, in denen blanke Panik lodert.

Marleen überlegt nicht lange und greift sich eines der Paddel, die rechts neben ihr in der Ecke lehnen, hastet auf die beiden zu, während sie das Paddel hochschwingt, und schlägt mit voller Kraft auf den obenliegenden Körper ein.

Ralf wendet sich zu ihr um, in seinem Gesicht breitet sich Verwunderung aus, und eine Millisekunde lang zögert sie, als sie ihn erkennt. Ihr Entsetzen ist so groß, dass sie noch einmal ausholt und ihn am Kopf trifft. Ralf bricht ohnmächtig zusammen. Sie ist geschockt. Was hat Ralf getan, was hat sie getan, warum vergewaltigt Ralf Marie? Marleen kann ihre Gedanken nicht kontrollieren. Sie zittert vor Anspannung und Ekel, und das Paddel hält sie immer noch hoch über ihrem Kopf, bereit, wieder zuzuschlagen.

Völlig außer Atem stürmt Ruth ins Bootshaus. Als sie Marleen mit dem erhobenen Paddel und Ralf reglos auf Marie liegen sieht, schreit sie los: „Marleen, hör auf! Aufhören! Mein Gott, was hast du gemacht?“ Ruths Schreie holen Marleen wieder in die Realität zurück. Angewidert schmeißt sie das Paddel in die Ecke. „Ich habe ihn nicht erkannt, ehrlich. Ich dachte, es wäre der Psycho. Mein Gott, es tut mir leid.“

Ruth ignoriert ihre Erklärung und sie blendet auch Maries Gewimmer weg, die reglos am Boden liegt und leise immer und immer wieder ‚Nein, bitte, Nein' wimmert. Auf ihr Ralfs lebloser Körper. Ruth ist angewidert von der Szenerie. Verdammte Scheiße. Warum mussten sie sich auch alle wie die Erstklässler auf die Suche nach Ralf machen? Jetzt hat sie die ganze Arbeit. Sie muss dafür sorgen, dass Ralf sich entschuldigt. Sie muss sich darum kümmern, dass Marie den Mund hält. Sonst: Karriere ade. Wie konnte er ihr das nur antun? Sie kniet sich neben Marie und berührt ihn leicht an der Schulter.

Marie schluchzt: „Zieh' ihn runter, zieh' ihn runter!" Marie wird immer lauter, sie kann es nicht länger ertragen, Ralfs Körper auf ihrem zu spüren, sie schreit so laut, wie es ihr möglich ist. „Nimm ihn weg, ich kriege keine Luft mehr, nimm ihn weg."

Ruth rührt sich nicht. Sie blickt abgestoßen auf Marie herab. Wie grotesk sie aussieht. Verschmiertes Make-up, zerzauste Haare, aufgeplatzte Lippen, es ist abscheulich. Sie ist selbst schuld. Marie wird hysterischer, sie brüllt und strampelt.

Marleen kann Maries Geschrei nicht länger ertragen, sie packt den leblosen Ralf und wälzt ihn von ihr herunter. Marie rutscht sofort weg von ihm und lehnt sich an die Wand hinter ihr. Sie braucht Halt, sie braucht Freiraum, sie will rennen, sie will liegen. Sie verstummt. Immer wieder versucht sie, ihr Kleid so weit es geht über ihre Knie und ihr Dekolleté zu ziehen. Ihre Augen sind weit geöffnet und starr vor Entsetzten, ihr Körper zittert wie Espenlaub. Marleen kniet sich neben sie und berührt vorsichtig ihr Gesicht. „Beruhige dich, Marie, beruhige dich.“ Marie zuckt zusammen, als hätte sie sich verbrannt.

Mit vor Panik geweiteten Augen starrt Marie sie an. Sie stammelt immer und immer wieder: „Ich habe Nein gesagt, Nein, aufhören, er soll aufhören! Sieh nur, was er gemacht hat … Mein Kleid, mein Gesicht, es tut so weh …“

„Schon gut, alles wird gut. Ganz ruhig“, versucht Marleen, sie zu beschwichtigen.

Da brüllt Marie los: „Er hat mich vergewaltigt!“ Den ganzen Schmerz, die Erniedrigung kreischt sie heraus. „Er hat mir wehgetan, ich habe ihn angefleht, er soll aufhören, aufhören! Er, er hat mich vergewaltigt!“

Marleen will sie berühren und in den Arm nehmen, doch Marie weicht ihr wie ein geprügelter Hund aus und macht sich ganz klein.

Maries Gezeter macht Ruth nervös. Sie muss sich beherrschen, damit sie ihr nicht eine langt. Sie kniet sich neben Ralf. Sie hat seine Hose wieder notdürftig hochgezogen. So ein Idiot. Sie beugt sich zu ihm hinunter und schlägt einen warmen, liebevollen Ton an. „Ralf, mein Armer, kannst du mich hören? Wach auf, komm schon. Ralf, mach die Augen auf.“ Sie rüttelt an seinen Schultern. „Los jetzt, das ist nicht witzig.“

„Fühl seinen Puls.“ Marleens Stimme ist leise und es liegt Hoffnungslosigkeit in ihren Worten. Ruth tastet an seiner Halsschlagader, aber sie kann nichts fühlen. Sie versucht es noch einmal, nichts. Sie legt ihren Kopf auf seine Brust, kein Herzschlag, nichts. Beklemmung macht sich in ihr breit und eine Gänsehaut kriecht ihren Nacken hoch. Sie richtet den Blick auf Marleen, in ihren Augen blitzt die Furcht auf. „Ralf atmet nicht mehr."

Marleen schiebt sie zur Seite und fühlt nochmals Ralfs Puls. Nichts. Ralf ist tot.

Schweigen breitet sich im Bootshaus aus, die Stille lastet im Zwielicht. Zwischen die Holzlatten der Wände schieben sich Streifen blassen Mondlichts. Keine der drei wagt es, sich zu rühren oder zu atmen.

Ohne Vorwarnung springt Ruth auf, steuert auf Marie zu und bleibt drohend über ihr stehen. Schützend hält Marie ihre Hände vor ihren Körper und die Scham hat sie fest im Griff.

„Das ist alles nur deine Schuld! Du hast ihn angemacht. Er würde so etwas niemals tun. Du bist doch schon die ganze Zeit scharf auf ihn gewesen und es war deine Idee, ihn zu suchen. Woher wusstest du denn, dass er hier ist?", zischt Ruth, während sie sich zu ihr hinab beugt, um ihren Blick festzunageln.

Marie stöhnt auf. „Spinnst du? Sieh doch nur, was er mit mir gemacht hat." Mit leiser, gebrochener Stimme wiederholt sie dann immer wieder: „Ich habe nichts getan, ich habe nichts getan."

Marleen springt auf und drängt sich zwischen die beiden. „Ruth, lass sie in Ruhe, du weißt ganz genau, dass es nicht ihre Schuld ist. Ich habe ihr gesagt, dass sie hierher gehen soll. Du erinnerst dich? Also komm wieder runter." Ruth wirft Marleen einen eisigen Blick zu und kniet sich wieder neben Ralf. Leicht streicht sie mit ihrer Hand über seinen Körper. Sich trennen ist das Eine, aber der Tod ist endgültig, und bei dieser Erkenntnis rinnen ihr die Tränen an der Wange entlang.

Marleen kniet sich neben Marie, nimmt sie in den Arm und wiegt den von Heulkrämpfen zitternden Körper langsam hin und her. „Alles wird gut, wir finden einen Weg. Beruhige dich, Marie. Beruhige dich." Die Wiegebewegung in der Umarmung mit Marie hat auch beruhigende Wirkung auf Marleen und sie spürt, wie das Kokain ihre Gedanken wieder klärt. Sie hasst sich dafür, dass sie gegen ihre Natur gehandelt hat. Anstatt erst zu überlegen und dann zu handeln, hat sie gehandelt, ohne vorher nachzudenken. Das wird ihr nie wieder passieren. Es steht viel für sie auf dem Spiel. Sie sieht ihre Zukunft in Gefahr. Was geschieht, wenn herauskommt, dass sie jemanden umgebracht hat? Sie wird dann niemals den gesellschaftlichen Status erreichen, den sie anstrebt. Ihre kratzige Stimme zerschneidet die Stille wie ein Messer. „Ralf muss verschwinden."

„Was soll das heißen, er muss verschwinden?" Ruth glaubt, ihren Ohren nicht zu trauen. „Wieso soll er verschwinden? Er kann sich doch nicht in Luft auflösen. Hast du jetzt total den Verstand verloren?"

Langsam kehrt Marleens altes Ich zurück, sie erhebt sich und geht entschlossen auf Ruth zu. „Hör mir zu, keiner hat gesehen, dass wir ihn suchen gegangen sind. Keiner weiß, dass wir hier sind. Oder?" Ihre Stimme klingt, als wäre sie völlig unbeteiligt.

„Aber irgendwann werden sie nach ihm suchen und dann?", flüstert Ruth und funkelt sie wütend an.

„Nichts. Was soll dann sein?“ Ruth schenkt Ralf noch einen kurzen Blick, dann hievt auch sie sich hoch und geht auf Marleen zu. „Nein, da mache ich nicht mit“, sagt sie bestimmt.

„Ruth, überlege doch mal, wenn wir zur Polizei gehen, dann können wir uns unsere Zukunft abschminken“, erwidert Marleen kühl und wirft einen abschätzigen Blick auf die Leiche. Marie weint inzwischen leise vor sich hin.

„Hör doch mal auf zu heulen, Marie“, faucht Ruth sie an und fährt an Marleen gerichtet fort: „Wieso wir, ich habe doch nichts gemacht, du warst es doch, die ihm einen Schlag auf den Kopf verpasst hat.“

Marleen blickt sie kalt an. „Wer sagt denn, dass ich es getan habe? Wer hat es gesehen? Nein, meine Liebe, ich glaube, du hättest mehr Grund dazu gehabt, schließlich ist er dein Freund und du hast ihn mit einer anderen erwischt. Und wir kennen doch alle dein Temperament.“

Erschüttert starrt Ruth sie an. Ihr Zorn brodelt wieder hoch und sie rückt ganz dicht an Marleen heran. „Wage es ja nicht, mir zu drohen.“

„Ich will dir nicht drohen, ich möchte nur, dass du genau überlegst, was jetzt für uns wichtig ist. Ralf können wir nicht mehr helfen, aber wir können das Beste daraus machen, damit wir keinen Schaden davontragen.“

Ruth schaut auf Ralfs leblosen Körper und es versetzt ihr einen Stich. Sie kann es nicht fassen, dass er tot ist. Das Wort „tot“ ist viel zu groß für sie. Sie hat ihn wahrhaftig geliebt und sie passten so perfekt zusammen. Sie hatte sich so eine tolle Zukunft mit ihm vorgestellt. Jetzt weiß sie nicht, wie es weitergehen soll. Es ist nicht das erste Mal, dass er sie betrogen hat, oh nein, er hat es mindestens hundertmal getan. Er kam immer reumütig zu ihr zurück, denn er wusste genau, dass er ohne sie ein Nichts war. Nur als Paar waren sie unschlagbar. Sie hat es genossen, diese Macht zu spüren, und es war grandios, auch wenn sie einen hohen Preis dafür zahlen musste. Sie fühlt sich zutiefst gedemütigt. Jetzt steckt sie durch seine Schuld im größten Dilemma ihres Lebens. Sie atmet tief durch: „Also gut."

In Marie, die immer noch zusammengekauert in der Ecke hockt, schleicht sich nach und nach Erkenntnis ein. Angespannt hat sie ihren beiden Freundinnen zugehört, und keine von beiden hat sie gefragt, was sie davon hält, den Leichnam verschwinden und alles auf sich beruhen zu lassen. Mühsam erhebt sie sich, ihr Körper schmerzt bei jeder Bewegung. „Marleen, ich wurde vergewaltigt und du hast mir geholfen. Es war Notwehr. Wir können Ralf nicht so einfach verschwinden lassen, das ist", ihr Blick ist wie gebannt auf Ralf gerichtet und sie muss sich zusammenreißen, um sich nicht zu übergeben, „das ist unrecht."

„Ach, meine Kleine, das, was er dir angetan hat, ist Unrecht. Nein, ich sage dir, das wird ein Nachspiel für uns alle haben, und dann ist unsere Zukunft dahin. Wir machen es so, wie ich es sage, wir werden ihn verschwinden lassen. Punkt." Marleens Blicke und ihre Stimme werden zusehend flehender. „Bitte, Marie, ich habe dir geholfen, und nun bitte ich dich, mir zu helfen."

Marie ist verunsichert, sie schätzt Marleen sehr und sie glaubt ihr auch, dass es nicht einfach sein wird, ein Leben nach diesem Abend zu führen. Aber das ist nicht richtig. „Nein, wie soll ich damit leben, wie soll ich meinen Zustand meinen Eltern erklären? Das kann ich nicht, Marleen. Lass uns die Polizei rufen und wir klären das Ganze. Niemand wird es an die große Glocke hängen. Meine Eltern werden schon dafür sorgen. Das verspreche ich dir."

Marleen lacht laut auf, es klingt wie das hysterische Lachen einer Hyäne. Als sie sich wieder beruhigt hat, legt sie ihren Arm um Marie. „Ich kann verstehen, dass du Gerechtigkeit willst und dass dein Name rein gewaschen werden soll, aber denk an die vielen Fragen, die da kommen werden. Warum zum Beispiel Ralf dich vergewaltigt hat? Ich meine, ihr wart schließlich alleine und niemand kann beweisen, ob nicht ein wenig von deiner Seite ausging, ein wenig Flirt, du weißt schon."

Marie stockt der Atem. „Glaubst du wirklich, was du gerade gesagt hast? Ich fasse es nicht, ausgerechnet du!"

Marleen packt Marie bei den Händen und schüttelt sie im Rhythmus ihrer Worte auf und ab, wie um jedes ihrer Worte noch deutlicher zu bekräftigen. „Nein, es ist nicht das, was ich denke, sondern was du der Polizei klar machen musst. Mir brauchst du nichts zu erklären, ich weiß, dass du keine Schuld trägst. Ich versuche dir nur klarzumachen, dass es nicht einfach sein wird. Und es wird unangenehm werden. Nicht nur für dich, sondern auch für deine Eltern. Und ich glaube nicht, dass du das willst. Oder?"

Marie wird übel bei der Vorstellung, dass ihre Eltern

in die Sache mit hineingezogen werden könnten. Jetzt, wo sie sich trennen wollen und alles auseinanderbricht. Die eigene Tochter wurde vergewaltigt und es gibt keine Zeugen, die berichten könnten, warum und wie es dazu kam. Und dann ist da noch der Kuss, hat sie Ralf nicht doch provoziert? Schließlich hat sie es zugelassen, dass er sie küsst. Sie hat es genossen, seine Komplimente zu hören und seinen Körper zu spüren. Aber sie hat Nein gesagt, oder? Sie hat Nein gesagt, ganz sicher.

Marleen streicht sanft eine Haarsträhne aus Maries Gesicht „Marie, wir können ihm nicht mehr helfen. Aber wir können das Beste daraus machen, und wenn wir fest zusammenhalten, schaffen wir es."

Marie nickt zustimmend. Ihre Ängste und Befürchtungen sind so überwältigend, dass sie zu keinem Gegenargument mehr fähig ist.

„Gut, dann ist ja alles geklärt."

FÜNF

Vorsichtig öffnet Marleen die Tür des Bootshauses. Sie schlüpft durch den Spalt der Tür hinaus ins Freie und atmet die frische reine Luft ein. Was für ein Abend. Nie im Leben hätte sie mit so etwas gerechnet. Vorbei ist der Kokainrausch und sie schwört sich, nie wieder das Zeug anzurühren.

Marleen schleicht um das Bootshaus herum. Erleichtert stellt sie fest, dass das Ruderboot noch an der Stelle festgemacht ist, wo es hingehört. Niemand ist zu sehen, Schwaden von entferntem Gelächter und dumpfer Musik der Party wehen ihr entgegen. Da hört sie ein plötzliches Knacken im Unterholz. Marleen hält den Atem an und starrt angestrengt in die Richtung, aus der das Geräusch kam. Ein Vogel fliegt auf und Marleen muss sich den Mund zuhalten, um nicht vor Schreck laut zu schreien. Erleichtert schlüpft sie wieder ins Bootshaus. „Okay. Die Luft ist rein."

Ralf ist schwer, und Marie kann und will ihn nicht anrühren. Ruth steht warnend vor Marie. „Fass gefälligst mit an, schließlich bist du mit Schuld an diesem ganzen Dilemma."

„Ich kann nicht."

„Oh doch, du kannst. Nimm seine Beine."

Widerwillig hebt Marie Ralfs Beine an, bei der Berührung wird ihr wieder übel. Ihr Magen dreht sich und mit einem Schwall entleert sich ihr ganzer Mageninhalt auf Ralfs Unterleib. Entsetzt schreit Ruth sie an: „Bist du total bescheuert, wie kannst du nur, hast du überhaupt keinen Respekt?"

Marleen schüttelt sich vor Lachen. „Mach dir nichts draus, Marie. Ich finde, er hat es verdient, und jetzt weiter, wir müssen vom Strand weg."

Mit vereinten Kräften gelingt es ihnen, Ralf in das Boot zu hieven.

Marleen greift sich ein Ruder und weist Ruth an, sich

neben sie zu setzen und das andere Ruder zu übernehmen. Nur widerwillig ergreift Ruth es und folgt Marleens Kommando: „Tief eintauchen und kräftig durchziehen, eins, zwei, drei und durchziehen, ja genau so." Marie hat sich an die Stirnseite des Bootes gekauert, die Reling fest umklammert. Ihr unsteter Blick wandert immer wieder zu den versteinerten Gesichtern ihrer Freundinnen herüber. Langsam schaukelt das Boot auf den See hinaus. Über den Mond sind schwere Wolken gezogen, die Luft ist feucht und schwül und kündigt ein Gewitter an.

Niemand sagt ein Wort. Ralf liegt vor Maries Füßen, sein Kopf ist blutverschmiert und sein Mund leicht geöffnet, als würde er jeden Moment etwas sagen. Marie mag sich keinen Millimeter bewegen. Ihr Kopf ist leer und sie wünscht, es wäre nur ein schlechter Traum, aus dem sie gleich erwachen wird. Sie starrt unentwegt auf Ralf, in der Hoffnung, dass er sich wieder bewegt und nicht tot ist, denn dann könnte sie alles ungeschehen machen. Alles natürlich nicht, aber dann könnte sie zur Polizei gehen und ihn anzeigen, und dann wären ihre Freundinnen aus dem Schneider. Und sie? Nein, vielleicht ist es gut, dass er tot ist. Denn was er ihr angetan hat … Aber hat sie nicht selbst Schuld? Vielleicht hat Ruth ja recht, dass sie ihn provoziert hat und dass er nie zu einer Vergewaltigung fähig wäre. Schließlich hat sie doch Koks geschnupft und sie war gut drauf. Nein, nein, sie hatte stopp gesagt und er hat nicht aufgehört. Plötzlich berührt Ralfs Hand ihren Knöchel. Marie schnellt hoch und schreit auf. „Er lebt, er hat mich angefasst!“ Das Boot fängt bedrohlich an zu schaukeln und Marie hat Schwierigkeiten, ihr Gleichgewicht zu halten, und droht, über Bord zu stürzen. Marleen ergreift reflexartig Maries Hand. „Setz dich wieder, es ist nichts. Das ist nur die Bewegung vom Boot, sei leise.“ Zitternd und nicht überzeugt setzt sich Marie wieder hin und zieht, so gut sie kann, ihre Beine an ihren Körper, den Blick starr auf Ralf geheftet. Ruth stößt in einem unbeobachteten Moment Ralfs Körper mit dem Fuß an. Einmal, zweimal. Doch er bewegt sich nicht.

Inzwischen sind sie in der Mitte des Sees angekommen. Marleen wirft forschende Blicke um sich. „Das reicht. Ich weiß, dass hier eine leichte Strömung herrscht, es wird Tage dauern, bis er an Land gespült wird, wenn überhaupt.“ Sie sieht die beiden auffordernd an. „Also los, über Bord mit ihm.“ Das Boot schwankt beunruhigend hin und her, als sie Ralfs schlaffen Körper über die Reling hieven und ihn ins Wasser gleiten lassen. Sie können in der Dunkelheit nicht genau erkennen, ob er untergeht oder nicht. Marleen wird unruhig, weil sie es wissen muss. „Könnt ihr was erkennen? Könnt ihr ihn sehen, ist er untergegangen?“ Sie beugt sich weit hinaus. „Ruth, kannst du was auf deiner Seite erkennen?“ Auch Ruth beugt sich weit über den Bootsrand, doch sie kann nur dunkle plätschernde Wellen erkennen. „Nein, ich kann nichts sehen.“ Marie, angesteckt von der zunehmenden Nervosität, späht hinaus und nimmt nichts weiter wahr als eine dunkle, sich leicht bewegende Masse. Plötzlich blitzt es und für einen Moment wird es taghell um sie herum. Ralf ist im düsteren Wasser versunken und keine Spur von ihm zu entdecken. Marleen lässt sich erleichtert auf den hölzernen Sitzbalken fallen und sinkt eine Sekunde in sich zusammen. Langsam richtet sie ihren Blick auf Ruth, die gedankenverloren auf das Wasser blickt. „Willst du noch etwas sagen, Ruth, ein paar Worte, ich meine …“

Ruth schüttelt den Kopf, Tränen rinnen ihre Wangen herunter und verschmieren nun vollends ihr Make-up. Sie atmet tief durch und kniet sich neben Marie, die zusammengesunken auf den Bootsplanken kauert. Ruth nimmt Maries Hand vorsichtig in die ihre.

„Nein, nicht zu ihm, aber zu dir, Marie. Es tut mir leid, dass ich mich so mies dir gegenüber verhalten habe. Entschuldige bitte.“ Wie durch einen dunklen Schleier nimmt Marie die Berührung und die Entschuldigung wahr.

Marie hat Ruth noch nie so erlebt, denn sie hat ihr gegenüber noch nie Emotionen gezeigt. Nur zu gern nimmt sie die Entschuldigung an. Für einen Augenblick sind die drei ganz still und hängen ihren eigenen Gedanken nach.

Marleen räuspert sich. „Wir sollten einen Schwur ablegen, einen Schwur, der uns zusammenhält bis an unser Lebensende.“

Marie und Ruth stimmen zu. Die drei nehmen sich an den Händen.

„Ich schwöre bei meinem Leben, zu niemandem ein Wort.“

Der Himmel wird von einem gleißenden Blitz in Stücke gerissen und der darauf folgende Donner kracht ohrenbetäubend. Die Gesichter der drei jungen Frauen wirken für eine Sekunde, als wären sie hundert Jahre alt.

SECHS

Heute, acht Jahre später

Dicke, lange, nicht aufhörende Regenschlangen rinnen die Fensterscheibe herunter. „Na, Gott sei Dank ist der Umzug noch im Trockenen verlaufen." Marie schlingt ihre Arme fest um ihren Körper und starrt aus dem Fenster ihrer neuen Wohnung in Hamburg Eppendorf. Schon wieder ein Umzug. Der Wievielte ist es eigentlich? Der vierte, fünfte oder etwa schon der sechste? Sie weiß es nicht genau, sie will es schon dabei belassen, doch dann, aus einem inneren Drang heraus, will, ja muss sie es unbedingt wissen. Vielleicht erhält sie ja dann die Antwort, warum sie wieder in Hamburg ist? Natürlich erinnert sie sich an ihre Studienzeit in München und ganz klar an den Kommilitonen, der ihr nachlief, als wäre sie eine läufige Hündin. Sie ist lieber geflüchtet, als ihn in seine Schranken zu weisen, und zog nach Göttingen, um dort ihren Abschluss zu machen. Und dann? Es scheint eine riesige Lücke zu sein, oder ist es pure Verdrängung? Gedankenverloren schaut Marie aus dem Fenster.

Gurgelnd drückt das Wasser aus den Gullys nach oben

und verwandelt die Straße in einen See. Marie beobachtet ein kleines Mädchen in einem knallroten Regenmantel und leuchtend gelben Gummistiefeln, das juchzend in die riesigen Pfützen hineinspringt und prompt Schelte von ihrer aufgebrachten Mutter erntet. Augenblicklich fängt das Mädchen zu weinen an. Aus Protest stampft sie ihre gelben Gummistiefel noch einmal kräftig in die Pfütze, sodass das Wasser nach allen Seiten hoch spritzt und auf der hellen Kleidung der Mutter landet. Mit einem gellenden Schrei springt die Mutter zur Seite und will ihrer Tochter eine Ohrfeige geben. Marie reißt das Fenster auf und brüllt hinaus zu der Mutter: „Nicht! Tun Sie es nicht.“ Die Mutter blickt beschämt nach oben, greift nach dem Arm ihrer Tochter und zieht sie wortlos hinter sich her.

Marie schließt bedächtig das Fenster, schwer lehnt sie ihren Kopf gegen die kühle Scheibe. Marie hofft, dass der kleine Zwischenfall auch ihre Erinnerungen vertrieben hat, aber da hat sie sich getäuscht: ‚Also, Marie, was war nach Göttingen, was? Komm schon, sei nicht so feige,‘ denkt sie. Marie schluckt hart, okay. Ein Jahr Hannover in einer Buchhandlung, wegen Trunkenheit am Arbeitsplatz entlassen. Gott sei Dank war ihre Chefin einsichtig und hat den Entlassungsgrund nicht angegeben. Danach Stuttgart, in einer sehr kleinen und edlen Buchhandlung. Marie fröstelt bei dem Gedanken. Es war klein und intim. Und so benahm sich auch ihr Chef. Sehr intim. Er ließ sie keinen Augenblick lang aus den Augen. Bei dem Gedanken daran schließt Marie ihre Augen und versucht, die aufsteigende Übelkeit zu vertreiben. Und jetzt Hamburg. Ein tiefer Seufzer entweicht ihren Lippen. Warum gerade Hamburg?

Nie wieder wollte sie hierher zurückkehren. Sie atmet tief durch und reißt sich von dem tristen Anblick des Regens los.

Marie schaut auf die Umzugskartons, die sich überall in dem großzügigen Wohnzimmer stapeln. Ihr geliebtes rotes Sofa hat diesen Umzug nicht unbeschadet überstanden. Dieser Idiot von Umzugshelfer hat es unsanft durch den engen Hausflur geschoben. Sie wollte toben, aber der grobschlächtige Typ hat sie gleich abgewürgt. „Viel zu sperrig, geht nicht anders." Nun steht es da, lädiert und abgewetzt. Wie traurig es aussieht. Es hat sie so viele Jahre begleitet und ihr so viel Geborgenheit in einsamen Stunden gegeben. Es ist ihr Freund. Sie fühlt sich elend, weil sie dem Sofa so viel zugemutet hat. Sie wendet schnell ihren Blick wieder aus dem Fenster. Hamburg Eppendorf, Altbau, 65 m², dritter Stock mit Balkon in einer ruhigen Straße, 780 Euro. Was hat sie sich nur dabei gedacht, eine so teure Wohnung zu mieten? Es ist ein Grund mehr, damit sie sich zusammenreißt und den neuen Job anständig macht, sonst hat sie ein riesengroßes Problem.

Als sie die Jobanzeige im ‚*Stuttgarter Anzeiger*' las, setzte ihr Herz einen Schlag lang aus.

Bibliothekarin in Vollzeit gesucht. Bücherei und Antiquariat Krause. Hamburg Eppendorf.

Ihre Hände flatterten so stark, dass sie sich erst einmal ein Glas Gin einschenken musste. Sie starrte immer wieder auf die Anzeige, setzte dann das Glas an und trank es in einem Zug leer. Es tat gut und beruhigte ihre Nerven. *Antiquariat und Bücherei Krause.* Dort hat sie als Kind unzählige Stunden verbracht. Die hohen Regale waren vollgestopft mit Büchern, den papierenen Geruch, den sie verströmten, hat sie heute noch in der Nase, und die unsagbar vielen Geschichten, die die Bücher in sich trugen, hat sie bis heute nicht vergessen. Als Kind hat sie davon geträumt, hier, inmitten all der Bücher und deren Geschichten, zu arbeiten. Als junges Mädchen war es ihr fester Wille, in der Bücherei Krause ihre Karriere als Bibliothekarin zu beginnen.

Eine Woche kämpfte sie mit sich, bis sie endlich den Mut und auch den Willen fand, ihre Bewerbung zu schreiben. Nun ist sie hier und morgen ist ihr erster Arbeitstag.

Der Regen wird immer heftiger und deprimiert sie. Sie hat sich vorgestellt, dass Hamburg sie mit Freude und Sonne empfangen würde. Alles cool, alles einfach. Ein neues Leben. Sie hat es sich so schön ausgemalt. Wird sie es schaffen? Sie weiß es nicht. ‚Vielleicht ist es ja so etwas wie Bestimmung?', denkt sie, aber ganz weit hinten, tief vergraben in ihrem Kopf, sagt ihr eine leise Stimme: „Nein, Marie, es ist deine Chance, vielleicht deine letzte." Marie schüttelt sich, sie will nicht weiter darüber nachdenken. Sie will nur ihre Ruhe haben. Sie umklammert noch fester ihren zierlichen Körper und betrachtet ihr Gesicht in der Reflexion der Fensterscheibe. Es scheint bizarr und ausgemergelt zu sein, ihre Augen wirken viel zu groß in dem eingefallenen Gesicht. Ihre Haare sind streng nach hinten zu einem Pferdeschwanz gebunden und wirken glanzlos. Marie fällt immer mehr in ihre Verzweiflung und in ihre Ängste hinein. Das ist ein Grund mehr, ihren Vorsätzen Ade zu sagen. Nie wieder, hatte sie sich geschworen, dieses Mal will sie alles richtig machen. Nur das eine Mal in ihrem Leben. Sie kennt dieses Gefühl und sich selbst nur zu gut. Zu oft hat sie sich schon selbst belogen und sich eingeredet, dass sie alles im Griff hat. Sie erhebt sich und noch während sie die Litanei über das, was sie alles will oder nicht, fortführt, wandert sie von einem Karton zum nächsten. Wie wild fängt sie an, die Kartons durchzusuchen. Sie wird immer hektischer und reißt einen Karton nach dem anderen auf. Es macht sie verrückt, denn sie weiß ganz genau, dass sie eine Flasche Gin eingepackt hat. Eine Notflasche, wie sie sich eingeredet hat. Maries Frustration wird immer größer. Dies ist ein Notfall, verflucht noch mal. Endlich, im letzten Karton, findet sie sie.

Marie atmet erleichtert auf, klar, wie konnte es auch anders sein. Ihre Laune erhellt sich sofort, als sie die Flasche in der Hand hält. „Ich werde auch nur ein Glas zur Feier des Tages trinken, versprochen, und jetzt noch ein Glas, und die Sache ist perfekt." Marie kramt weiter in dem Karton, doch sie findet kein Glas, nur ein Foto in einem goldverzierten Rahmen. Ihre Hände fangen zu zittern an, als sie es betrachtet. Es zeigt sie mit Marleen und Ruth unter dem Apfelbaum kurz vor der Abi-Party. Die euphorische Stimmung ist wie weggeblasen. Marie erinnert sich daran, wie sie nach der schrecklichen Nacht nach Hause kam. Es war still und dunkel im

Haus. Auf Zehenspitzen und mit angehaltenem Atem schlich sie die knarrende Holztreppe hinauf in ihr Zimmer. Sie riss sich das verschlissene rote Seidenkleid vom Leib und sprang unter die Dusche. Wie eine Wahnsinnige schrubbte sie ihren Körper, bis die Haut rot war. Ihre Seele schrie nach ihrer Mutter, schrie nach Trost und Geborgenheit. Am nächsten Tag erzählte sie ihren Eltern, dass sie betrunken war und gestürzt sei, und es sei ihr peinlich, darüber zu reden. Ihre Eltern wollten mit ihr ins Krankenhaus, doch Marie stellte sich quer. Sie schloss sich in ihr Zimmer ein und vermied es, mit ihnen zu sprechen. Sie weiß bis heute nicht, ob ihre Eltern ihr die Geschichte abnahmen. Lügen und erfundene Geschichten bestimmten fortan ihr Leben.

Angewidert sieht Marie auf ihre zittrigen Hände, die die Flasche und das Foto fest umklammern. Marie lehnt sich gegen die Wand und lässt sich langsam heruntergleiten „Fuck, verfluchter Mistdreck, fuck noch mal." Langsam dreht sie den Verschluss der Flasche auf, schließt ihre Augen und atmet tief durch. Sie versucht, den Widerwillen herunterzuschlucken, atmet noch einmal tief durch und setzt die Flasche an. Der Gin fließt langsam ihre Kehle herunter.

SIEBEN

Marie ist wütend auf sich selbst und sie schämt sich für ihre Schwäche. Sie hat fast die ganze Flasche ausgetrunken. Ekelhaft. Zum hundertsten Male nimmt sie sich vor, dass sie dagegen etwas unternehmen muss. Stattdessen steht sie jetzt verkatert vor der Bücherei mit einem Make-up, das, wie sie glaubt, ihr ein frisches und natürliches Aussehen gibt, und in einer ungebügelten Bluse, deren Knitterfalten sie mit einem Jackett zu kaschieren versucht, einem knurrenden Magen und der Hoffnung, dass niemand ihre Fahne riechen wird. Aber immerhin ist sie pünktlich.

Die Glocke über der Ladentür klingelt leise in drei hellen Tönen, als Marie den Laden betritt. Unwillkürlich muss sie lächeln und schließt für eine Sekunde die Augen. Sie fühlt sich sofort wieder zurückversetzt in ihre Jugendzeit. Hier hat sich nichts Wesentliches verändert. Schwere dunkle Eichenregale reichen bis unter die hohe Decke, die mit weißem verspielten Stuck geschmückt ist. Es sind Engel, die den Zeigefinger an den Mund legen und Stille einfordern.

Marie schlendert an den Bücherregalen entlang, nimmt wahllos eines der Bücher heraus, lässt es durch ihre Hände gleiten, hält es an ihre Nase und atmet tief ein.

„Ein schöner Geruch, nicht wahr? Sinnlich und sexy zugleich.“ Die Stimme, die Marie herumwirbeln lässt, ist gewinnend und warm. Vor ihr steht eine Frau um die 40, mit einer fülligen Figur, die sie geschickt unter eleganter Kleidung verbirgt. Ihre kurzen blonden Haare verleihen ihrem Gesicht etwas Offenes und lassen ihre Augen strahlen. „Kann ich Ihnen helfen?“

Marie platziert nervös das Buch wieder zurück in das Regal und wird sich bewusst, wie unpassend sie aussehen muss, sie nestelt nervös an ihrem Jackett, um die knittrige Bluse zu verbergen.

„Oh nein, ich meine, ja. Ich bin Marie Kellermann.“ Die Augen der Buchhändlerin strahlen, als sie Marie ihre Hand entgegenstreckt. „Ich bin Tanja Ölschlegel, Ihre neue Kollegin.“ Maries Hände zittern ein wenig, als sie die ausgestreckte Hand ergreift. Es ist ihr unangenehm und sie zieht sie schnell zurück. Tanja lächelt sie aufmunternd an. „Kommen Sie, hier entlang. Der Chef, Herr Krause, wartet schon.“

Zum ersten Mal betritt Marie den hinteren Bereich der Buchhandlung. Auch hier sind Bücher bis an die Decke gestapelt. Tanja wendet sich zu ihr um. „Tja, es wartet eine Menge Arbeit auf Sie.“ Sie zeigt auf die Bücher. „All das muss in die Datenbank eingegeben werden, nicht gerade das, was ich liebe.“

Marie steht fasziniert vor dem Bücherberg. „Oh, ich liebe es.“

„Na, dann werden wir uns gut verstehen.“ Tanja zwinkert ihr zu. Sie bleibt vor einer großen schweren Eichentür stehen. „So, wir sind angekommen.“ Sie klopft kurz an der Tür und, ohne eine Antwort abzuwarten, öffnet sie sie mit Schwung. Tanja geht schnellen Schrittes auf den in der Mitte des großen Raumes stehenden Schreibtisch zu. Marie folgt ihr zaghaft. Ob Herr Krause sie erkennen wird? Wie oft hat er ihr die Bücher aus den oberen Regalen geholt, wie oft hat er Empfehlungen ausgesprochen? Er erkennt sie bestimmt. Doch als sie ihn hinter diesem mächtigen Schreibtisch sitzen sieht, glaubt sie kaum, dass er begreifen wird, wer sie ist. Er ist alt geworden. Sehr alt. Sein einst kräftig gebauter Körper hat sich in eine dürre und ausgemergelte Statur verwandelt. Die schwarze Brille ist viel zu groß für seinen kleinen Kopf. Marie spürt Enttäuschung in sich hochsteigen. Aber was hat sie erwartet?

„Er hört nicht mehr so gut." Tanja berührt Herrn Krause an der Schulter und beugt sich zu seinem Ohr herunter.

„Herr Krause, Frau Kellermann, die neue Mitarbeiterin ist da."

Krause sieht verdutzt von seinen Unterlagen auf. „Oh ja, ja, ja." Er hat Mühe, sich von seinem Stuhl zu erheben. Noch bevor er aufgestanden ist, hält Marie ihm ihre Hand entgegen. Dankbar ergreift er sie. Sein Händedruck ist unerwartet fest. „Nehmen Sie bitte Platz, Frau, äh, ..."

„Kellermann."

„Ja, ja, Frau Kellermann."

Tanja lächelt Marie aufmunternd an und verlässt lautlos das Büro.

Der ganze Raum ist mit Büchern gefüllt. Herr Krause folgt Maries Blick. „Ja, viele Bücher. Viele nützliche, aber auch viele unnütze Worte sind dort gefangen."

Marie muss lächeln. Sie erinnert sich daran, dass er das schon damals immer gesagt hat, bevor er ihr ein Buch aus dem Regal holte und meinte: „Aber hier ist eins, darin stehen ganz viele nützliche Worte“, als ob er ihre Gedanken gelesen hätte. „Ich glaube, wir kennen uns. Ich glaube, mich zu erinnern, dass Sie schon früher einmal hier waren.“ Er beugt sich über den Schreibtisch und beäugt Marie genauestens. „Ja, ja, diese Augen, diese schönen Augen, immer fragend. Äh, ja. Wo waren wir? Also, Sie sind jetzt hier, um bei uns zu arbeiten.“

Marie hat eine Rede vorbereitet, doch jetzt bekommt sie kein Wort heraus. Sie zögert und Krause betrachtet sie durchdringend mit seinen vom Alter milchigen Augen. Marie räuspert sich. „Es ist mir eine Ehre, bei Ihnen arbeiten zu dürfen.“

Krause scheint plötzlich in einer anderen Welt zu sein. Sein Blick ist immer noch starr auf Marie gerichtet, als hätte er nicht verstanden, was sie gesagt hat, und als würde er immer noch auf eine Antwort warten. Marie beugt sich ein wenig zu ihm herüber. Mit fester lauter Stimme sagt sie: „Herr Krause, es ist …“

Krause unterbricht sie. „Schreien sie nicht so, ich bin doch nicht taub. Ich habe Sie schon beim ersten Mal verstanden. Äh, ja also gut, ich freue mich auch. Frau, äh, Kellermann, ich würde sagen, Sie halten sich an Frau Ölschlegel.“ Mit einem amüsierten Tonfall fügt er hinzu: „Die junge hübsche Frau, Sie haben sie ja schon kennengelernt. Also, Frau Ölschlegel ist meine rechte Hand. Sie wird Ihnen alles zeigen. Äh ja, das wäre dann so weit geregelt.“ Und als wäre nichts vorgefallen, wendet sich Krause wieder seinen Unterlagen zu.

Mit gemischten Gefühlen verlässt Marie das Büro. Sie fragt sich erneut, ob es die richtige Entscheidung war, hierher zukommen.

Tanja steht hoch oben auf einer Leiter, um einige Bücher in das oberste Regalfach zu sortieren. „Armer Shakespeare. Dich will auch keiner mehr lesen, wie schade, aber was soll's, andere müssen ja auch mal an die Reihe kommen.“

Eiligst klettert Tanja die Leiter herunter, als sie Marie ein wenig ratlos vor dem Büro stehen sieht. „Hat es nicht geklappt? Krause war so begeistert von Ihrer Bewerbung und meinte nur ‚Diese da, diese Frau Kellermann kommt in Frage.‘“

Marie zwingt sich zu einem Lächeln. „Nein, nein, alles gut, ich habe den Job. Es ist nur, Herr Krause hat, ich meine, er ist so, nun, ich weiß auch nicht.“

„Verwirrt? Kuckuck?“ Tanja lacht. „Nein, er ist noch ganz helle. Es ist nur so, dass seine Frau vor drei Jahren gestorben ist und seitdem ist er oft abwesend. Zu groß war sein Schmerz. Er ist ein guter Chef und er hat immer noch ein gutes Gespür für das Richtige im Leben.“

Beide Frauen sehen sich an und taxieren sich. „Ich weiß, ich habe ein paar Pfunde zu viel drauf, meine Schwäche ist das Essen.“

„Oh nein, ich wollte Sie nicht … es tut mir leid, dass ich Sie so angestarrt habe. Ich finde, es passt zu Ihnen.“ Tanja lacht. „Na, so habe ich das noch nicht betrachtet.

Es passt zu mir. Das ist gut, das ist sogar sehr gut." Marie läuft rot an. „Kein Grund, rot zu werden. Ich habe es schon verstanden, alles gut." Tanja blickt Marie erheitert an. „Ich glaube, wir werden uns gut verstehen. Ich freue mich, Ihnen unsere kleine, aber feine und hoffentlich bald gut sortierte Buchhandlung zeigen zu dürfen. Wir haben hier wirklich ein paar Schätze."

Marie fühlt sich überraschenderweise erleichtert, und die lockere Art, mit der Tanja ihr begegnet, wirkt beruhigend auf sie. Ihr wird deutlich, wie armselig ihr Leben ist.

ACHT

Die bodenlangen Fenster des Schlafzimmers sind weit geöffnet. Kein Luftzug ist zu spüren, nur der dumpfe Straßenlärm scheint seinen Weg hinein zu finden. Der Geruch der Abgase hängt schwer im Raum. ‚Scheiß Sommer mit dieser verdammten Gluthitze.' Ruth blinzelt vom Bett aus zu ihrem geliebten Kater Tiger, der zusammengerollt und leise schnurrend auf der achtlos auf dem Boden verstreuten Kleidung liegt. Ruth überlegt, ob es wirklich eine gute Idee war, Bernd, ihren neuen Artdirektor, mit in ihr Penthouse zu nehmen.

Er ist ein süßer Kerl, findet sie, sportlich mit dunklen Haaren und Augen, aber leider hat er keine Eier in der Hose und ist viel zu kompromissbereit. Er hat nicht den

Mumm, um für seine Ideen zu kämpfen, und auch nicht ihre Klasse. Aber was soll's, er hat einen tollen Hintern und, das muss sie sich eingestehen, sie steht auf Knackärsche. Bei dem Gedanken daran muss sie unwillkürlich lachen. Bernd, der sein Gesicht gerade in ihrem Schambereich vergraben hat, sieht auf.

„Was ist? Bist du kitzelig?"

„Nein, nein, schon gut, mach weiter." Ruth findet, dass er seine Sache gut macht. Sie ist es, die nicht ganz bei der Sache ist. Er bemüht sich wirklich und streichelt und liebkost sie an den Stellen, wo sie es mag.

Sie gibt sich einen Ruck, um nicht mehr über den heutigen Tag in der Agentur nachzudenken. Aber es gelingt ihr nicht und ihre Gedanken schweifen immer wieder ab. Die Rasierer-Kampagne mit einem ganz neuen Lady-Shaver. In ein paar Tagen ist die erste Präsentation angesetzt, und was sie dem Kunden vorstellen wird, ist Weltklasse. Sie ist absolut davon überzeugt, dass diese Kampagne der Hit wird. Ruth stöhnt auf, aber nicht, weil Bernd genau ihren Punkt getroffen hat. ‚Hör auf, darüber nachzudenken, genieße den Sex.'

Sie gibt sich dem Rhythmus hin, den Bernd vorgibt, und es gelingt ihm, sie aus ihren Gedanken herauszuholen. Ruth schreit vor Wollust auf, als Bernd noch einmal tief in sie eindringt. Dann ist alles vorbei. Er küsst zärtlich ihren Hals, aber Ruth windet sich unter ihm weg.

„Was denkst du eigentlich über die neue Rasierer-Kampagne?", fragt sie geschäftsmäßig. Bernd sieht sie verständnislos an. „Sieh mich nicht so an, als wäre dir gerade die Jungfrau Maria erschienen. Rasierer …

Frauen … Beine … Achsel- und Schamhaare … Na, klingelt es?"

Bernd versteht die Welt nicht mehr und versucht es mit Humor. „Hey, wir hatten gerade geilen Sex und du bist schon wieder bei der Arbeit? Was ist los mit dir?" Er küsst sanft ihren Busen. „Oder hat es dir nicht gefallen? Für mich war es jedenfalls der Fick des Jahrhunderts." Er sieht sie dabei herausfordernd an. Ruth lässt das völlig kalt, dreist schaut sie ihm direkt in die Augen.

„Hör ich nicht das erste Mal", antwortet sie und springt aus dem Bett. Nackt schlendert sie zum Tisch und hebt im Vorbeigehen ihren getigerten Kater auf den Arm. Sie drückt ihn liebevoll an sich und vergräbt ihr Gesicht in das flauschige Fell. In diesem Augenblick wirkt sie sinnlich und verletzlich und es ist eine Seite, die Bernd noch nie bei ihr wahrgenommen hat. In der Agentur tritt sie immer forsch, fordernd und scharfsinnig auf, aber so wie jetzt gefällt sie ihm viel besser. Er hofft, dass sie ihm diese Seite auch irgendwann einmal zeigen wird und nicht nur ihrem Kater. Er mag Ruth. Vielleicht ist er auch ein wenig verliebt. Ja, vielleicht.

„Was ist? Warum siehst du mich so an? Mit diesem süffisanten Ich-weiß-etwas-Lächeln." Vorsichtig setzt sie ihren Kater auf den Sessel zurück, fischt eine Zigarette aus der Packung und zündet sie an. Sie zieht genüsslich daran, dreht sich aufreizend zu Bernd um und bläst den Rauch langsam aus, und für einen Moment verschleiert er ihr das Gesicht. „Willst du auch eine?"

„Nein danke."

„Auch okay. Fick des Jahrhunderts hin oder her, ich rauche jedenfalls immer danach." Und da ist sie wieder, die verdammt kontrollierte Ruth.

„Komm wieder ins Bett." Bernd streckt seine Arme nach ihr aus. Ruth lächelt ihn an, drückt die Zigarette entschlossen im Aschenbecher aus und geht ins Bad.

Als Bernd das Wasser rauschen hört, springt er aus dem Bett. Unschlüssig darüber, was er jetzt tun soll, steht er einfach nur da und fragt sich, was er hier noch soll. Er kommt sich geprellt vor und in Windeseile zieht er sich an.

Die Tür fällt mit einem lauten Knall ins Schloss.

Ruth schließt die Augen und genießt, wie das Wasser an ihrem Körper herunter perlt. Leider hat der Sex nicht den gewünschten Effekt der Entspannung gebracht. Der arme Bernd, dabei hat er sich so viel Mühe gegeben. Er war gut, ohne Frage, aber nicht gut genug.

NEUN

Marie steht ratlos vor ihrem Kleiderschrank. Ihr Magen grummelt, am liebsten würde sie absagen, sie ist nervös und fühlt sich außerstande, zu Tanjas Geburtstagsparty zu gehen. Sie spürt jetzt schon, dass es ein Desaster wird. Aber Tanja hat darauf bestanden, dass sie endlich ein paar Leute kennenlernen müsse. Tanja macht sich zu viel Hoffnung. ‚Das geht nicht. Verdammt noch mal.' Marie ist den Tränen nahe, denn es werden viele Menschen in Partylaune da sein. Bei dem Gedanken daran kommt Panik bei ihr auf. Seit einer Woche versucht sie, sich das Trinken abzugewöhnen. Der Entschluss kam, als sie mit Tanja nach Feierabend shoppen war und sie immer nervöser wurde, weil sie unbedingt etwas zu trinken brauchte. Sie täuschte eine Magenverstimmung vor und war panisch nach Hause gerannt, setzte sofort die Flasche an und trank sie aus. Nach einem Heulkrampf schüttete sie mutig und entschlossen all die harten Sachen in den Ausguss. Natürlich hat sie es sofort bereut. Und kompromissbereit wie sie nun einmal ist, ist sie auf Wein umgestiegen und raucht hin und wieder einen Joint. Es fällt ihr verdammt schwer, und sie weiß, dass sie nicht über den Berg ist, aber zum ersten Mal will sie es wirklich schaffen. Und jetzt eine Party. Nein, das bekommt sie nicht hin. Maries Magen zieht sich zusammen, Schweißperlen glänzen auf ihrer kalten Stirn. ‚Komm runter, sei nicht so dramatisch', denkt sie. Marie holt tief Luft, schließt die Augen und lässt den Atem langsam entweichen. Sie wiederholt es so lange, bis ihre Magenkrämpfe vergehen. Sie ist stolz auf sich, weil sie dem Drang, jetzt etwas zu trinken, widerstanden hat. Es macht ihr Mut. ‚Wenn es brenzlig wird, gehst du einfach nach Hause, basta. Vielleicht ist ja alles ganz anders, als du denkst.'

Sie probiert einige Kleidungsstücke an und ist guter Dinge. Doch plötzlich schießt es ihr durch den Kopf:

‚Und was ist mit all den unangenehmen Fragen, die mit Sicherheit kommen werden?‘ Die Angst kriecht wieder wie eine Spinne ihren Nacken hinauf, denn sie schafft es gerade mit Mühe und Not, bei der Arbeit Tanjas Fragen aus dem Weg zu gehen. Nur einmal ist ihr etwas herausgerutscht, als sie am Montag zusammen zu Mittag gegessen haben.

Sie waren bei dem Chinesen um die Ecke, die quäkende Musik aus den billigen Lautsprechern beherrschte den Raum. „Meine Güte, warum lassen sie dieses Gedudel nicht mal weg, dann würde das Essen noch viel besser schmecken“, sagte Tanja mit einem Augenzwinkern und genoss die Frühlingsrolle, die sie mit viel Sojasoße beträufelt hatte. Es herrschte die besondere entspannte Atmosphäre, die sie immer empfindet, wenn Tanja in ihrer Nähe ist, dann fühlt Marie sich ruhig und losgelöst. Ja, und in solch einem Moment stellte Tanja ganz nebenbei die Frage: „Du, ich habe in deiner Bewerbung gelesen, dass du hier in Hamburg auf das Gym gegangen bist. Meine Nichte Laura war auch da, sie ist etwa dein Jahrgang, blonder Hüpfer, quirlig mit losem Mundwerk. Vielleicht kennst du sie ja.“

Marie überlegte angestrengt, aber eine Laura war ihr nicht untergekommen. „Hatte sie einen Spitznamen?“

„Nein, nicht, dass ich wüsste. Hattest du einen?“

„Ja, die ‚graue Maus‘.“

„Die ‚graue Maus‘?“ Tanja musste lachen, ihr unwiderstehliches mitreißendes Lachen, und Marie war sofort gefangen und stimmte mit ein. „Ja, die ‚graue Maus‘.“

„Wie bist du denn dazu gekommen?"

„Weil ich früher eben ein graues Mäuschen vom Lande war. Du weißt schon: das Landei, von nichts eine Ahnung." Tanja sah sie an, als würde Marie Chinesisch reden. „Nein, weiß ich nicht."

„Nun, wie auch immer", sagte Marie mit einem Augenzwinkern, „wahrscheinlich hat sich seit deiner Zeit einiges geändert. Du bist ja schon steinalt."

Mit einer gespielten Entrüstung hob Tanja ihre Hand.

„Hey, ich knall dir gleich eine, du Rotzgöre. Nein, mal im ernst, das haben sie zu dir gesagt? Ist ja fies."

Völlig losgelöst plauderte Marie weiter: „Ja, aber dann traten Marleen und Ruth in mein Leben. Sie waren die selbstbewusstesten Mädchen, die ich bis dahin gesehen hatte. Und aus irgendeinem Grund hatten sie beschlossen, aus mir etwas zu machen. Du weißt schon, modisch auf dem neuesten Stand, wissen, welche Musik man hört und so weiter." Marie schwieg kurz, als sie sich daran erinnerte. „Wir hatten viel Spaß, ich habe viel von ihnen gelernt und ich wurde nicht mehr gemobbt." Sie sah Tanja an. „Die beiden haben sich um mich gekümmert, ohne sie wäre ich dort wahrscheinlich eingegangen." Bei dem Gedanken musste Marie unwillkürlich lachen, es war ein bitteres Lachen. Sie merkte, dass es Tanja nicht entgangen war, und unsicher spielte sie mit ihrem Glas und hoffte, dass Tanja nicht weiter nachhaken würde. Doch sie täuschte sich.

„Was ist dann passiert?"

„Was meinst du? Ich verstehe nicht, nichts ist passiert." Marie wurde unruhig und am liebsten hätte sie das Lokal sofort verlassen. Die jammervolle Musik drang ihr schrill in den Ohren.

„Nun, habt ihr noch Kontakt? Es klang so, als hättet ihr euch gestritten." Tanja fragte sie in einem ruhigen Ton und Marie entspannte sich für eine Sekunde, nippte an ihrem Wasser und der Drang, jetzt Alkohol zu trinken, wurde übermächtig, genauso wie das Bedürfnis, sich alles von der Seele zu reden. Aber was würde dann geschehen? Sie kannte Tanja erst seit zwei Wochen, würde sie verstehen, was sie getan hatten? Wie würde sie über das Schreckliche urteilen? Eine unangenehme Pause entstand. Tanja räusperte sich und legte ihre Hand auf Maries. „Gibt es etwas, was du mir erzählen möchtest?"

Marie zog ihre Hand weg und stürzte ihr Wasser herunter. „Nein, alles gut, es war nur … nun, es war nur die Erinnerung daran, wie sie mich damals genannt haben. Das war nicht nett und es zieht mich immer noch runter."

Tanja blickte ihr direkt in die Augen und bestimmt sagte sie: „Nun, das Leben ist kein Ponyhof. Jeder hat sein Päckchen zu tragen." Aufmunternd fügte sie hinzu: „Weißt du was, ich habe am Samstag Geburtstag und es wäre mir eine Freude, wenn du kommst. Alle meine Freunde sind da und ich finde, du gehörst ab sofort dazu, und du musst auch endlich ein paar Leute kennenlernen. Und glaube mir, es sind nette Leute. Ein paar schräge Vögel sind natürlich auch dabei, aber sie sind harmlos."

„Was meinst du mit ‚schrägen Vögeln'?"

„Na, das wirst du schon sehen."

„Ich weiß nicht."

„Ach, komm schon, alles ganz entspannt." Tanja sah sie mit ihren mitreißenden Augen an. Marie spürte ganz deutlich, wie sehr sie Freundschaft, Geborgenheit und Sicherheit vermisste und jemanden brauchte, der sich um sie kümmerte und der für sie da wäre. Wieder war es ihr Herz, das Ja schrie und wieder war da ihr Verstand, der Nein sagte. „Ich kenne doch niemanden."

Tanja tätschelte Maries Hand. „Du bist doch ein großes Mädchen. Das schaffst du." Marie lachte, ja, ein großes Mädchen war sie, aber ob sie es schaffen würde, war eine andere Frage. Aber was hatte sie schon zu verlieren? Nichts. „Also gut."

Nun steht sie vor Tanjas Haus in Altona. Es ist ein typischer Altbau mit 6 Wohneinheiten in einer belebten Straße. Marie umklammert einen wunderschönen Blumenstrauß. Es sind Rosen in zartem Rosè, gepaart mit dunkelroten Lilien.

Die Haustür steht offen. Gelächter und Musik hallen in den Flur, durch den sie in einen schönen Innenhof gelangt. Marie holt tief Luft. ‚Keinen Alkohol und keine Drogen', das ist das Mantra, welches sie sich schon den ganzen Tag immer und immer wieder vorgesagt hat. Sie hat sich sorgfältig zurechtgemacht mit einem nicht zu auffälligen Make-up, einer schlichten weißen Bluse und einer weiten Leinenhose. Auf keinen Fall will sie auffallen.

Mit weichen Knien überquert Marie den Hof, und sie hat das Gefühl, dass alle sie anstarren, so wie damals in der Schule. Am liebsten würde sie sich umdrehen und weglaufen. Doch es ist zu spät, denn Tanja hat sie entdeckt und kommt mit ausgebreiteten Armen auf sie zu. „Oh, wie schön, dass du gekommen bist. Ich freue mich.“

„Vielen Dank für die Einladung.“ Marie überreicht ihr die Blumen. „Wow, sind die toll. Was für Farben, so eine Zusammenstellung habe ich noch nie gesehen. Vielen Dank. Ich stelle sie gleich ins Wasser. Aber erst einmal einen Willkommenstrunk.“ Und schon stürmt Tanja zur improvisierten Bar und kommt mit zwei Gläsern Prosecco zurück. Marie will protestieren, traut sich aber nicht. Sie will nicht unhöflich sein, und ein Schluck Prosecco kann ja nicht schaden. „Auf dich, Tanja, ich wünsche dir viele gute Jahre.“

„Danke. Ich trinke auf uns, auf eine gute Zusammenarbeit und eine lange Freundschaft.“ Sie zwinkert Marie in ihrer typischen Art zu. Marie nippt vorsichtig an dem Prosecco. Er schmeckt nicht, aber er tut ihr gut, sie nimmt einen weiteren Schluck und fühlt sich gleich entspannter.

„Komm, ich will dir ein paar Leute vorstellen.“ Ohne eine Antwort abzuwarten, schleift Tanja Marie hinter sich her und steuert eine kleine Gruppe an. „Darf ich vorstellen, das ist Marie, meine Arbeitskollegin. Marie, das sind Jan und Alex, meine Schwestern, wenn du verstehst, was ich meine.“ Sie umarmt zärtlich Jan und drückt ihm einen Kuss auf die Wange. „Die beiden haben das kleine Café ROSA unten an der Ecke, Silvia ist meine richtige Schwester, die, die immer nervt, und Ivonne ist meine Nachbarin, die immer dafür sorgt, dass mein Kühlschrank nicht leer wird.“

Marie ist überwältigt von der Gelassenheit, mit der die

vier miteinander umgehen, sie erscheinen ihr so vertraut und entspannt. Marie findet die vier auf Anhieb sympathisch. Sie fühlt sich wider Erwarten wohl und, ohne es zu merken, stürzt sie ihren Prosecco herunter. Sie scherzen und reden unverfänglich miteinander. Dann entschuldigt sich Tanja, um neue Gäste zu begrüßen. „Kümmert euch ein wenig um Marie, ich bin gleich wieder bei euch."

Dann nimmt das Unheil seinen Lauf. Es passiert das, wovor Marie sich gefürchtet hat. Fragen über Fragen prasseln auf sie ein. Sie beantwortet viele davon, einige ehrlich und anderen weicht sie geschickt aus. Das hat sie in den letzten Jahren gelernt, Fragen auszuweichen. Marie fühlt sich bedrängt. Sie verhaspelt sich und wird fahrig in ihren Antworten. Mit der Entschuldigung, dass sie für kleine Mädchen müsse, verlässt sie die Gruppe und eilt blindlings drauflos. Die Musik hallt in Maries Ohren, überall stehen Menschen in kleinen Gruppen zusammen, sie lachen, reden und scherzen miteinander. Marie dreht sich im Kreis, und ihre Augen suchen verzweifelt den Ausgang. Sie hat vor lauter Panik die Orientierung verloren und ist inmitten tanzwütige Menschen geraten, sie wird von einem jungen Mann angerempelt. „Oh tut mir leid", entschuldigt er sich mit einem charmanten Lächeln. Marie starrt ihn an, als wäre er ein Geist und stürzt fluchtartig davon.

Sie wusste ganz genau, dass es schiefgehen wird. Alle sind nett und das ist genau das Problem. Keiner von ihnen trägt die Last, die sie mit sich herumträgt. Sie hasst ihr Leben und sie hasst ihre Schwäche. Wie sagt man so schön: „Alles, was du getan hast, egal, ob gut oder schlecht, bekommst du doppelt zurück.“ Marie spürt gerade, dass sie es dreifach zurückbekommt.

Sie hat gar nicht bemerkt, dass sie zielstrebig auf die kleine Bar zugesteuert ist. „Einen doppelten Gin bitte.“ Der Barkeeper überreicht ihr mit einem strahlenden Lächeln ihr Glas. „Tolle Party, nicht wahr?“

„Ja, ganz toll.“ Sie stürzt den Gin herunter. „Noch einen bitte, damit ich diese tolle Party noch mehr genießen kann.“ Der Barkeeper füllt ihr Glas aufs Neue, dieses Mal ohne Kommentar, dafür aber mit einem missbilligenden Blick. Marie versucht, ihn zu ignorieren, doch so etwas lässt sie nicht kalt. „Ich meinte nur …“ Aber der Barkeeper hat sie schon längst vergessen. Marie nippt an dem Gin und sieht sich um.

In Marie wächst der Wunsch, auch wieder ein normales Leben zu führen und nicht immer diese Angst davor haben zu müssen, dass irgendjemand erfährt, was sie vor acht Jahren getan hat. Doch wie soll sie sie überwinden?

„Schöne Frau, da bist du ja. Lust auf einen Tanz?“ Verdutzt sieht Marie in Jans Gesicht. Er sieht süß aus. Groß, sportlich, dunkelblondes Haar, ein sinnlicher Mund, der immer zu lächeln scheint. Wenn er nicht schwul wäre, dann wäre er genau ihr Typ. Aber wie soll es auch anders sein? Ihr Leben besteht nur aus Pech.

„Komm, schöne Frau, es ist ganz einfach. Wie fast alles im Leben.“ Sie lässt sich von Jan auf die Tanzfläche ziehen. Er tanzt gut, ist fröhlich und unbeschwert und für eine kurze Weile fühlt Marie sich leicht, losgelöst und nicht ausgeschlossen. Plötzlich steigt eine Wut in ihr hoch. Sie muss etwas tun. Sie muss ihr Leben in den Griff bekommen. Was für einen Sinn hat das Leben, wenn man ein ewiger Randspieler ist? Ihre Frustration wächst mit jedem Gedanken. Sie will aus diesem Teufelskreis heraus.

ZEHN

Es herrscht Kaiserwetter in Hamburg Blankenese. Marleen, die in ihrer großen Landhausküche hin und her eilt, um das Frühstück vorzubereiten, steckt sich umständlich ihre noch feuchten langen Haare nach oben, bevor sie den geschwungenen Wasserhahn über der alten hellgrauen Specksteinspüle aufdreht und Wasser in den Wasserkocher laufen lässt. Sie spürt, wie eine leichte Brise von der Elbe durch das geöffnete Küchenfenster hereinweht. Sie atmet tief ein und sieht hinaus. Von hier aus hat sie einen fantastischen Blick über die Elbe und die gemächlich vorbeiziehenden Schiffe. Ihr wird ganz warm ums Herz. Das, ja das hat sie sich immer gewünscht. Sie ist glücklich. Sie hat einen großartigen, gut aussehenden und liebevollen Mann geheiratet. Es war eine Liebesheirat, und wie sich herausstellte, die beste Entscheidung, die zu dem Lebensstil führte, der ihr immer vorgeschwebt hatte. Michael ist 15 Jahre älter als sie und ein erfolgreicher engagierter Richter. Sie hat ihr

Jura-Studium abgebrochen, als sie schwanger wurde. Auch das war eine der besten Entscheidungen, wie sie heute weiß, denn Tom, ihr Sohn, ist ihr Ein und Alles. Wie gut hat das Leben es mit ihr gemeint. Womit hat sie das verdient? Diese Frage stellt sie sich oft.

„Süße, willst du das Haus unter Wasser setzen?“

Marleen zuckt zusammen, denn sie hat nicht bemerkt, dass der Wasserkocher übergelaufen ist, zu tief war sie in ihren Gedanken versunken. Michal küsst zärtlich ihren Nacken. „Ich decke schon mal den Tisch. Ich schlage vor, wir frühstücken draußen.“ Und schon ist ihr schöner Michael im Garten verschwunden und arrangiert alles für das Frühstück.

Marleen reißt sich von ihren Gedanken los und bereitet den Kaffee vor.

„Wann gibt es Frühstück?“

Sie wendet sich mit einem Lächeln um, nimmt ihren Sohn fest in die Arme und küsst ihn auf die Stirn. „Guten Morgen, mein kleiner Engel. Heute ist schönes Wetter und wir frühstücken draußen.“ Tom findet es unangenehm, dass Marleen ihn so umarmt.

„Äh, nicht so doll. Ich bin doch kein Baby mehr.“ Marleen lacht und wuselt ihm durch sein blond gelocktes Haar. „Nein, kein Baby, nur ein kleiner großer Mann.“

Die Sonne strahlt wohlige Wärme in den Garten. Die Spatzen zwitschern eifrig durcheinander und fliegen sogar bedenklich nahe an den Frühstückstisch heran, um sich ein paar Krümel zu stibitzen. Marleen ist fasziniert von ihrer Flinkheit. Sie lässt sich genüsslich mit einem Becher

Kaffee in der Hand in die weichen Polster des Gartenstuhles zurücksinken, schließt die Augen und genießt die Sonne auf ihrem Gesicht. Es könnte so friedlich sein, doch Michael und Tom führen eine heftige Diskussion über den HSV. Marleen lächelt in sich hinein. Männer. Diese Sorgen möchte sie auch einmal haben, zum Beispiel, darüber, ob eine Fußballmannschaft in der Bundesliga auf- oder absteigt. Sie macht sich viel mehr Gedanken über die anstehende Geburtstagsparty ihres Sohnes, denn es ist auch immer eine kleine Feier für die Eltern. Was soll sie kochen, was soll sie anziehen und wie soll die Tischdeko aussehen? Das, und nur das sind die wichtigen Dinge, und nicht dieser blöde Fußball.

Ihre Gedanken werden jäh durch das durchdringende Klingeln des Telefons unterbrochen. „Wer wagt es, diese sonntägliche Stille zu stören?“ Sie will aufstehen, doch Michael scheint dankbar für die Unterbrechung zu sein. „Bleib sitzen, ich gehe schon. Ist mit Sicherheit sowieso für mich.“

„Na, dann geh‘ lieber nicht. Wir wollten doch nachher noch eine Tour mit dem Boot machen, und wenn es ein Arbeitsanruf ist, wird es wieder nichts und …“

Michael beugt sich zu ihr herunter und erstickt ihr Gerede mit einem Kuss. „Wir fahren, versprochen ist versprochen.“

Als er zurückkommt, hält er ihr das Telefon hin. „Ist ausnahmsweise für dich. Eine Marie Kellermann.“

Marleen sieht ihn entgeistert an. Marie. Tausend Gedanken rasen plötzlich unkontrolliert durch ihr Gehirn. Woher hat Marie ihre Nummer? Wie lange ist es her?

Mit einem gequälten Lächeln nimmt sie das Telefon und entfernt sich zielstrebig vom Frühstückstisch, damit Michael das Gespräch nicht belauschen kann. „Hallo?"

„Hallo, Marleen? Ich bin es, Marie."

Der Klang von Maries Stimme lässt ihr sofort eine Gänsehaut über den Rücken kriechen. Warum nur, warum ruft sie hier an? „Hi, Marie, wie geht es dir? Wo bist du? Was machst du gerade?" Marleens Stimme zittert ein wenig. Sie zwingt sich, rational zu denken. Alles ist gut. Ruhig bleiben. Keine Panik.

Maries Stimme ist beschwingt. „Ich bin wieder in Hamburg und dachte, es wäre nett, wenn wir uns treffen könnten. Der alten Zeiten wegen. Ich meine, es ist lange her und …"

Marleen unterbricht sie abrupt. „Ja das wäre wirklich nett. Nur im Moment geht es nicht." Im Hintergrund ist das Gelächter von Michael und Tom zu hören, und wie sie wild herumalbern.

Marie muss sich zusammenreißen, als sie Michael und Tom hört. „Dir geht es gut? Du hast Familie?"

„Ja." Die Antwort ist kurz und knapp. Eine endlose Pause entsteht. Marleens Hoffnung, dass Marie auflegt, verpufft wie eine Seifenblase.

Marie zwingt sich, unverbindlich zu klingen. „Ich meine ja nicht unbedingt heute. Irgendwann, wenn es dir passt. Ich dachte, ich mache erst einen Termin mit dir klar, bevor ich Ruth anrufe." Sie kann die Anspannung förmlich spüren, mit der Marleen sich in Überlegungen darüber windet, was sie als Nächstes sagen soll.

„Ja, das ist wirklich nett. Lass mich überlegen, ich

denke, nächsten Mittwoch zum Lunch wäre gut. Ich rufe Ruth an. Gib mir deine Nummer, dann sage ich dir, wo wir uns treffen. Entschuldige, dass ich so kurz angebunden bin, aber wir wollen noch zum Segeln." Marleen muss sich unwillkürlich auf die Lippen beißen, das hätte sie nicht sagen sollen.

„Klar. Kein Problem. Ist ja Sonntag, Familientag. Also dann erwarte ich deinen Anruf."

Das Gespräch hinterlässt bei Marleen einen bitteren Nachgeschmack. Sie weicht dem fragenden Blick ihres Mannes aus. „Nur jemand, den ich von früher kenne. Sie ist gerade in der Stadt."

Michael schenkt sich noch Kaffee nach, Milch und drei Stück Zucker, dann rührt er alles gründlich um, klopft den Löffel am Rand der Tasse ab. „Schön, wann seht ihr euch? Das ist doch spannend. Du hast mir nie etwas von einer Marie erzählt. Wer ist sie, was macht sie?"

Marleen hat fasziniert Michaels Ritual der Kaffeezubereitung zugesehen. Sie grinst ihn an. „Typisch Richter, immer musst du alles ganz genau machen und wissen." Sie überspielt gekonnt ihre Nervosität. „Nein, Herr Richter, diese Frau kennst du noch nicht. Ist auch nicht so wichtig. Wir treffen uns irgendwann nächste Woche, und wenn sie spannender geworden ist, als sie es früher war, dann lade ich sie gerne ein." Sie küsst Michael, damit er keine weiteren Fragen mehr stellen kann. „Also los, Männer, lasst uns das Boot klar machen." Tom springt mit lautem Gejohle auf und rennt los, um seine Segelsachen zu packen.

Maries Hände zittern, als sie das Telefon auf den Tisch legt. Marleens Stimme zu hören, war seltsam. Sie hatte es sich irgendwie herzlicher, ja, einladender vorgestellt, und dass Marleen interessierter sein würde. Stattdessen war sie kühl und abweisend. Marie schluckt hart und versucht, nicht überzureagieren. Klar, es ist Jahre her und natürlich hat Marleen jetzt ihr eigenes Leben, aber trotzdem beunruhigt Marie, dass Marleen so zurückhaltend war.

Marie hat immer noch das fröhliche Gezänke zwischen Marleens Mann und ihrem Sohn im Ohr. Es versetzt ihr einen Stich. Sie schließt für einen Moment die Augen und versucht, ihr wild schlagendes Herz zu beruhigen. Wie war das damals, als sie kurz vor dem Abitur standen, was hat Marleen immer gesagt? „Müht ihr euch nur ab. Ich werde einen gut aussehenden, wohlhabenden Mann heiraten und muss nicht wie ihr für ein paar Kröten schuften.“ Alle haben sie damals gelacht. Nie im Traum hätte Marie gedacht, dass Marleen sich tatsächlich so ein spießiges Leben wünschen könnte. Sie sah Marleen immer in der obersten Etage irgendeines Vorstandes und dass sie Karriere machen würde statt Mutter und Hausfrau zu werden. Auch Ruth rümpfte über Marleens Äußerung nur die Nase und schnaubte: „Für mich würde so etwas nie in Frage kommen. Ich will immer für mich selbst sorgen.“

Ja Ruth, die Strebsame. Marie hat sie gegoogelt und festgestellt, dass Ruth ihr Ziel erreicht hat. Creative Director einer großen Werbeagentur ist sie geworden. Und sie? Was hat sie geschafft? Nichts. Sie hinkt ihrem Ziel

Meilen hinterher. Offensichtlich ist sie diejenige, die auf der Strecke geblieben ist. Eine ungeahnte Wut mit einem Stich von Frustration überkommt sie. Sie hat das Gefühl, dass sie sich nicht bewegen kann und ständig auf der Stelle tritt. Wie ferngesteuert greift sie sich das Telefon und wählt die Nummer ihrer Mutter. Mitten in der Bewegung hält sie inne. Und was soll sie ihrer Mutter sagen? ‚Hallo Mama, ich bin es, ich weiß, ich habe mich seit einem Jahr nicht mehr gemeldet, aber jetzt geht es mir richtig schlecht und du musst mir helfen.' Klar, ihre Mutter wird begeistert sein. Und ihr Vater? Kann sie ihn anrufen? Nein, er wird ebenfalls vor Freude platzen, wenn er erfährt, dass sein ganzer Stolz ein Alki geworden ist und sie ihr Leben nicht auf die Reihe bekommt. Nach der Trennung der Eltern ist der Kontakt so gut wie abgebrochen, weil Marie es nicht über das Herz brachte, sie getrennt besuchen zu müssen. Sie hatte immer das Gefühl, niemandem gerecht zu werden. Also ließ sie es lieber bleiben. Ihre Mutter lebt wieder auf dem Land und ihr Vater immer noch in dem Doppelhaus in Stellingen. Nein, sie hat niemanden. Marie donnert das Telefon in eine Ecke des Wohnzimmers, wo es in kleine Einzelteile zerspringt.

Sie hat das Verlangen, zu trinken. Es ist 10 Uhr am Sonntagmorgen und von Weitem hört sie die Kirchenglocken, die zum Gottesdienst läuten.

ELF

Vor dem Buchladen, in dem Marie seit nunmehr vier Wochen arbeitet, sitzt jeden Tag eine Obdachlose. Ihr kleines Reich besteht aus einer Decke und ein paar Plastiktüten, die sie sorgfältig nebeneinander gestellt hat. Eine alte Konservendose steht vor ihr auf dem Gehweg und ein Schild zeigt die Aufschrift: *Eine kleine Spende für eine gefallene Frau.* Ihr Alter ist schwer einzuschätzen, sie könnte dreißig, aber auch gut und gern fünfzig sein.

Jeden Morgen geht Marie an ihr vorbei. Sie traut sich nicht, die Frau anzusehen, geschweige denn, sie anzusprechen. Doch mit jedem Tag, der vergeht, verspürt sie immer mehr das Bedürfnis, mit der Frau zu sprechen. Sie nimmt ganz deutlich wahr, dass die Frau, die sie jeden Tag mit fragenden Augen ansieht, eine schwere Last mit sich herumträgt, und das bereitet Marie Unbehagen. Jeden Tag stellt sie sich immer wieder dieselbe Frage: ‚Gibt es eine gemeinsame Geschichte?' Und jeden Tag antwortet sie sich selbst: ‚Nein, die gibt es nicht.' *Marie ist nicht wie sie und sie ist nicht wie Marie.* Heute hat Marie zum ersten Mal die Straßenseite gewechselt und sie fühlt sich miserabel dabei, als hätte sie die Frau verraten.

Eine sehr energische Mittfünfzigerin, die ihrem Enkel etwas Sinnvolles schenken möchte, ist Maries erste Kundin an diesem wundervollen Morgen, der mit blassen Blautönen anfing, die sich im Laufe des Tages zu einem düsteren Indigoblau entwickeln werden, und der wahrscheinlich in einem Gewitter endet. Es ist ein Sommertag, wie ihn nur der Norden kennt.

Die Kundin wischt sich kleine Schweißperlen von der Stirn und atmet tief ein und aus. „Es sollte wirklich etwas Besonderes sein. Etwas für die Ewigkeit aus der Ewigkeit." Die Frau blickt aus dem Fenster, gerade, als ein junger Mann der Obdachlosen achtlos ein paar Münzen hinwirft wie einem räudigen Hund ein paar Brocken Futter. Eiligst sammelt sie die Münzen auf und verbirgt sie unter ihren filzigen Kleidern. Die Kundin schüttelt missbilligend ihren Kopf und rümpft dabei ihre Nase. „Also so etwas ist doch wirklich nicht nötig, diese Bettelei. Es gibt doch das Sozialamt oder wie man heute sagt, Hartz Vier. Da muss man doch nun wirklich nicht auf der Straße sitzen und betteln und schon gar nicht als Frau."

Marie nimmt die Kundin von oben bis unten in Augenschein, Ray-Ban-Brille, Dolce & Gabbana-Kleid und Gucci-Tasche. Sie will den Verrat, den sie an der Landstreicherin begangen hat, wieder gut machen.

„Wieso ist dieses Privileg, zu betteln und Pech im Leben gehabt zu haben, nur den Männern vorbehalten?" Marie sieht die Frau mit strahlend wilden Augen an und ist bereit, zu kämpfen. Das tut gut. Nein, wirklich, sie muss sogar lächeln, so gut tut es.

Die Frau kneift ihre Lippen zusammen. „Nun ja, soll

mir auch egal sein. Also, wie ich schon sagte, ich suche einen großen Schriftsteller. Verstehen Sie? Einen mit einem bedeutenden Namen, den jeder kennt."

‚Wer keine Ahnung hat, erkauft sie sich', denkt Marie. Aber dafür ist sie ja da, und wer weiß, vielleicht fruchtet ja doch noch etwas bei ihrem Enkel.

„Oh, vielleicht denken Sie an Shakespeare." Marie gibt sich ganz seriös und professionell.

„Shakespeare, ja natürlich, das wäre genau das Richtige."

„Moment, wir haben ihn ganz oben einsortiert. Niemand will ihn heute lesen, aber ich finde, es ist eine Sünde, er war so ein wunderbarer Betrachter der menschlichen Irrtümer."

„Ja, ja. Von dem habe ich schon eine Menge gehört." ‚Shakespeare ist ja auch kein Allerweltsname', denkt Marie und wundert sich über sich selbst, warum sie heute so ungehalten ist. Marie klettert die Leiter hoch und kommt mit einer Ausgabe von ‚Romeo und Julia' wieder.

„Ich glaube, das ist genau das Richtige, was Ihr Enkel lesen sollte: Romeo und Julia."

„Oh, ist das nicht ein wenig zu frivol, ich meine …"

„Nein, das ist eine ehrliche, aber auch tragische Liebesgeschichte. Genau das, was wir heute nicht mehr so oft finden." Marie strahlt die Kundin mit einem freundlichen Geschäftslächeln an.

„Nun, wenn Sie das sagen, dann nehme ich das." Verschwörerisch legt die Kundin ihre Hand auf Maries Arm.

„Nichtsdestotrotz würde ich Ihnen raten, die Obdachlose dort drüben von der Polizei wegbringen zu lassen.

Die ist irgendwie geschäftsschädigend." Die Kundin zückt ihre goldene Kreditkarte und wischt sich den Schweiß von der Stirn. Sie sieht sich noch einmal verstohlen zu der Obdachlosen um. „Fürchterlich. Gut, dass es uns nicht so geht, nicht wahr?"

Marie lächelt die Kundin beflissen an und hält ihr die Tür auf. „Ja, sicher. Ich wünsche Ihnen und Ihrem Enkel viel Freude mit dem Buch." Die Kundin eilt den Weg hinunter, ohne sich noch einmal umzudrehen. Marie holt dreimal tief Luft.

ZWÖLF

Die Nachricht, dass Marie in der Stadt ist, traf Ruth wie ein Hammer. Marleen war überaus aufgeregt, als sie sie am Sonntagabend anrief, und das ist ganz und gar nicht Marleens Art. Sie ist sonst immer ruhig und aufgeräumt, da ist Ruth schon eher diejenige, die panisch wird, wenn es nicht nach ihren Vorstellungen läuft. Ruth wollte natürlich erst einmal von Marleen wissen, was Marie gesagt hat, wie sie am Telefon wirkte, ob sie in Hamburg wohnt oder nur auf der Durchreise ist. Marleen wusste es nicht mehr. „Ist doch egal, oder?"

„Nein, ist es nicht. Wenn sie nur auf der Durchreise ist, dann ist alles cool. Wohnt sie aber jetzt hier, nun, dann wird es wahrscheinlich kompliziert." Marleen war plötzlich verunsichert, soweit hatte sie noch nicht einmal gedacht.

„Wie kommst du auf so etwas? Ich glaube, sie sagte etwas wie: ein Treffen der alten Zeiten wegen."

„Nun, auch das kann sowohl das eine wie auch das andere bedeuten." Marleen schien wirklich begriffsstutzig zu sein.

„Ruth, du machst mich verrückt. Schluss jetzt." Marleen hatte sich wieder im Griff und schlug einen geschäftigen Ton an. „Wie sieht es aus, hast du Mittwochmittag Zeit?"

„Ja, das kann ich einrichten."

„Prima, dann werden wir es genau wissen. Bis dahin sind es nur wilde Spekulationen."

„Ganz genau, alles cool, alles entspannt."

Jetzt ist es elf Uhr am Mittwochvormittag. Ruth steht immer noch ratlos vor dem Kleiderschrank. Abgesehen von der Kleiderauswahl drängt sich wieder die Frage auf, warum Marie sich mit ihnen treffen will. Acht Jahre lang haben sie kein Wort von ihr gehört, abgesehen von sporadischen Postkarten zum Geburtstag, die aber nach zwei Jahren ausblieben. Und plötzlich, aus heiterem Himmel, will Marie sich mit ihnen treffen. Ruth wird das unbehagliche Gefühl nicht los, dass sich etwas anbahnt. Vergangenheitsbewältigung? Ruth versucht, sich zu beruhigen. ‚Mach dich nicht verrückt, alles ganz harmlos, wir werden uns treffen und ein wenig über die alten Zeiten plaudern, und dann war's das.' Tiger streicht an ihren Beinen vorbei, reibt seinen dicken Katerkopf an ihren Waden und springt schnurrend auf das Bett. „Du hast es gut, brauchst dich um nichts zu kümmern.“ Tiger blinzelt sie mit seinen grünen Augen an und streckt sich, bevor er anfängt, sich zu putzen.

Ruth hat etwas Passendes zum Anziehen gefunden. Sie hat sich für ein dunkelgrünes Seiden-Leinen-Kleid von Jil Sander entschieden. Es ist anliegend, aber nicht zu eng geschnitten, dazu trägt sie Sandalen mit halbhohen Absätzen. Sie ist zufrieden und der Blick auf die Uhr sagt ihr, dass es höchste Zeit ist. Sie will auf keinen Fall zu spät kommen. Sie öffnet die Haustür und greift in ihre Handtasche nach den Schlüsseln. Nichts. „Wo sind die verdammten Schlüssel?“ Tiger hat sich schon längst in eine Ecke verkrochen, denn er kennt das Spiel, das jetzt kommt.

Ruth rennt wie ein gehetztes Tier durch ihre Wohnung, sie sieht hinter den Kissen und unter dem Sofa nach, auf dem Tisch unter den Zeitschriften, auf der Kochinsel und neben der Espressomaschine. Nichts. „Scheiße, wo sind sie bloß wieder?“

Ruth könnte heulen, gerade läuft wirklich alles schief. Das große Projekt, an dem sie seit einem Jahr gearbeitet hat, wurde gestern abgeschmettert. Es war ein herber Schlag für sie und für die Agentur. Sie hätte nicht den Ton getroffen, sie wäre das Thema nicht sensibel genug angegangen. Schließlich handele es sich um ein sinnliches Produkt für die Frau, einen Rasierer, der das Entfernen der Körperhaare auf einfache, leichte Art und Weise ermöglicht. Ruth war kurz davor, zu explodieren. Seit wann sind Rasierer sinnlich oder gar sensibel? Aber das ist eben ihr Job, Schwachsinn gut zu verpacken und zu verkaufen. Der eindringliche Blick ihres Bosses, Thomas Meurer, hat sie dabei stoppen können, all ihren Gedanken freien Lauf zu lassen. Jetzt muss sie wohl damit rechnen, dass sie ihren Job verliert, es sei denn, sie bekommt es hin, den großartigen Rasierer sinnlich zu machen. Sie hat eine Woche Zeit, sich etwas Neues auszudenken. Eine Woche, dabei hat sie schon ein Jahr daran gearbeitet. Und jetzt soll sie es in einer Woche schaffen? Aber bitte, sie wird ihnen schon zeigen, was sie alles drauf hat. Aber erst einmal muss sie diese verdammten Schlüssel finden, um zu diesem verdammten Treffen mit Marie und Marleen zu kommen.

DREIZEHN

Ruth hat für das Treffen ihr aktuelles Lieblingsrestaurant in St. Georg vorgeschlagen. Es ist ein kleiner Italiener mit nur wenigen Tischen, kleiner Speisekarte und teuren Gerichten, das Essen ist sehr lecker und der Laden gerade total hip.

Giorgio, der Inhaber, ist ein Charmeur, der seinesgleichen sucht, ohne ihn würde der Laden nicht laufen und in die Kategorie Pizza-Bude fallen. Aber er hat es geschafft, dass die Leute ihm das Restaurant einrennen. „Bella, lass dich anschauen. Fantastico. Du bist eine Wohltat für die Augen." Galant umarmt Giorgio Ruth, und sie ist geschmeichelt. „Giorgio, du übertreibst."

„Nein, nein, sieh doch nur, wie die Herren sich den Hals nach dir verrenken.“ Die Wahl des Kleides war anscheinend die richtige. Ein frisches, aber nicht auffälliges Make-up rundet ihr Bild ab. Giorgio geleitet sie zu ihrem Stammplatz. „Ich bringe dir einen Prosecco, si?“

„Ja, vielen Dank, Giorgio“, erwidert sie und schaut auf ihre Armbanduhr. Es ist Punkt zwölf Uhr dreißig. Ruth sieht hoch zur Tür und muss lächeln, denn Marleen ist wie immer pünktlich. Darauf kann man sich verlassen. Ruth stellt zufrieden fest, dass auch Marleen sich viel Mühe mit ihrem Outfit gegeben hat: Bluse und Hose in den trendigen Sommerfarben Gelb und Dunkelorange, es wirkt luftig und elegant.

Die Begrüßung der beiden ist freundschaftlich, ohne großes Aufhebens und Bemerkungen darüber, wie man aussieht. Die beiden kennen sich schon lange und müssen sich nichts mehr vormachen. Giorgio begrüßt Marleen überschwänglich und erkundigt sich nach dem kleinen Tom. „Ach, meine beiden Signorinas, ihr lasst mein Lokal erstrahlen.“ Giorgio verbeugt sich und entschwindet, um die nächsten Gäste gebührend zu begrüßen.

„Ich finde, er übertreibt wie immer maßlos, findest du nicht auch?“, sagt Marleen leise. Sie fühlt sich dennoch und ihrer Meinung nach zu Recht hofiert.

Ruth nippt an ihrem Prosecco. „Nein, ich genieße es, ist doch toll. Wann hat dein Mann dir zuletzt ein tolles Kompliment gemacht?“

„Nun, erst gestern. Das Steak war fantastisch gebraten, das Gemüse auf den Punkt …“

Ruth verdreht die Augen. „Ja, genau das meine ich.

Jetzt dreht sich alles nur noch um das Steak und das Gemüse; früher hat er bestimmt …"

Marleen lacht. „Beruhige dich, ich habe dich auf den Arm genommen." Dann sieht sie sich im Lokal um. Mittlerweile ist es voll geworden und der Geräuschpegel ist um ein Dreifaches angestiegen. Sie schaut Ruth interessiert an. „Aufgeregt?"

„Ja, aber ich glaube, wir sollten nicht so panisch sein. Schließlich ist es nur Marie, und Marie war schon immer harmlos. Erinnerst du dich daran, wie wir sie damals unter unsere Fittiche genommen haben? Wie ein kleines Hündchen ist sie uns hinterhergewackelt und hat alles gemacht, was wir wollten. Ohne uns wäre sie heute ein …" Marleen legt Ruth ihre Hand auf den Arm. „Nicht! Sage nichts mehr, du weißt, alles, was du jetzt sagst, stimmt so nicht und wäre falsch. Das weißt du genau."

Ruth schnaubt, wie sie es immer macht, wenn sie ganz und gar nicht einverstanden ist.

Marie hat es endlich geschafft, das kleine Lokal zu finden. Sie erhascht einen Blick durch die Fensterscheibe, es ist gerammelt voll. Nett sieht es aus. Klein und anheimelnd, mit groben einfachen Holztischen und Stühlen und mit sparsamer Tischdeko, eben wie ein typisches italienisches Restaurant aussieht, oder was Marie sich darunter vorstellt. Sie war ja noch nie in Italien.

Beherzt öffnet sie die Tür und ein Schwall warmer, von Knoblauch geschwängerter Luft kommt ihr entgegen. Ihr Blick geht suchend durch das Lokal über fröhliche, gut gelaunte, snobistische und vor Eitelkeit strotzende Menschen, die auf 70m^2 vereint sind. Marie fühlt sich sofort fehl am Platze und bereut jetzt schon, dass sie dieses Treffen vorgeschlagen hat. Sie kann sich nicht mehr daran erinnern, was sie sich dabei gedacht hat. Will sie Marleen und Ruth wirklich sehen? Was will sie mit diesem Treffen beweisen oder besser gesagt, wem will sie etwas beweisen? Sie kennt doch längst die Antwort.

Da fallen ihr Tanjas Worte ein: „Finde heraus, was für dich wichtig ist. Finde heraus, was aus deinen Freundinnen geworden ist und dann entscheide, was du tun wirst." Das sind die magischen Sätze, die ihr Tanja mit auf den Weg gegeben hatte. Ja, recht hat sie, deshalb ist sie hier, um herauszufinden, wie es weitergeht.

Dann entdeckt sie Ruth und Marleen in der hintersten Ecke des Restaurants. Es ist imponierend, wie unglaublich gut die beiden aussehen, so schick, modern, jugendlich und feminin. Marie wird sich ihres schäbigen Aussehens bewusst, und sie ist mit ihrer Jeans, der steifen weißen Bluse und dem aus der Mode gekommenen Blazer fehl am Platz. Sie hätte doch das Kleid anziehen und ein wenig Figur zeigen sollen. Sie spürt förmlich die Blicke der beiden auf sich brennen, so wie früher, als sie zum ersten Mal in die Klasse kam. Das Mädchen vom Lande, das von dem Leben hier in der Stadt nichts weiß. Trotzdem strebt sie zielstrebig auf Marleen und Ruth zu. Marie ist völlig überfordert von der Situation und überspielt ihre Unsicherheit, indem sie überschwänglich die Arme ausbreitet und auf die beiden zugeht. „Hallo. Wie schön, euch wiederzusehen." Für Marie ist es wie ein Spießrutenlauf, die Augen aller Gäste sind auf sie gerichtet und die Gesichter von Marleen und Ruth wirken maskenhaft. Marie blendet alles um sich herum aus und steuert geradewegs auf Marleen zu. Diese erhebt sich bedächtig von ihrem Stuhl, unsicher darüber, wie sie reagieren soll. Marie umarmen und ihr etwas Nettes sagen? Doch als Marie vor ihr steht und sie in deren rehbraune Augen blickt, ist sie sofort in ihrer Beschützerrolle verhaftet, sie umarmt Marie herzlich und küsst sie rechts und links auf die Wange. „Schön, dich wiederzusehen." Tatsächlich kommt es von Herzen. „Gut siehst du aus, nein, wirklich."

Marie ist erleichtert, mit einem Strahlen im Gesicht geht sie auf Ruth zu, die sich halb von ihrem Stuhl erhebt. Marie ignoriert die distanzierte Geste, beugt sich zu ihr herunter und umarmt sie. Ruth lässt es mit sich geschehen und klopft ihr kumpelhaft auf den Rücken. „Hallo, Marie, ich hoffe, du hattest keine Schwierigkeiten, das Lokal zu finden." Marie blickt auf Ruth herunter. „Nein, überhaupt nicht", sie sieht sich um, „nett ist es hier."

‚Ja', denkt Ruth, ‚nett', das ist ein typischer Marie-Ausdruck, ‚nett'. Sie bereut sofort, dass sie ihr Lieblingslokal empfohlen hat. Die ganze Szene ist ihr peinlich. Sie wird nie wieder herkommen können. Ruth ist genervt und auf eine üble Art neugierig, wie es weitergeht. Sie ahnt das Desaster voraus und wirft Marleen einen verschwörerischen Blick herüber, doch diese weicht der offensichtlichen Warnung aus.

Ungefragt stellt der Kellner vor Marie ein Glas Prosecco auf den Tisch. Noch bevor sie protestieren kann, ist er verschwunden. Nach einer peinlichen Schweigeminute erhebt Ruth ihr Glas. „Lasst uns auf die alte Freundschaft anstoßen."

„Kein Alkohol für mich. Ich muss noch arbeiten."

„Ach komm schon, ist doch außer der Reihe." Ruth hat schon von der ersten Sekunde an gemerkt, dass Marie dem Alkohol zugetan ist. Sie kennt sich damit aus, denn in ihrer Agentur sind viele ihrer Kollegen dem Alkohol verfallen. Sie hat ein Gespür dafür entwickelt und ihn immer zu ihrem Vorteil ausgenutzt. Sie weiß, wie man diese labilen Menschen lenken kann. Mit einer bittenden Miene und einer Klein-Mädchen-Stimme versucht sie ihr Glück erneut. „Komm schon, kleine Maus, wir wollen doch auf alte Zeiten anstoßen."

„Lass sie, wenn sie nicht will, ist doch kein Beinbruch", versucht Marleen, die Situation zu entschärfen. Sie mag diese Seite an Ruth ganz und gar nicht und sie ist abgestoßen von deren albernen und aufgesetzten Art.

Marie schwankt. Seit zwei Tagen hat sie nichts getrunken, nur ab und zu einen Joint geraucht, wenn die Albträume zu stark wurden. Sie hat sich vorgenommen, den heutigen Mittag sauber zu bleiben, denn es steht zu viel auf dem Spiel. Doch die ungeahnte Hochstimmung, die sich bei ihr eingestellt hat, macht sie glauben, dass sie ihre Sucht im Griff hat. Sie bedankt sich bei Marleen mit einem Lächeln.

„Nein, schon gut. Ruth hat recht, ist doch etwas Besonderes. Acht Jahre sind vergangen. Acht Jahre des Schweigens." Marie betrachtet die beiden. War da nicht eben ein unmerkliches Zucken, ein kurzes Entgleisen der Gesichtszüge bei den beiden? Marie erhebt ihr Glas.

„Auf die alten Zeiten und auf die neuen Zeiten." Marie nippt an ihrem Glas und es tut gut. Noch einen kleinen Schluck, ja, jetzt kann sie locker werden.

„Also, sag schon, wie geht es dir? Bist du auf der Durchreise?" Die brennendste Frage muss sie zuerst stellen, denn das ist es, was Ruth unbedingt wissen muss.

„Nein, ich wohne wieder in Hamburg. Ich habe einen Job in der alten Buchhandlung. Ihr wisst schon, bei Krause in Eppendorf." Wieder meint Marie, dass die beiden unmerklich zusammenzucken.

Marleen findet zuerst die Sprache wieder. „Es freut mich, das ist doch das, was du immer machen wolltest. Schön, dass du es geschafft hast."

Marie glaubt ihr und auch, dass sie es ehrlich gemeint hat. Ja, Marleen wirkt etwas gelöster als vorher.

Marleen greift nach der Speisekarte, denn sie muss etwas in der Hand haben, weil sie fürchtet, sonst zu explodieren. Sie will auf keinen Fall aufdringlich sein, aber sie spürt Ruths fordernden Blick, denn es war abgemacht, dass sie das Gespräch lenkt und herausfindet, was Marie beabsichtigt. „Kinder, ich sage euch, ich habe einen Mordshunger. Lasst uns was bestellen. Ruth, kannst du etwas empfehlen?"

Der Kellner bringt die Antipasti und die von Ruth bestellte Flasche Rotwein. Marleen und Ruth reden unaufhörlich, als könnten sie keine stille Pause ertragen.

Ihr scheinbar lässiges Gehabe wirkt auf Marie wie einstudiert und gekünstelt. Sie hat sich die Reaktion der beiden ganz anders vorgestellt, viel herzlicher und vielleicht auch verschwörerischer. Schließlich haben die drei ein Geheimnis und einen Eid geschworen. Ihr Entschluss, diesen zu brechen, steht plötzlich fest. Vielleicht hätte sie es sich noch anders überlegt, aber wie Ruth und Marleen das sie Verbindende mit aller Macht auszublenden versuchen, bestärkt ihr Vorhaben nur.

Ruth füllt die Gläser aufs Neue und mit Freude stellt sie fest, dass Marie es gleich wieder zur Hälfte leert. „Köstlich, findest du nicht auch, Marie? Du musst unbedingt die Auberginen probieren. Mmh, lecker. Sag mal, wie kommt es nach all der Zeit, ich meine, du hast dich acht Jahre nicht gemeldet …"

„Ihr auch nicht und es stimmt nicht, ich habe euch immer an euren Geburtstagen und zu Weihnachten geschrieben, aber ihr habt nie geantwortet. Irgendwann habe ich mir gedacht, es ist euch egal. Es ist euch egal, was mit mir ist. Es ist euch egal, ob ich noch lebe oder nicht, Hauptsache, euch geht es gut." Marie leert ihr Glas in einem Zug und stochert in ihrem Essen herum.

Marleen versucht, die Wogen zu glätten. „Nein, das stimmt so nicht. Es ist nur so, du warst in München und wir in Hamburg und manchmal verliert man sich eben aus den Augen bei der Entfernung."

Marie merkt, wie sich ihr Magen zusammenkrampft, und sie ringt mit sich, doch noch bevor sie es zu Ende gedacht hat, ist es auch schon heraus: „Denkt ihr manchmal zurück an unsere Abi-Party?" Marie füllt ihr Glas randvoll und trinkt hemmungslos. „Ich denke oft daran, besonders an deinen sauberen Freund Ralf, der die Finger nicht still halten konnte, und der mich vergewaltigt hat."

Ruths Stimme klingt wie das Zischen einer Schlange. „Hör auf, Marie, ich warne dich. Das haben wir doch schon vor acht Jahren durchgekaut."

Marie verfällt in ihren vom Alkohol geprägten Katzenjammer, sie spürt es am ganzen Körper, aber sie ist machtlos dagegen. „Ja, ich weiß, es tut mir auch leid, aber ich kann nicht mehr." Marie versucht, die Tränen zurückzuhalten, und ihr Kinn und ihr Mund zittern unkontrolliert, als sie weiterspricht. „Ich bin am Ende. Ich brauche eure Hilfe. Wir hatten doch geschworen und ich dachte, wir würden zusammenhalten, aber stattdessen habt ihr mich allein gelassen."

Marleen legt beschwichtigend ihre Hand auf Maries. Sie tut ihr leid und das schlechte Gewissen regt sich in ihr. Marie hat recht, sie haben sie im Stich gelassen. Doch jetzt ist alles anders. Jetzt steht viel mehr auf dem Spiel als vor acht Jahren. „Du hast recht, wir waren feige und haben dich mit allem allein gelassen."

Marie zieht ihre Hand weg und füllt ihr Glas zum vierten Mal. Mit Bitterkeit getränkter Stimme sagt sie: „Wisst ihr, was das Schlimmste für mich ist? Nicht die Vergewaltigung, nein, das Schlimmste ist die Gewissheit, dass ich einem Unschuldigen die Freiheit genommen habe. Das macht mich fertig. Ihr erinnert euch doch noch an Klaus, den Psycho, oder nicht? Klaus, der unseretwegen im Knast sitzt, weil wir gelogen haben."

„Marie, nicht so laut. Vielleicht solltest du einen Kaffee zur Abwechslung trinken." Marleen winkt eiligst den

Kellner heran und bestellt drei Espressi. Sie betet zu Gott, dass sie das Unheil abwenden und sich wieder zivilisiert benehmen können.

Marie lehnt sich über den Tisch zu den beiden herüber und sieht sie eindringlich mit unruhig flackernden Augen an. „Was denn? Habt ihr euch so sehr damit arrangiert? Wie schafft ihr das bloß? Nun, ich kann es nicht. Ich will endlich, dass die Wahrheit ans Licht kommt."

Ruth wirft einen unauffälligen Blick in die Runde, und, wie sie es sich gedacht hat, sind ein paar bekannte Gesichter aus der Szene da und natürlich haben sie bemerkt, dass es an ihrem Tisch nicht um das Thema „Wie backe ich den perfekten Butterkuchen" geht.

Leise, aber scharf wie eine Rasierklinge, stößt sie hervor: „Marie, wir waren uns einig. Damals warst du damit einverstanden, und wie Marleen es vorhergesehen hat, hat es auch funktioniert. Klaus ist wegen Mordes an Ralf verurteilt worden."

Marie wirft sich zurück in die Stuhllehne, urplötzlich lacht sie viel zu laut auf und schleudert Ruth entgegen: „Tja, nur dass Klaus ihn nicht umgebracht hat, sondern wir." Ruth ist kurz davor, zu platzen: „Rede bitte etwas leiser." Marie blickt sie kämpferisch an: „Wieso? Soll keiner deiner Werbefuzzis hören, dass du ganz außerordentlich viel Dreck am Stecken hast?" Wütend springt Ruth von ihrem Stuhl hoch und steht bedrohlich vor Marie. „Ich warne dich, noch ein Wort, oder ich …"

Marie erhebt sich schwankend von ihrem Stuhl, lallend dröhnt sie: „Oder was? Sieh doch nur, all die Menschen, willst du mir etwas antun vor all diesen Menschen?"

Ruth bemerkt, wie Giorgio zu ihr herüber schaut, und seine Miene lässt keinen Spielraum offen. Für Ruth ist es nun eindeutig: Hierher kann sie nie wieder kommen. Marleen geht vehement zwischen die beiden.

„Jetzt reicht es. Ich glaube, wir zahlen und gehen."

VIERZEHN

„Hey, Süße, wie gehen die Vorbereitungen für den Kronprinzen voran?"

Marleen, die auf der obersten Stufe der Leiter steht, um bunte Girlanden und Luftschlangen an den Streben des Verandadaches anzubringen, zuckt zusammen, als sie Michaels Stimme hört. Die Leiter fängt bedrohlich an, zu wackeln, und Michael hält sie reflexartig fest. „Meine Güte, Michael, erschrecke mich doch nicht so."

Michael schaut sie ernst an. „Nun, du weißt doch, es sind die Menschen mit einem schlechten Gewissen, die sich erschrecken. Hast du etwa ein schlechtes Gewissen?"

Marleen weicht seinem Blick aus und steigt mit zittrigen Beinen die Leiter herunter. „Natürlich nicht." Sie will ihn küssen, doch er weicht ihr aus.

„Bist du sicher? Überleg mal ganz genau. Denn du solltest ein schlechtes Gewissen haben." Michael sieht sie scharf an. Marleen wird nervös, und ganz plötzlich rinnt ihr der Schweiß, gefolgt von einer Eiseskälte, den

Nacken herunter. Sie meint, jeden Moment ohnmächtig zu werden. Michael hat sein Richtergesicht aufgesetzt und sagt mit ernster, getragener Stimme: „Also, du bist dir keiner Schuld bewusst?“

„Michael, du machst mir Angst, was soll das?“

„Du, mein Schatz, bist schuldig. Schuldig, weil du nicht daran gedacht hast, meinen Anzug aus der Reinigung zu holen und ich heute früh mit diesem Fleck ins Büro musste.“ Michael weist auf einen winzig kleinen Fleck auf dem Revers seines eintausend Euro teuren Anzuges. „Deshalb verurteile ich dich zu fünf leidenschaftlichen Küssen.“ Marleen fällt ein Stein vom Herzen. Sie umschlingt seinen Nacken und küsst ihn hingebungsvoll, mit einer Spur von Erleichterung.

Tom rennt zu seinen Eltern, die umschlungen dastehen und sich küssen, und bleibt im vollen Lauf abrupt stehen. Michael erblickt seinen Sohn, der mitten auf dem Hof stehen geblieben ist und zu ihnen herüber starrt. „Sieh nur, unser Kronprinz bittet um Audienz.“ Michael küsst Marleen auf die Stirn, bevor er sich seinem Sohn zuwendet. „Hey, mein Kleiner. Herzlichen Glückwunsch zum Geburtstag.“

Tom lässt die Umarmung seines Vaters über sich ergehen, bevor er lospoltert. „Und wo ist mein Geburtstagsgeschenk?“ Tom hat sich ein Fahrrad gewünscht, „so wie die großen Jungen es fahren, so eins mit den dicken Reifen und so.“ Tom platzt fast vor Aufregung, als sein Vater genau so ein Fahrrad über den Hofplatz schiebt.

„Hey, Kumpel, sieh nur, das hat draußen vor dem Tor gestanden, ich glaube, es ist für dich. Hier ist eine Karte dran, ja, es steht ‚Für Tom, den Kronprinzen' drauf."

Tom vergisst alles um sich herum, läuft auf das Fahrrad zu und bekommt kein Wort heraus. Marleens Augen füllen sich mit Tränen, weil sie so gerührt ist über die gelungene Überraschung. Michael nimmt sie in den Arm. „Ohne dich hätten wir niemals so einen großartigen Sohn."

„Ja, und deshalb sollten wir auch dafür sorgen, dass er sich nicht gleich das Genick bricht."

Tom dreht wie wild ein paar halsbrecherische Runden auf dem Hof.

„Tom, sei vorsichtig. Setz' bitte den Helm auf und die Knieschoner und …"

„Lass ihn, Marleen, hier kann doch nicht so viel passieren."

Sie sieht das Glück in den Augen ihres Sohnes und erinnert sich daran, wie ihre Eltern immer versucht haben, sie zu schützen. Sie hat damals immer das Gegenteil von dem getan, was ihre Eltern versuchten zu verhindern. Sie muss lächeln. Vielleicht sollte sie ihm tatsächlich nicht so viel verbieten. „Also gut, ich gehe in die Küche und bereite das Essen für heute Abend vor. Toms Freunde werden gleich da sein und es ist noch eine Menge zu tun und ich …"

„Ich kümmere mich um die Rasselbande, wie versprochen." Michael ist nicht entgangen, wie nervös und unkonzentriert Marleen seit ein paar Tagen ist. Er hat ein schlechtes Gewissen, weil er sich nicht wie sonst an den

Vorbereitungen beteiligt hat. Vor drei Tagen hat er einen schwierigen Fall auf den Tisch bekommen. Er muss darüber entscheiden, ob ein Mörder auf Bewährung entlassen wird, und das muss er noch vor der Sommerpause klären. Normalerweise bespricht er die schwierigen Fälle gern mit Marleen. Sie ist eine gute Zuhörerin und hat ein klares Urteilsvermögen, aber in diesem besonderen Fall ist es ihm nicht möglich, denn sie ist in den Fall verwickelt. Er schiebt die unschönen Gedanken zur Seite. Jetzt hat sein Sohn Geburtstag, und alles andere muss warten.

Fasziniert sieht Marleen zu, wie Rosa mit gekonnten schnellen Bewegungen die Torte mit kleinen Herzen verziert. Rosa ist Mexikanerin und die gute Seele des Hauses, sie ist vor Toms Geburt zu ihnen gekommen. Michael hat sie als Unterstützung für seine Frau eingestellt. Rosa hatte gerade ihren sieben Jahre alten Sohn durch einen Unfall verloren. Michael war damals noch Strafverteidiger und hatte Rosa in ihrem Fall verteidigt. Sie war alleinerziehend und kannte niemanden in Deutschland. Ihr Sohn ertrank, als er mit ein paar Freunden eine Mutprobe, sie wollten einmal über die Elbe schwimmen, bestehen wollte. Rosa wurde wegen mangelnder Aufsichtspflicht angeklagt. Aber es war nicht ihre, sondern die Schuld der anderen Jungen. Eltern können nicht immer und überall bei ihren Kindern sein. Sie können nicht gewährleisten, dass ihre Kinder die ständige Litanei der Eltern ‚Tu dies nicht, tu das nicht' beherzigen. Rosa wurde freigesprochen und da sie niemanden in Deutschland hatte und nicht wusste, wie es weitergehen sollte, stellte Michael sie als Haushaltshilfe ein. Marleen und Rosa wurden so etwas wie Freundinnen, keine Busenfreundinnen, aber im gewissen Sinne Vertraute. Als Tom geboren wurde, war Rosa immer für ihn da. Sie vergötterte ihn und hatte immer ein Auge darauf, dass ihm nichts passierte. Marleen konnte und kann sich immer hundertprozentig auf Rosa verlassen.

Rosa betrachtet ihr Werk und muss unwillkürlich an ihren eigenen Sohn denken. Für einen Augenblick schweigen die Frauen. Fröhliches Kindergeschrei, Gelächter und Anfeuerungsrufe wehen vom Garten in die Küche. Sie sehen sich an und erwachen aus ihren Gedanken. Rosa blickt aus dem Fenster. Tom macht sich gerade bereit für den Schuss auf die Torwand. Er hat mächtigen Spaß und seine Wangen sind gerötet vor Aufregung.

„Er ist groß geworden, der kleine Tom. Er wird bestimmt mal so groß wie sein Vater und so schön wie seine Mutter."

„Rosa, ich danke dir für alles, was du für uns getan hast. Ich möchte dich um etwas bitten. Wenn jemals etwas Schlimmes passieren sollte, dann kümmere dich bitte um Tom."

„Aber was soll denn passieren? Was reden Sie denn da?"

„Bitte, Rosa, versprich es mir." Marleen blickt Rosa dabei eindringlich an.

„Ja, natürlich. So, und nun Schluss damit. Wir haben noch eine Menge zu tun." Rosa versteht nicht, worum es geht, und will es auch nicht verstehen, und sie vermutet, dass Marleen nur überarbeitet ist.

Marie parkt ihren in die Jahre gekommenen Golf vor Marleens Haus. Sie fragt sich zum wiederholten Male, ob es richtig ist, hierher zu kommen und noch einmal mit Marleen zu reden. Was genau soll sie ihr sagen? Dass es ihr leidtut, weil sie neulich so hemmungslos die Beherrschung verloren hat, dass sie ihre Unterstützung braucht, dass sie trotzdem genau das, was sie gesagt hat, auch meint? Ihr wird schwindelig vor lauter Zweifel. Bevor sie es sich anders überlegt und wieder nach Hause fährt, öffnet sie schnell die quietschende Wagentür. Forschen Schrittes geht sie auf die Hoftür zu, die mit bunten Luftballons geschmückt ist. Irgendwie beruhigt sie der Anblick, und er erinnert sie an ihre eigenen Kindergeburtstage. Sie zögert eine Sekunde, bevor sie das Tor öffnet.

Sie bleibt wie angewurzelt stehen, als sie die Kinder entdeckt, die wie wild auf eine Torwand schießen. Sie johlen und kreischen, und unwillkürlich muss Marie lächeln. Wie friedlich das Bild auf sie wirkt. So heimelig, und so, wie sie es sich immer vorgestellt und gewünscht hat. Sie wollte immer Kinder haben, einen Mann, der sie liebt und umsorgt und einen Job, der ihr Anerkennung einbringt. Marleen hat es erreicht, und Ruth hat ihren Job, der sie glücklich macht. Sie hat nichts. Tränen schießen ihr in die Augen, sie kann diese Idylle nicht länger ertragen und sie macht auf dem Absatz kehrt. Am Tor angekommen, spürt sie eine starke Hand auf ihrer Schulter. Sie dreht sich abrupt um und schaut in Michaels Gesicht. „Kann ich helfen, Frau …?“

„Marie. Marie Kellermann.“ Völlig überrumpelt streckt sie ihm die Hand entgegen.

Michael stutzt kurz und lächelt dann freundlich. „Oh ja, ich weiß, die alte Schulfreundin."

„Ja, ich wollte kurz mit Marleen sprechen, aber ich sehe, dass es wohl gerade nicht der richtige Zeitpunkt ist."

„Quatsch. Freunde von Marleen sind immer willkommen."

Marleen schneidet das Rinderfilet in gleichförmige Tranchen, sie ist sehr konzentriert, denn es muss perfekt werden. Heute kommt Sybille zum Dinner, eine Meisterköchin, die sehr penibel und speziell ist, und ihr Wort und ihre Meinung über Kulinarisches zählen.

Rosa spült den Salat dreimal, so, wie Marleen es ihr gesagt hat, auch wenn sie es für übertrieben hält. Sauber ist sauber, aber sie macht es trotzdem. Sie blickt dabei aus dem Fenster und freut sich über den Spaß, den die Jungen haben. Dann entdeckt sie Michael, der charmant mit einer netten jungen Frau redet. „Oh, ich dachte, die Eltern kommen erst gegen sieben zum Dinner", sagt sie erstaunt.

„Ja, so war es abgemacht. Wieso?" Marleen wischt ihre blutigen Hände in der Schürze ab, sieht aus dem Fenster mit einem fast schon einstudierten professionellen Lächeln, welches sofort auf ihren Lippen gefriert.

Marleen stürmt regelrecht in den Garten. „Marie, was machst du denn hier? Habt ihr beide euch schon … Ich meine, also, das ist Marie …"

„Süße, wir haben uns schon vorgestellt, alles ist gut. Ein Glas Champagner, die Damen?" Ohne eine Antwort abzuwarten, ist Michael auch schon verschwunden.

„Was machst du hier? Es ist ein ziemlich blöder Zeitpunkt.“ Marleen wirkt unruhig und Marie ist es auf einmal peinlich, dass sie so unangemeldet hereingeplatzt ist.

„Ja. Es tut mir leid. Wenn ich gewusst hätte, aber ich wollte …“ Harsch schneidet Marleen ihr das Wort ab.

„Was wolltest du? Kann das nicht bis morgen warten?“ Marleen ist sehr wohl bewusst, dass sie übertrieben hart reagiert, doch ihre Nerven liegen blank. Bittend schaut sie Marie an. „Marie, tue mir den Gefallen und geh jetzt. Wir reden morgen, okay?“

Marie wendet sich sofort ab und verlässt grußlos das Grundstück.

Michael kommt mit drei Gläsern Champagner zurück. Marleen greift sich ein Glas und trinkt es in einem Zug leer. „Wohin ist deine Freundin so schnell verschwunden?“

„Sie hat es sich anders überlegt, Kinder sind nicht so ihr Ding.“

FÜNFZEHN

Der Mond wirft lange Schatten in die $6m^2$-Zelle. Sie ist nicht, wie man meinen könnte, karg und spartanisch eingerichtet, sondern mit allem ausgestattet, was man in $6m^2$ hineinbekommt. Ein Bett, ein Tisch, ein Stuhl. An den freien Wänden sind Regale angebracht, die unter der

Last der Bücher zusammenzubrechen drohen. Ein Computer und ein Fernseher runden das Gesamtbild ab.

Klaus liegt auf seinem Bett, sein Blick erfasst jeden Winkel des Raumes. Acht Jahre hat er hier verbracht. Acht Sommer, acht Winter. Er hat es geschafft. Er hat den Brief mit den Prüfungsergebnissen immer noch in der Hand. Er hat bestanden und ist nun Anwalt. Klaus kann es noch nicht fassen, und er ist froh, dass er diesen Weg gewählt hat. Er ist dankbar, dass das Schicksal ihn hierher befördert hat. Draußen hätte er nie durchgehalten. Er hätte wahrscheinlich in allen Lebenslagen versagt.

Jetzt heißt es, abzuwarten, bis sein Bewährungsgesuch durch ist und dann hat er alles, was er wollte. Er hat nicht vergeblich Jura studiert, und er weiß schon, wie er sein Wissen gewinnbringend für sich einsetzen kann. Da gibt es tausend Möglichkeiten und er kennt die Schlupflöcher. Oh, wie er sich freut. Endlich. Es erregt ihn so sehr, dass er einen Harten bekommt. Er will sich nicht berühren, doch der Drang ist zu groß.

SECHSZEHN

Wolkenbruchartig donnert der Regen auf die Windschutzscheibe. Die Scheibenwischer geben ihr Bestes und dennoch ist es nicht genug. So viel Wasser können auch sie nicht so einfach beiseiteschieben. Marie beugt sich nach vorn und wischt immer wieder mit der flachen Hand über die beschlagene Windschutzscheibe, um eine bessere Sicht auf den dahin schleichenden Straßenverkehr zu bekommen. Es ist kurz vor 9 Uhr in der Früh und dunkel wie an einem Wintermorgen. Marie wird zusehends nervös, weil sie nun schon zum fünften Mal auf der Suche nach einem Parkplatz um den Block fährt. ‚Scheiße', denkt sie, ‚ich werde noch zu spät zur Arbeit kommen.' Immer wieder lenkt sie an der Obdachlosen vorbei, die trotz des prasselnden Regens stur an ihrem Stammplatz sitzt. Ihren Blick hat sie starr geradeaus gerichtet. Marie ist mit ihren Gedanken ganz bei der Obdachlosen. ‚Was für ein Leben muss das sein? Tag ein Tag aus bei jedem verfluchten Wetter hier zu sitzen. Mit niemandem reden zu können. Immer allein sein.' Es gruselt Marie. ‚Das ist kein Leben.' Der Anblick der Frau löst ein beklemmendes Gefühl bei ihr aus. ‚Was ist, wenn du bald wie sie auf der Straße sitzt?' Marie drängt den Gedanken beiseite. Vor drei Tagen hat sie Ruth und Marleen getroffen, und seit drei Tagen trinkt sie wieder regelmäßig. Oh, nicht viel, nur so viel, dass der Alkohol sie beflügelt und die Welt nicht mehr so boshaft erscheint. Marie umklammert das Lenkrad. Sie wird es nie schaffen, niemals. Vielleicht wäre es besser, wenn sie sich zu Tode säuft, sie möchte lieber tot sein als so zu enden wie die Obdachlose. Marie gibt Gas.

Der Mercedes 500SL vor Marie bremst plötzlich und sie tritt erschrocken und reflexartig auf die Bremse. Mit quietschenden Reifen kommt sie einen Millimeter vor der Stoßstange des anderen Fahrzeugs zum Stehen.

Nach einer Schrecksekunde steigt sie zitternd aus. Im Nu ist ihre Kleidung durchweicht, die langen Haare kleben wie Algen in ihrem bleichen Gesicht.

Das Quietschen der Autoreifen ist schrill und bedrohlich. Tanja lässt alles stehen und liegen, greift sich ihren Sommermantel und rennt eiligst auf die Straße. Auch Herr Krause ist sofort zur Stelle.

Der Fahrer des Mercedes, ein Mittfünfziger mit Glatze und behäbigen Bewegungen, stürmt, soweit es seine Figur erlaubt, auf Marie zu. „Sind Sie besoffen, oder was?" Er inspiziert peinlich genau die Stoßstange, kann aber keine Spuren eines Aufpralls entdecken. Vor sich hin fluchend steigt er wieder in sein Auto, ohne sich weiter um Marie zu kümmern. Ein wildes Hupkonzert setzt ein, und Kommentare werden zu Marie herübergebrüllt: „Los Mädel, mach die Straße frei." „Mann, Sie halten den Verkehr auf."

Marie sieht sich um, das Hupen zerrt an ihren Nerven. Sie entdeckt Tanja und Herrn Krause, die von der anderen Straßenseite das Geschehen beobachten, und versucht ein Lächeln, das Harmlosigkeit bezeugen soll, aber es gelingt ihr nicht ganz. Ihr wird speiübel, am liebsten würde sie ihre Frustration herausbrüllen und dann sterben. Aber am allerliebsten würde sie jetzt wahnsinnig gern einen Gin trinken. Das Hupen nimmt ohrenbetäubende Lautstärke an. „Ja, verdammt noch mal", presst sie durch ihre bibbernden Lippen.

Herr Krause zieht den Kragen seines Jacketts hoch und versucht, durch seine beschlagene Brille das Geschehen in sich aufzunehmen. „Na, da hat Frau Marie ja noch mal Glück gehabt. Armes Ding, sie sieht immer so traurig aus. Ich hoffe nur, dass sie nicht so enden wird wie unser Fräulein Vagabundin da drüben.“

Tanja, die sich ihren Sommermantel über den Kopf gehängt hat, sieht mit zusammengekniffenen Augen, wie Marie ihr gequält zulächelt. Herrn Krauses Bemerkung hat sie sehr wohl verstanden. Sie strahlt ihn überzeugend an. „Oh nein, ganz bestimmt nicht.“

„Na ja, Frau Tanja, wenn Sie das sagen, wird es wohl so sein. Das hoffe ich sehr, denn Frau Marie ist gut im Umgang mit den Büchern und den Kunden. Ja, ja, das ist sie,“ murmelt er.

Der Schock sitzt Marie tief in den Knochen. Mit zittrigen Fingern dreht sie den Schlüssel im Zündschloss herum. Das war knapp, und hätte es einen Unfall gegeben, hätte sie ins Röhrchen pusten müssen, und dann? Sie legt gerade den Gang ein, als plötzlich ihre Beifahrertür aufgerissen wird und eine sehr wütende Tanja sich auf den Beifahrersitz wirft. Sie sieht Marie sorgenvoll und wütend zugleich an. „Was ist los mit dir? Willst du so enden wie die da drüben?“

„Spinnst du jetzt total?“ Marie ist entrüstet. Was denkt sich Tanja dabei? Aber diese lässt sich von Maries Ton nicht irritieren.

„Nein. Ich nicht, aber vielleicht ja du. Ich möchte wissen, wo dein Problem liegt.“

„Ich habe kein Problem, außer dass du mich daran hinderst, einen vernünftigen Parkplatz zu finden.“

Tanja sieht sich um. „Alles prima. Da vorne wird einer frei. Da kannst du stehen bleiben, bis wir fertig sind."

„Fertig mit was?"

„Mit unserer Unterhaltung."

„Du bist nicht meine Mutter." Marie verdreht die Augen und wischt sich die nassen Haare aus dem Gesicht.

„Nein, aber wäre ich deine Mutter, hätte ich dir schon rechts und links eine gescheuert, damit du endlich aufwachst. Du trinkst, du nimmst Drogen, ich möchte wissen, warum. Und erzähle mir keine Geschichten. Vorweg sollte ich dir sagen, dass mir sehr viel an dir liegt. Ich schätze dich, du bist ein wunderbarer Mensch. Also belüge mich nicht."

Tanjas zornige Ansprache nimmt Marie den Atem, so ehrlich und besorgt hat noch nie jemand mit ihr gesprochen. Verlegen um eine Antwort verfällt sie in Schweigen und bugsiert den Wagen in die freigewordene Parklücke. Sie stellt den Motor ab. Sie muss Zeit gewinnen und den Kopf freibekommen, um nicht etwas Falsches zu sagen. „Ich weiß nicht, was du meinst. Der Penner hat plötzlich gebremst so was passiert …"

„Bullshit, davon rede ich nicht. Ich rede von dir. Meinst du denn, ich merke nicht, dass du mit deinen achtundzwanzig, neunundzwanzig Jahren mehr Ballast mit dir herumträgst als eine, sagen wir, Achtzigjährige. Also, was ist los? Und noch einmal zum Verständnis: Ich mag dich, ich respektiere dich."

Marie ist sprachlos. Wie kann es sein, dass eine Frau, die sie erst seit knapp einem Monat kennt, sie so durchschauen kann? Marie schaut Tanja lange an.

Diese verstummt und hält Maries Blick stand. Nicht fordernd, nicht drängend, sondern abwartend. Wie sehr hat Marie sich danach gesehnt. Es ist ihre Chance, sich zu öffnen und Marie ergreift sie. Es sprudelt nur so aus ihr heraus. Alles. Angefangen von der Trennung ihrer Eltern, der Freundschaft zu Marleen und Ruth, der Vergewaltigung, dem Tod von Ralf und der unfassbaren Schuldzuweisung, dass Klaus der Mörder sei.

Ruhig sitzt Tanja da, stellt keine Fragen und wartet ab.

„Neulich Mittag habe ich Marleen und Ruth getroffen. Du erinnerst dich, dass ich es vorhatte, du hattest mich noch darin bestärkt," Marie holt tief Luft, bevor sie weiterredet, „die beiden haben ihr Leben im Griff. Es interessiert sie nicht die Bohne, was mit mir oder mit Klaus ist." Sie sieht zur Obdachlosen hinüber, die sich gerade eine Plastiktüte über den Kopf zieht. ‚Eine Tüte voll Müll', denkt Marie, ‚nichts weiter bleibt übrig außer einer Plastiktüte voll Müll.' Bei dem Anblick rutscht Marie tiefer in ihren Sitz hinein. Sie hat sich lange dagegen gewehrt, doch jetzt heult sie ungeniert los. Ein heiseres Schluchzen begleitet ihre Stimme. „Ich will nicht so enden wie die Frau da drüben. Auf keinen Fall."

Tanja ist zutiefst schockiert von Maries Beichte, lässt es sich aber nicht anmerken. Sie muss Marie motivieren. Sie muss ihr helfen, aus diesem Elend herauszukommen. Marie hat es nicht verdient, so behandelt zu werden. Das hat keiner verdient, und es macht sie wütend. Sie versucht weiterhin, sich zu beherrschen, doch es will ihr nicht gelingen. Ihre vor Wut kratzige Stimme lässt Marie zusammenzucken. „Okay. Wie ist dein Plan?"

Marie starrt sie verständnislos an. „Was meinst du, welcher Plan?"

„Nun, du hast den ersten Schritt getan, du hast dich mit deinen ehemaligen Freundinnen getroffen. Du wolltest Klarheit. Hast du Klarheit?"

Marie denkt lange nach, bevor sie antwortet. Hatte sie Klarheit? Nein, oder vielmehr doch, sie ist sich klar darüber, dass sie auf ihre Freundinnen nicht zählen kann. Aber wie soll der nächste Schritt aussehen? Sie blickt Tanja aus von Tränen rotgeränderten Augen an. „Ich weiß es nicht. Ich weiß nicht, was ich tun soll." Die Tränen rinnen wieder unaufhörlich hinunter.

Tanja beugt sich umständlich vom Beifahrersitz hinüber und schließt sie in die Arme. „Schon gut, schon gut. Ich glaube, du weißt, was zu tun ist. Stimmts?" Sie fasst Maries Kinn und wendet deren Gesicht sanft in ihre Richtung, sodass sie sich ansehen können. „Ich werde dir helfen, wo ich kann, aber die Dinge regeln musst du selber." Tanja reicht Marie ein Taschentuch, das diese dankbar annimmt und sich geräuschvoll damit schnäuzt. „Also: dein Plan?"

SIEBZEHN

Die Sonne hat es schwer, sich gegen die dunkle Eichenverkleidung, die die Decke und die Wände schmückt, durchzusetzen. Der reich verzierte Eichenschreibtisch davor strahlt Macht und Überlegenheit aus.

Michael ist vor einem Jahr in dieses gewaltige Büro eingezogen. Nun ist er ein junger Richter vor einer alten Fassade. Er hatte sich eigentlich ein frisches modernes Büro gewünscht, aber so sind die Spielregeln. Macht ist das Zauberwort, und wie lässt sich Macht am besten demonstrieren, wenn nicht über große Räume, beherrscht von Dunkelheit und von etwas Verborgenem.

Michael reißt sich aus seinen philosophischen Betrachtungen heraus. Mit einem tiefen Seufzer wendet er sich der Akte Klaus Starrenberg zu. Antrag auf Bewährung. Ein Fall, den er lieber an einen Kollegen abgeben würde.

Michael ist positiv überrascht davon, wie der Junge es geschafft hat, ein Jura-Studium mit einem hervorragenden Abschluss hinzulegen. Michael geht zum zwanzigsten Mal die Akte durch. Er weiß, wer Klaus ist, denn Michael lernte Marleen kurz nach dieser Sache kennen. Sie war ganz durcheinander, und er erinnert sich noch so genau daran, als wäre es gestern gewesen. Er war gerade Strafverteidiger geworden und ihn interessierte der Fall, las sich in die Akten ein und war zur Urteilsverkündung vor Ort. Marleen war ihm sofort aufgefallen, weil sie so selbstbewusst und verängstigt zugleich wirkte. Sie weckte prompt seinen Beschützerinstinkt in ihm, denn als das Urteil verkündet wurde, brach sie zusammen. Noch bevor sie den Boden berührte, war er zur Stelle und fing sie auf. Als er sie in seinen Armen spürte, verliebte er sich auf der Stelle in sie. Er schwor sich, dass er diese Frau bis an sein Lebensende lieben würde.

Bei der Erinnerung daran muss er unwillkürlich schmunzeln. Sie trafen sich immer öfters und er lernte Seiten an ihr kennen, die ihn noch mehr beeindruckten. Sie war klug, konnte zuhören, und sie diskutierten stundenlang über Gott und die Welt, und es war um ihn geschehen. Er machte ihr einen Antrag, ganz klassisch in einem edlen Restaurant mit Kniefall und Geigenspielern. Mit Tränen in den Augen sagte sie Ja und er war der glücklichste Mann auf Erden.

Michael lehnt sich mit einem Seufzer, der tief aus seinem Inneren kommt, in den ledernen Bürosessel zurück. Ermüdet knallt er die Akte Starrenberg auf den Schreibtisch, um sie gleich wieder in seine Hände zu nehmen und noch einmal darin zu lesen.

Marie Kellermann. Sie war ihm völlig aus seinem Gedächtnis entschwunden. Erst als sie anrief, war ihm so, als hätte er den Namen schon einmal gehört. Aber er hat ihn als nicht wichtig schon vor Jahren in eine hintere Schublade seines Gehirns verbannt. Doch jetzt ist sie präsent. Es kommt ihm merkwürdig vor, dass Marleen und Ruth sie nie erwähnten, denn wie er hier in den Akten sehen kann, war sie eine Belastungszeugin. Er wundert sich darüber, dass Marleen sie als kleine unwichtige Person abtat; und ebenso merkwürdig erscheint es ihm, wie sie sich verhielt, als Marie auf Toms Geburtstag auftauchte.

Michael reibt sich seine müden Augen, aber vielleicht ist es ja auch nicht so kompliziert, wie er annimmt, denn es sind immerhin acht Jahre vergangen und man verliert sich schnell aus den Augen, besonders, wenn man jung ist.

Michael reckt sich, sein Nacken schmerzt, und er

möchte nach Hause zu seiner Familie, aber er muss diese Akte erst durchlesen. Michael überfliegt noch einmal alle wesentlichen Punkte. Die Gutachten der Psychiater, die Beurteilung der Gefängnisdirektion, alle sind durch die Bank weg positiv ausgefallen. Und doch kann sich Michael nicht dazu überwinden, seine Unterschrift unter den Antrag zu setzen. Irgendetwas stört ihn, aber er weiß nicht, was. Er wird noch eine Nacht darüber schlafen und vielleicht doch noch mit Marleen darüber sprechen. Klaus hat acht Jahre lang im Knast verbracht, dann wird es auf ein paar Tage mehr oder weniger auch nicht mehr ankommen.

Er schaut auf seine Uhr, es ist noch früh und ein wunderschöner Nachmittag. Vielleicht sollte er mit seiner kleinen Familie zum Baden gehen. Über die Kurzwahl ruft er zu Hause an. Rosa meldet sich: „Hier bei Hoffmann. Nein, Herr Hoffmann, Ihre Frau ist nicht da. Ich weiß auch nicht, wohin sie gefahren ist. Tom ist bei Justin, Fußball spielen."

‚Schade', denkt Michael, dann soll es eben nicht sein.'

ACHTZEHN

Die langen blonden Haare umspielen Marleens Gesicht, als sie mit ihrem Mercedes Cabrio ziellos durch die Stadt fährt. Sie genießt den Wind auf ihrer Haut und die Blicke der Männer, die ihr mit einem schiefen Grinsen nachsehen. Doch nach Flirts an der Straßenecke steht ihr im Moment nicht der Sinn. Sie will endlich ihre Verwirrung und Nervosität loswerden, nur deshalb fährt sie planlos in der Gegend umher. ‚Was für ein Schwachsinn', denkt sie und schaltet das Radio ein. Ruth gab ihr nach dem Treffen mit Marie unmissverständlich zu verstehen, dass sie sich um Marie kümmern und dafür sorgen soll, dass Marie die Füße still hält. Sie selbst könne das gerade nicht in die Hand nehmen, denn sie müsse für ein paar Tage nach L. A. und außerdem sei Marleen die Diplomatischere von ihnen. ‚Ja, klar, nur dass ich nicht weiß, wie ich die Sache angehen soll, damit Marie aus der Stadt verschwindet.'

Die Ampel springt auf Rot, Marleen steigt voll in die Bremsen. Dabei lässt sie ihren Arm lässig aus dem Türfenster hängen, dann stellt sie die Musik etwas lauter. Sie schließt die Augen hinter ihrer dunklen Sonnenbrille. Sie kennt Marie nur allzu gut. Sie wird den Mord an Ralf nie im Leben zur Sprache bringen. Dazu ist sie viel zu unsicher, und sie besitzt weder Ruths Grabeskälte noch hat sie Marleens organisatorisches Talent. Nein, Marie ist viel zu naiv. Aber sind die naiven Menschen nicht die gefährlichsten? Was ist, wenn doch alles zutage kommt? Was ist, wenn Michael erfährt, was wirklich in der Nacht geschah? Marleen verspürt sofort den Drang, etwas zu unternehmen, um Marie aufzuhalten. Sie gibt unwillkürlich Gas und nimmt einer Autofahrerin die Vorfahrt. Marleen entschuldigt sich mit einem arroganten Kopfnicken bei der erbosten Frau. Marleen muss plötzlich über sich selbst laut lachen, es sind unnötige Überlegungen, nichts wird passieren, sie macht sich vergeblich verrückt. Marie hat einen Job, und den wird sie nicht lange behalten, wenn sie weiterhin trinkt. Dann wird sie immer weiter in den Sumpf des Alkohols sinken. Vielleicht sollte sie Maries Chef einen kleinen Hinweis auf Maries Alkoholproblem geben.

Eine Kindergartengruppe überquert im Gänsemarsch einen Zebrastreifen. Marleen hält vorschriftsmäßig an und schmunzelt, als sie die kleinen Zwerge betrachtet, die ganz konzentriert die Anweisungen der Kindergärtnerinnen befolgen. Urplötzlich wird Marleen von einem schlechten Gewissen übermannt. Es ist ganz und gar nicht ihre Art, so abfällig über andere zu urteilen. Sie sollte Marie dabei unterstützen, damit sie wieder auf eigenen Füßen stehen kann. Ja, das sollte sie. Aber was geschieht dann? Michael wird Fragen stellen, Ruth wird die Wände hochgehen und die Gefahr, dass Marie doch noch ihr gemeinsames Geheimnis ausplaudert, ist viel zu groß. Nein, ihr Entschluss steht fest, nichts und niemand wird sie oder ihre Familie diesem Risiko aussetzen. Sie wird dafür sorgen, dass Marie die Stadt verlässt. Sie weiß zwar noch nicht genau, wie sie es anstellen soll, aber ihr wird schon das Passende einfallen. Marleens Stimmung hellt sich auf. Entschlossen legt sie den ersten Gang ein und fährt mit Vollgas los.

Spontan nimmt sie Kurs auf ihren Lieblingsfriseur. Das ist genau das, was sie jetzt braucht: sich verwöhnen und verschönern lassen. Ihre Fahrt führt sie an dem Buchladen vorbei, in dem Marie arbeitet. Dabei fällt ihr siedendheiß ein, dass sie Marie nicht wie versprochen angerufen hat, nachdem diese auf Toms Geburtstag auftauchte. Spontan parkt sie ihren Wagen.

Die Glocken über der Tür klingeln im Dreiklang, als Marleen den Laden betritt. „Guten Tag, ich würde gern Marie Kellermann sprechen." Marleen nimmt ihre Sonnenbrille ab und blickt in Tanjas freundliches Gesicht. „Oh, das tut mir leid, Frau Kellermann hat heute ihren freien Tag, kann ich Ihnen vielleicht weiterhelfen?"

Ein bisschen enttäuscht schüttelt Marleen den Kopf. „Nein, ist etwas Persönliches, sie ist eine alte Freundin von mir."

Für eine Sekunde verschwindet das Lächeln aus Tanjas Gesicht, nur um gleich wieder aufzutauchen. „Soll ich ihr sagen, dass Sie nach Ihr gefragt haben, Frau …?" „Hoffmann, Marleen Hoffmann." Marleen sieht sich im Laden um, unschlüssig darüber, ob sie Maries Alkoholproblem erwähnen soll und somit den Stein ins Rollen bringt. Sie erwidert Tanjas fragenden Blick und holt tief Luft. „Ja, eigentlich wollte ich …"

Der Dreiklang der Türglocke erklingt und erschrocken wendet Marleen sich um. Ein älteres Paar betritt den Laden und nickt einen Gruß zu Tanja und Marleen herüber. Tanja wartet immer noch geduldig auf eine Antwort. Am liebsten würde sie dieser Frau sagen, dass Marie im Begriff ist, ihr Leben wieder in Ordnung zu bringen. Stattdessen lächelt sie Marleen liebenswürdig an. „Was wollten Sie gerade sagen, Frau Hoffmann?"

„Ach, nichts weiter."

„Also, wenn Sie mich dann entschuldigen würden." Tanja wendet sich dem Paar zu und bemerkt aus den Augenwinkeln, wie Marleen schnellen Schrittes den Laden verlässt.

Unzufrieden über die missglückte Situation in der Buchhandlung und über sich selbst knallt Marleen die Tür ihres Cabrios zu und fährt los. Vorbei an der Obdachlosen, der Marleen keinen einzigen Blick gönnt, stattdessen dreht sie die Musik noch lauter und drückt sich fest in den Ledersitz ihres Sportwagens hinein. Sie kann es sich aber dennoch nicht verkneifen, in den Rückspiegel zu sehen. Die Obdachlose blickt ihr mit einem leeren und emotionslosen Ausdruck im Gesicht hinterher. Eine Frau, die nichts mehr vom Leben erwartet. ‚Widerlich, wie kann man nur so tief sinken,' denkt Marleen.

NEUNZEHN

Die Versuchung, noch etwas zu trinken, war groß. Gerade heute, gerade jetzt konnte sie es gut vertragen. Nein. Die Zeiten sind vorbei. Auch wenn der kleine Teufel in ihrem Kopf sie anlächelte und zuflüsterte: ‚Ein Glas kann nicht schaden, du hast es doch im Griff.' Sie stürzte fluchtartig aus der Wohnung, um dem Teufel in ihrem Kopf zu entfliehen. Sie presste ihr Handy fest ans

Ohr: „Tanja? Hi, ich bin es." Sie musste Tanjas Stimme hören, denn sonst fürchtete sie, würde sie der Versuchung erliegen. Ihr Magen zog sich zusammen und sie atmete tief ein und aus. Eine Übung, die sie nun täglich hundertmal machen muss, aber es hilft, so wie ihr auch Tanja hilft. Sie ist immer für sie da mit ihrer ruhigen und unaufdringlichen Art. Marie ist dankbar dafür, dass sie diese Frau kennenlernen durfte. Ohne ihre Unterstützung würde sie jetzt nicht in ihrem Wagen sitzen und auf dem Weg in ihre Vergangenheit sein.

Der alte Golf holpert über die Straßen. Marie merkt, dass die Stoßdämpfer dringend erneuert werden müssten, oder besser gesagt: Ein neues Auto muss her. Wie auch immer, diese Tour wird er schon noch schaffen. Marie ist überaus nervös, was soll sie ihm sagen, wird er sie erkennen, wird er überhaupt mit ihr reden wollen? Wenn sie selbst in seiner Situation steckte, was würde sie tun?

Sie erinnert sich daran, mit welchem Ausdruck Klaus sie im Gerichtssaal ansah, ein kleines verächtliches Lächeln auf den Lippen und sonst ohne eine erkennbare Gemütsbewegung. Es schien Marie, als dauerte dieser Blick eine Ewigkeit, doch tatsächlich war es nur eine Sekunde. Der Anwalt der Anklage fragte sie, ob auch sie Klaus' Drohung, Ralf zu töten, klar und deutlich gehört hatte. Ob Marie dabei gewesen war, als Klaus und Ralf sich prügelten. Marie hatte alle Fragen mit Ja beantwortet und dabei stur auf den Anwalt gestarrt. Es hatte sie innerlich zerrissen, denn sie wollte eigentlich die ganze Wahrheit herausbrüllen. Doch sie schwieg und war zu feige, und sie hatte geschworen, niemals ein Wort über ihre Gräueltat zu verlieren.

Heute ist sie bereit, diesen Schwur zu brechen. Sie parkt ihren schnaufenden Golf auf dem Besucherparkplatz vor dem Gefängnis. Marie wundert sich darüber, dass nur noch drei weitere Autos dort stehen. Sie blickt unruhig auf ihre Armbanduhr, 15.30 Uhr, Marie atmet hörbar aus. Sie ist nicht zu spät, und sie hat noch eine Stunde Zeit.

Das alte, von hohen Mauern umgebende Gebäude löst bei ihr Beklemmung aus. Wie schrecklich muss es sein, über Jahre eingesperrt zu sein, ein Leben ohne die Möglichkeit, sich frei zu bewegen, zu fristen, und dabei immer unter Beobachtung zu stehen – bei allem, was man tut.

Mit staksigen Schritten betritt Marie den Empfangsbereich. Das Erste, was sie registriert, sind die Kameras an den Decken. Ihr wird flau im Magen, ihr Herz schlägt bis zum Hals, und am liebsten würde sie sich auf der Stelle umdrehen und wegrennen, nach Hause fahren, sich unter der Bettdecke verkriechen und Tanja irgendeine an den Haaren herbeigezogene Geschichte auftischen. Der Gedanke an Tanja gibt ihr wieder Mut. ‚Nein, ich zieh das jetzt durch,' ermahnt Marie sich. Forschend schaut sie um sich. Zwei Frauen um die vierzig, zu stark geschminkt und nachlässig gekleidet, stehen an der Wand gelehnt bei den Toiletten. Sie blicken nur kurz auf, als Marie unsicher auf den Beamten zusteuert, der gelangweilt hinter einer Glasscheibe mit der Aufschrift ‚Anmeldung' sitzt. Marie versucht, ihre Nervosität mit einem breiten Lächeln zu verbergen. „Hallo, ich bin Marie Kellermann und ich möchte gerne Klaus Starrenberg besuchen."

Der Beamte sieht sie gelangweilt an. „Haben Sie den Besuch angemeldet?"

„Nein, ich wusste nicht, dass man sich anmelden muss."

„Tja, dann haben wir ein Problem. Ohne Anmeldung läuft hier gar nichts." Der Beamte schiebt ihr ein Formular zu.

„Den müssen Sie ausfüllen und an die obige Adresse schicken. Sie bekommen dann einen Termin vorgeschlagen." Marie nimmt das Formular entgegen und starrt es an. Enttäuschung macht sich in ihr breit, und alle Muhe scheint vergeblich gewesen zu sein. „Und wie lange dauert das?"

„Kommt drauf an, ein oder zwei Wochen, je nachdem, wer der Insasse ist und ob er überhaupt zustimmt. Wenn er nicht zustimmt, ja, dann sieht es schlecht aus."

Damit hat Marie nicht gerechnet. Was nun? Den Antrag ausfüllen und warten? Aber was ist, wenn Klaus ihn ablehnt? Flehend schaut sie den Beamten an. „Bitte, können Sie nicht eine Ausnahme machen? Es ist wirklich dringend." Der Beamte lässt sich vom bittenden Unterton in Maries Stimme nicht beeindrucken, und er sieht verstohlen zu der Uhr an der Wand, denn er hat gleich Feierabend und keine Lust auf Diskussionen. Bestimmt schüttelt er den Kopf.

„Tut mir leid, aber so sind nun mal die Vorschriften." Entmutigt dreht Marie sich um und will gehen. Die beiden Frauen schlendern an ihr vorbei und winken dem Beamten zu „Tschüss, Hansen, bis nächste Woche."

Marie stockt, als sie den Eingangsbereich erreicht hat. Nein, sie muss Klaus sprechen. Sie eilt zu dem Beamten zurück, der gerade seinen Platz verlassen will.

„Bitte, Herr Hansen, es ist wirklich sehr dringend. Es geht um Leben und Tod."

Der Beamte lacht leise auf. „Ja, geht es denn nicht immer um Leben und Tod?" Er sieht sich um, die Halle ist menschenleer. Dann schaut er in Maries bettelnde rehbraune Augen und sein Herz wird weich. „Warten Sie mal, wie, sagten Sie, war der Name des Inhaftierten?"

„Klaus Starrenberg."

Hansen gibt den Namen in die Datenbank ein. Mein Gott der arme Kerl, denkt er. In langen acht Jahren hat ihn außer seinem Anwalt und ein paar wenige Male die Eltern und seine Geschwister niemand besucht. Er wirft einen langen Blick auf Marie und entscheidet sich. Was kann es schaden, Starrenberg hat ein Bewährungsgesuch beantragt und er ist seit Kurzem selbst Jurist. „Also gut, aber nur fünf Minuten."

Marie wird von dem Beamten Hansen in den Besucherraum geführt. „Sie warten hier, mal sehen, ob der Inhaftierte Zeit für Sie hat."

Marie späht im Raum umher, auch hier sind überall Kameras an den Decken installiert. Karge Tische und unbequeme Stühle sind zu kleinen Gruppen arrangiert und gaukeln den Besuchern Privatsphäre vor. Es riecht nach Schweiß, billigem Parfüm und Desinfektionsmittel. Marie würde gern ein Fenster öffnen, doch sie traut sich nicht, sieht zu den Kameras hoch und lächelt nervös. Sie weiß nicht, ob sie umhergehen oder sich lieber hinsetzen soll. Sie entscheidet sich, auf einem der unbequemen Stühle Platz zu nehmen, legt ihre Hände auf den klebrigen Tisch, nur um sie sofort wieder wegzuziehen. Sie schnuppert an ihren Händen. Sie riechen nach fremdem Schweiß. Angewidert wischt sie ihre Hände an ihrer Jeans ab, rückt vom Tisch ab und schlägt die Beine übereinander, legt ihre Arme über Kreuz auf ihre Oberschenkel. Sie zwingt sich, an nichts zu denken.

Doch es gelingt ihr nicht. Was ist, wenn Klaus sie gar nicht sehen will? Was macht sie dann? Marie hat keine Zeit mehr, sich in diesen Überlegungen zu verlieren. Die Tür geht auf und sie springt erschrocken hoch. Klaus, das jedenfalls nimmt sie an, denn er sieht nicht so aus wie derjenige, dem sie vor acht Jahren das letzte Mal im Gerichtssaal begegnet ist, und der Beamte betreten den Raum. „Sie haben fünf Minuten“, sagt Hansen geschäftsmäßig.

Klaus und Marie stehen sich schweigend gegenüber.

ZWANZIG

Beschwingt springt Marleen aus ihrem Cabrio. Sie atmet die milde Luft ein, hört, wie die Vögel sich ihr Abendlied vorsingen und sich gegenseitig den Tag erzählen, bevor sie sich zur Nachtruhe begeben. Marleen muss schmunzeln, noch einmal atmet sie tief ein und lauscht gebannt den Vögeln, bevor sie zum Haus geht. Es tat ihr gut, einmal heraus zu kommen und sich wieder mit normalen Dingen zu befassen, normale Menschen zu treffen und harmlose Belanglosigkeiten auszutauschen nach dem Auftritt im Buchladen. Sie war kurz davor, etwas Törichtes anzustellen. Sie ist heilfroh, dass sie doch noch die Kurve bekommen hat. Sie muss sich endlich wieder zusammenreißen und strategisch denken, so wie früher.

Als sie die Tür öffnet, empfängt sie der köstliche Duft eines Brathuhnes. ‚Wie lecker, das ist der krönende Abschluss für diesen Tag,' denkt sie. Mit einem verschmitzten Lächeln schleicht sie zur Küche und bleibt im Türrahmen stehen, um ihre beiden Männer dabei zu beobachten, wie sie gerade versuchen, das Huhn fachmännisch zu zerteilen. Michael hat Rosas, ihm viel zu kleine rosafarbene Schürze umgebunden. Tom hat ein rot kariertes Geschirrhandtuch um seine Hüften geschlungen, und trägt darunter immer noch seine Fußballklamotten nebst Fußballschuhen. Marleen muss sich die Hand vor den Mund halten, um nicht laut loszulachen. Beide sind intensiv mit dem Huhn beschäftigt und bemühen sich, alles richtig zu machen. Der Anblick bricht ihr das Herz. Nein, niemand wird ihr das wegnehmen, dafür wird sie sorgen.

Tom bemerkt zuerst, dass Marleen im Türrahmen lehnt. „Hallo, Mama, kuck mal, haben wir ganz alleine gemacht. Papa hat zu Rosa gesagt, dass wir das heute machen. Ist ganz prima geworden und schmeckt bestimmt gut."

„Wow, das sieht wirklich professionell aus." Marleen beugt sich zu ihm herunter und will ihm einen Kuss geben, erinnert sich aber daran, dass ihr Sohn seit einiger Zeit diese Zuwendungen ablehnt. Stattdessen streicht sie ihm über den blonden Haarschopf. Tom müsste auch mal wieder zum Friseur. Vielleicht Morgen. Als sie ihren Mann überschwänglich, ja, fast leidenschaftlichen küsst, wendet Tom sich angewidert ab.

„Pfui Teufel."

Michael dreht sich lachend zu Tom um. „Mein lieber Sohn, wir sprechen uns in, sagen wir mal, zehn, zwölf Jahren wieder und dann sagst mir noch einmal, dass es widerlich ist, eine schöne Frau zu küssen."

Das Huhn macht einen geschredderten Eindruck, schmeckt aber vorzüglich. Marleen ist begeistert, denn das hätte sie den beiden nicht zugetraut. Sie erhebt ihr Weinglas.

„Auf meine Männer, die das beste Huhn in ganz Hamburg gebraten haben." Tom platzt fast vor Stolz und betrachtet seine Mutter aufmerksam. Dann runzelt er die Stirn und deutet mit seiner Gabel auf Marleens Haare. „Du siehst komisch aus."

Marleen verschluckt sich an ihrem Wein. „Komisch? Na, ich hoffe nicht. Denn das hat mal eben einhundertfünfzig Euro gekostet."

Tom starrt sie an, und seine mit Huhn bestückte Gabel schwingt zwischen Teller und Mund hin und her. „Was, das da? So viel Geld, damit du jetzt anders aussiehst als vorher?"

Marleen blickt Tom mit gespieltem Entsetzen an. „Also wirklich, mein Sohn, erkennst du denn nicht den angesagten Trend?“

Tom schüttelt den Kopf und schiebt sich genüsslich die Gabel in den Mund.

„Nun dann muss ich wohl den Friseur verklagen.“ Ernst sieht sie Michael an. „Was sagt denn der Richter dazu?“ „Äh, ja meine Dame ich finde …“

Plötzlich lachen die drei wie auf Kommando los. Die Stimmung an diesem Abend ist großartig. Marleen hat schon lange nicht mehr über so viele Nichtigkeiten gelacht.

„Heute räumen wir nicht auf. Und du, Tom, darfst noch ein Video sehen, bevor es ins Bett geht.“ Das lässt sich Tom nicht zweimal sagen und schon ist er verschwunden. „Komm, lass uns nach draußen auf die Terrasse gehen, es ist noch so schön mild.“ Marleen nimmt, ohne eine Antwort abzuwarten, Michaels Hand und zieht ihn hinter sich her.

In weiter Ferne kreischen ein paar Möwen, die, angezogen vom Licht der Schiffe, nicht zur Ruhe kommen. Marleen schließt die Augen und hält ihr Gesicht in den leichten Wind, der von der Elbe herüberweht und den Geruch des Meeres in sich trägt. „Ich liebe diesen Geruch, er erinnert mich an Freiheit.“

Michael schmunzelt, umarmt sie von hinten und küsst ihren Nacken. Marleen presst sich an ihn und wendet ihren Kopf zur Seite, um ihn sanft auf die Wange zu küssen. „Danke, es war ein schöner Abend.“

Michael freut sich, dass Marleen in so gelöster Stimmung ist. Jetzt scheint ihm der richtige Zeitpunkt zu sein. „Komm, setz dich, ich muss mit dir reden. Du hast nämlich gerade das Stichwort gegeben." Er zieht sie herüber zu der kleinen Sitzecke unter dem Verandadach.

„Was meinst du?"

„Freiheit." Michael zögert, und Marleen spürt, dass das nichts Gutes bedeutet. Ihre gehobene Laune verfliegt im Nu.

„Ich habe das Bewährungsgesuch von Klaus Starrenberg auf dem Tisch."

Marleens Adrenalinspiegel steigt urplötzlich an und sie spürt Druck im Magen, gefolgt vom Druck auf ihrer Blase. Sie sagt kein Wort. ‚Ganz ruhig bleiben und zuhören.' Ihre Gedanken rasen, aber sie sagt sich, dass sie analytisch denken kann. Michael räuspert sich, als Marleen nicht reagiert.

„Nun, ich dachte, ich sollte mit dir darüber reden."

„Ja, sicher. Ist denn klar, dass er nicht noch einmal, ich meine, dass er niemanden mehr umbringen wird?"

„Na ja, die Gutachten sagen aus, dass er geheilt, ist." Michael muss lachen. „Du weißt schon, er ist gesellschaftsfähig. Er hat ein Jura-Studium mit eins abgeschlossen. Ich habe das nicht geschafft."

„Das bedeutet doch gar nichts." Ihre Stimme klingt scharf und ihr Blick ist beunruhigend.

„Nein, da hast du recht." Michael nippt an seinem Wein und bedauert augenblicklich, dass er die Atmosphäre des heutigen Abends falsch eingeschätzt hat. Eine schier endlos anhaltende Pause entsteht.

Marleen heftet ihr Augenmerk fest auf die beleuchteten Schiffe, die im Schneckentempo auf der Elbe dahingleiten. Sie versucht, gelassen zu wirken, doch in ihr brodelt und arbeitet es.

„Hast du mal darüber nachgedacht, dass er vielleicht rauskriegen könnte, wo wir und Ruth leben, und …"

„Marleen, bitte, was soll denn schon passieren?" Michael legt beschwichtigend seine Hand auf ihren Arm und spürt ihre kalte Haut. „Du frierst ja. Sollen wir reingehen?"

Marleen schüttelt den Kopf. „Nein, schon gut, es ist nur … ich habe Angst."

„Süße, das musst du nicht. Ihr hattet doch nichts damit zu tun, ihr habt doch nur die Wahrheit gesagt, dass Klaus eine Morddrohung ausgesprochen hat." Mit Nachdruck fügt er hinzu: „Und er ist anhand von Beweisen verurteilt worden." Michael schaut sie aufmunternd an, doch sie weicht ihm aus. Schweigend sitzen sie da, keiner von ihnen vermag zu atmen. Als Marleen anfängt zu reden, ist es, als würde ein Jet über sie hinwegfliegen, so laut und schrill klingt ihre Stimme. „Du hast ja keine Ahnung, zu was dieser Mensch fähig ist. Weißt du, dass er die Menschen um ihn herum gerne gedemütigt hat?"

Michael versucht, ruhig zu bleiben, obgleich es ihm schwerfällt. „Süße, das ist lange her, die Menschen ändern sich. Ich will die Tat, die er begangen hat, nicht verteidigen …"

„Nein natürlich nicht. Soll ich dir mal was sagen, du weißt gar nichts." Ihr Pulsschlag ist auf hundertachtzig gestiegen. „Ich erzähle dir mal was über Klaus. Er hat Freude daran gehabt, anderen Schmerzen zuzufügen." Marleen schließt ihre Augen und die Bilder von damals rasen an ihr vorbei. „Einmal hat er einem Hund das Halsband so fest zugezogen“, sie macht dabei eine würgende Geste, „und den Hund gezwungen, auf seinen Hinterbeinen zu stehen. Der arme Hund konnte nicht einmal mehr jaulen, die Zunge war ihm schon blau angelaufen, weil er keine Luft mehr bekam. Klaus hat dabei gelacht und gelacht. Erst als der Hund brav drei Schritte machte, hat Klaus ihn wieder laufen lassen. Der Hund war so panisch, dass er blindlings vor das nächste Auto rannte und überfahren wurde.“ Völlig aufgelöst springt sie auf. Schockiert starrt Michael seine Frau an, denn so aufgewühlt hat er sie noch nie erlebt. Er will sie in die Arme nehmen und ihr Trost spenden, doch Marleen weist ihn brüsk von sich. „Mir ist speiübel, ich gehe zu Bett.“ Sie sieht ihn hektisch an, ihre Lider sind geschwollen, ihr Blick wird zusehends panisch, als würde sie den gequälten Hund immer noch vor sich sehen. „Ich bitte dich, überlege es dir gut. Um Toms und um meinetwillen“, beschwört sie ihn und lässt ihn auf der Veranda zurück.

EINUNDZWANZIG

„Ja genauso und jetzt drehe dich noch ein wenig mehr zur Kamera. Perfekt.“ Nick, der Fotograf, und Ruth sind überaus zufrieden. Sie haben für große Aufregung gesorgt, als sie heute Morgen um sieben Uhr am Santa Monica Boulevard mit dem Shooting begannen. Das Model hat eine atemberaubende Figur und noch atemberaubendere Beine. Nick hat diese so sexy in Szene gesetzt, dass sich sehr schnell eine Traube von Schaulustigen um sie versammelte. Ruth glühte vor Wichtigkeit, jeder am Set behandelte sie mit Ehrfurcht. Selbst die Schaulustigen erkannten sehr schnell, wer der Chef des Ganzen war. Alles, was am Set passierte, wurde wohlwollend, ja, fast ehrfürchtig kommentiert. Einige unter ihnen stellten sich selbst zur Schau, um die Chance zu nutzen, eventuell entdeckt zu werden. Eine Frau mittleren Alters mit gut geformten Beinen zog unter den Anfeuerungen der Schaulustigen den Saum ihres Kleides hoch, präsentierte ihre Beine und posierte neben dem Modell. Sie genoss den Wirbel bis sie von dem Fotoassistenten höflich, aber bestimmt des Sets verwiesen wurde. ‚Die Amis sind verrückt,' dachte Ruth mit einem glamourösen Gefühl, das sie um mindestens drei Zentimeter größer werden ließ. Ruth genoss all den Trubel und ist begeistert über ihre Wahl des Fotomodels, der Location und diesen wunderbaren Fotografen Nick. Eigentlich heißt er Niklas und kommt aus Frankfurt, er hat es geschafft, sich hier in L. A. eine tolle Kariere aufzubauen. Ruth spürt ein wenig Neid und Ansporn zugleich. Das will sie auch, vielleicht nach dieser Kampagne? Wer weiß. Ruths Gedanken gehören jetzt aber erst einmal ganz dem Kunden und der Rasier-Kampagne. Der Kunde wird höchst zufrieden mit ihr sein, dessen ist sie sich jetzt schon bewusst.

Nun ist es kurz vor elf Uhr und all der Wirbel ist vorbei. Die Sonne steht schon hoch am Zenit und treibt allen am Set den Schweiß auf die Stirn. Ruth hält ihr Gesicht der Sonne entgegen, es fühlt sich so gut an, es riecht auch anders als in Deutschland, irgendwie nach Abenteuer und Freiheit. Ein tiefes Behagen rauscht durch ihren Körper.

Auch wenn die Aktion in L. A. nur für ein Layoutshooting ist, hat sie alles daran gesetzt, um ein erstklassiges Ergebnis zu bekommen. Sie musste hart kämpfen, um ihren Boss Thomas Meurer von der kostenintensiven Notwendigkeit zu überzeugen, wenn sie den Auftrag bekommen wollen. Noch härter musste sie sich dafür einsetzen, den Job allein zu Ende zu bringen. Meurer sah das anders. Was hatte er doch gleich gesagt? ‚Ich bin ganz klar auf deiner Seite. Ich weiß, du machst einen hervorragenden Job, aber dieser Kunde ist wichtig für die Agentur, es darf nicht noch einmal schiefgehen. Da muss ich Prioritäten setzen. Vielleicht ist es besser, einem Kollegen den Job zu übergeben.‘ Ruth tat verständnisvoll. Aber sie wusste auch, dass die kleine Junior-Artdirektorin mit ihren 24 Jahren scharf auf den Job war und Meurer scharf auf sie. Das hatte sie ihm durch die Blume zu verstehen gegeben.

Also durfte sie nach L. A. fliegen. Sie ist fest davon überzeugt, dass es ihr dieses Mal gelingen wird, den Kunden zu begeistern. Dann wird Meurer vor ihr auf den Knien rutschen und es ihr danken. ‚Warum muss man erst immer alle unter Druck setzen,‘ denkt sie sich, ‚ist doch verrückt.‘

Nick holt sie aus ihren Grübeleien heraus. „Ruth, ich glaube, das war es. Die Bilder sehen klasse aus. Ich werde sie noch ein wenig mit Photoshop bearbeiten und dann schicke ich sie dir.“ Er küsst sie rechts und links auf die Wange. „Du bist wirklich großartig, Ruth. Deine Ideen sind spitze. Ich freue mich schon auf die Kampagne.“

Ruth meint, gleich vor Stolz platzen zu müssen. Wie gut das tut. „Danke, mein Lieber, aber ohne dich wären die Bilder nur halb so gut.“ Als sie auf ihre Uhr schaut, stellt sie fest, dass sie sich beeilen muss, denn ihr Flug geht in zwei Stunden.

Sie lehnt sich entspannt in die ausgewetzten Polster des Taxis zurück. Die Aircondition weht ihr immer wieder eine eisige Brise ins Gesicht, hier liebt sie es, in Deutschland hasst sie es. Der Weg zum Flughafen verläuft angenehm störungsfrei, sie schließt für einen Atemzug die Augen und gibt sich ihrem immer wiederkehrenden Traum hin. Wie cool wäre es, hier zu wohnen. L. A. Hier würde sie richtig Karriere machen können. Die Amerikaner sind viel offener und risikobereiter. Sie würde ein Haus am Beach besitzen, wundervolle Sonnenuntergänge erleben und tolle Männer kennenlernen. Jäh wird sie aus ihrer Illusion gerissen, als ihr Smartphone in ihrer Handtasche wie verrückt brummt.

Ruth, du musst dich so schnell wie möglich bei mir melden, hier läuft alles aus dem Ruder. Marleen.

Ruth starrt lange auf die Nachricht und ärgert sich maßlos über den augenblicklichen Verlust ihrer euphorischen Stimmung. Kann denn niemand außer ihr etwas organisieren und nach ihren Vorstellungen regeln? Muss sie denn immer alles selbst veranlassen?

Sie hat keine Lust mit Marleen zu telefonieren. Sie weiß jetzt schon, dass sie danach nur genervt sein wird. Aber was nützt es, sie atmet tief durch, bevor sie Marleens Nummer auswählt.

Marleen ist sofort am Telefon. „Hallo, Ruth, gut, dass du anrufst. Hier bahnt sich ein Chaos an.“ Marleens zu hohe und erregte Stimme macht sie wütend, und sie muss sich zusammenreißen, um nicht loszubrüllen, doch so ganz hat sie ihre Stimme nicht unter Kontrolle. Barsch faucht sie ins Telefon: „Was gibt es so Dringendes?“ Wie aus einem Wasserfall stürzen die Worte aus Marleen heraus. Dass Marie bei ihr war, als Tom Geburtstag hatte, dass sie noch nicht genau weiß, wie sie Marie dazu bringen kann, die Stadt zu verlassen. Ruth hört der von Panik getriebenen Marleen ungeduldig zu. Seit Marleen verheiratet und Mutter ist, ist sie nicht mehr zu gebrauchen. Früher war sie immer so gelassen und hat alles geregelt. Ruth hat Mühe, ruhig zu bleiben. ‚Nimm es gelassen wie die Amis,‘ denkt sie und versucht es mit einem Lächeln. „Okay. Ist doch alles nicht so wild.“

„Doch,“ kreischt Marleen, und Ruth muss das Telefon ein Stückchen von ihrem Ohr weghalten, sie fürchtet, ihr Trommelfell würde sonst platzen. „Doch, es ist schlimm und es kommt noch besser“, hörbar atmet Marleen ein, bevor sie weiter spricht, „das Allerbeste ist, dass Michael über die Bewährung von Klaus urteilen soll.“

Eine lange Pause entsteht, in der Ruth die Neuigkeit erst einmal verdauen muss.

„Ruth bist du noch da?"

„Ja, ja. Ich bin noch da, wo soll ich denn sonst sein?" Ruths bemühte amerikanische Gelassenheit verfliegt im Nu, wütend schnaubt sie ins Telefon: „Ich wusste es gleich. In dem Moment, als ich Marie sah, wusste ich es. Sie bedeutet nur Ärger. Und Michael? Kannst du Michael denn nicht davon überzeugen, dass es falsch wäre, Klaus auf freien Fuß zu setzen?"

„Das habe ich schon versucht, aber ich fürchte …" Bärbeißig schneidet sie Marleen das Wort ab.

„Komm schon, Marleen. Er ist schließlich dein Mann."

„Ja, und das macht die Sache nicht einfacher."

Ruth kann ihre Ungeduld nicht mehr beherrschen und sie umklammert ihr Smartphone, als wäre es ein Rettungsanker. „Ich bitte dich, Marleen, du bist doch sonst so überzeugend mit Argumenten, streng dich an, das schaffst du schon. Und wegen Marie reden wir, wenn ich wieder in Hamburg bin."

Marleen scheint sich wieder gefangen zu haben. „Also gut, ich überlege mir was."

„Ja, mach das. Ich melde mich, sobald ich wieder zurück bin." Mit Nachdruck fügt sie hinzu: „Und, Marleen, es ist wichtig. Wichtig für dich und für mich, dass Michael ihn nicht davonkommen lässt."

Sie sieht zermürbt aus dem Fenster. Der Verkehr hat deutlich zugenommen, hoffentlich gibt es keinen Stau. Das wäre noch das I-Tüpfelchen für den heutigen Tag. Dann tippt sie hastig eine Nummer ins Smartphone. „Hallo, ich bin es, Ruth. Du musst etwas für mich erledigen."

ZWEIUNDZWANZIG

Marie war hin- und hergerissen, als Tanja ihr vorschlug, sich nach dem Treffen mit Klaus im Café Rosa zu treffen. „Wieso in einem Schwulen-Café?“, hatte Marie gefragt.

„Nun, weil dort eine entspannte Atmosphäre herrscht. Ich könnte mir vorstellen, dass du das nach dem Treffen mit Klaus brauchst.“

Marie war noch nie in einem Schwulen-Café oder einer solchen Bar, auf so eine Idee wäre sie nie gekommen. Unsicher betritt sie das Café Rosa. Sie spürt, wie ihr das Blut zu Kopf steigt und ihr Gesicht zu glühen anfängt. Dass sie es nicht schafft, ohne rot zu werden irgendwohin zu gehen, macht sie wahnsinnig. ‚Wann hört das bloß auf,‘ denkt sie. Ihr Blick wandert suchend durch den Raum. Überrascht stellt sie fest, dass das Publikum angenehm gemischt ist, und ihre Anspannung lässt etwas nach. Der Duft von Kaffee und frisch gebackenem Obstkuchen steigt ihr in die Nase. Die alten Sofas und Sessel wirken einladend und die gedämpfte Musik bildet einen beschwingten akustischen Hintergrund.

„Schöne Frau, da bist du ja. Lass dich umarmen.“ Noch bevor Marie protestieren kann, hält Jan sie im Arm und küsst sie freundschaftlich rechts und links auf die Wange. „Du siehst mitgenommen aus. Nun, das kriegen wir schon wieder hin. Komm, ich bringe dich zu Tanja. Sie wartet schon ganz ungeduldig auf dich."

Jan nimmt Marie an die Hand und geleitet sie sicher durch die eng aneinandergestellten Tische. Seine Hand fühlt sich angenehm weich an und vermittelt doch etwas von Stärke. Ob er wohl der männliche Part in der Beziehung mit Alex ist, fragt sich Marie. Als hätte er ihre Gedanken erraten, dreht er sich zu ihr um und lacht sie an. Marie erwidert sein Lachen, nein, er ist bestimmt die Frau in der Beziehung, er ist so einfühlsam. Er steuert auf einen Tisch im hinteren Teil des Cafés, ein wenig abseits vom Trubel in einer intimen Ecke gelegen, zu. „So, meine Hübschen, ich werde euch gleich mal Rosas speziellen Cappuccino und Erdbeerkuchen vorbeibringen." Tanja erhebt sich und umarmt Marie herzlich mit einer Spur von Erleichterung. „Da bist du ja endlich, ich habe mir schon Sorgen gemacht."

Marie lässt sich auf das weiche Sofa fallen. Es tut gut, die ganze Atmosphäre tut ihr gut. Tanja hatte recht. Wie immer.

„Also, erzähl schon ich bin ganz gespannt. Wie war es, was hat er gesagt?" Erwartungsvoll blickt sie Marie an. Marie atmet tief ein und aus, bis der Druck in ihrem Magen nachlässt.

„Es war anders, als ich es mir vorgestellt hatte. Ich schäme mich so." Unvermittelt steigen Tränen in ihr hoch, und beruhigend legt Tanja ihre Hand auf Maries. „Schon gut, lass dir Zeit."

Stockend berichtet sie von der Szene im Besucherraum.

Als der Beamte die Tür hinter sich geschlossen hatte, ging Klaus um Marie herum, um sie von allen Seiten zu betrachten. Sie fühlte sich zusehends unbehaglich, und sie war dankbar für die Kameras. Klaus ist noch schlanker als früher, ja, fast mager, seine dunkelblonden Haare hat er kurz geschoren und sein Gesicht wirkt ausgezehrt. Seine ganze Körperhaltung vermittelt den Eindruck, als würde er an der Schwindsucht leiden.

Marie versuchte, zu lächeln, und streckte ihm die Hand entgegen. „Hallo, Klaus. Du erinnerst dich an mich? Marie Kellermann." Klaus blieb dicht vor ihr stehen, die schlaksigen langen Arme vor seiner Brust gekreuzt, die kalten blauen Augen fest auf sie geheftet.

„Ja, und ob ich mich erinnere. Das kleine Schoßhündchen von Ruth und Marleen. Was willst du hier?"

Marie wich unwillkürlich einen Schritt zurück.

„Was meinst du mit Schoßhündchen?"

„Du hast es immer noch nicht gerafft, oder? Na, macht auch nichts. Also was gibt es so Dringendes, dass du meine Ruhe stören musst?"

Marie war verwirrt. Sie hatte sich alles so schön zurechtgelegt mit der Entschuldigung und dass sie alles wieder gut machen wollte. Doch jetzt fiel ihr partout nicht ein, was sie sagen sollte. Was sie hier eigentlich machte. „Ich, ich, ich meine, ich wollte mich entschuldigen für …"

Klaus fiel ihr hart ins Wort. „Für was? Für eine Falschaussage, für eine Lüge oder für die gestohlene Zeit?"

Marie erschrak zutiefst über die geballte Wut und den Hass, die in Klaus Stimme mitschwangen. Sie nickte nur zur Bestätigung. Klaus lachte höhnisch auf und tippte mit seinem knochigen langen Zeigefinger auf Maries Brustkorb.

„Das kannst du dir sonst wo hinschieben.“ Er starrte sie lange an und dann, urplötzlich, verzog er seine Lippen zu einem schiefen Grinsen. Marie wurde schlagartig übel. „Haben dich deine sauberen Freundinnen geschickt?“

„Nein“, antwortete Marie entrüstet. Klaus sah sie durchdringend an, dann setzte er sich rittlings auf einen Stuhl und Marie war erleichtert, dass sie mehr Raum hatte, um wieder normal zu atmen. „Es ist mein Wunsch, das, was wir dir, was ich dir angetan habe, wieder gutzumachen. Ich weiß, dass es lange her ist, aber …“

„Bitte, Marie tue mir einen Gefallen und hör auf mit dem Schwachsinn. Jetzt ist es zu spät.“

„Klaus, es ist wichtig für mich. Ich schäme mich so, dass ich damals so feige war. Ich möchte es wieder gut machen. Gib mir eine Chance. Bitte.“

Klaus sah in ihr flehendes Gesicht und genoss es, ihre Verunsicherung zu spüren und wie sie sich dazu zwang, seinem Blick standzuhalten. Unerwartet stand er von seinem Stuhl auf und ging wieder auf sie zu.

„Du siehst fertig aus“, flüsterte er, und weich, ja, fast zärtlich fügte er hinzu: „Weißt du eigentlich, dass ich dich immer mochte? Deine zurückhaltende Art, immer höflich. Ich glaube, ich war ein wenig in dich verliebt.“ Er strich ihr eine Haarsträhne hinters Ohr und berührte dabei sanft ihre Wange. Erschrocken wich sie zurück und stolperte über einen Stuhl. Amüsiert sah er sie an.

„Ach Marie, nicht du solltest um Entschuldigung bitten, sondern deine sauberen Freundinnen. Du bist doch auch nur ein Opfer."

„Was meinst du damit?"

Klaus lachte hämisch. „Der schöne Ralf konnte die Finger nicht von dir lassen. Du erinnerst dich doch sicher, das Bootshaus … na, klingelt es?"

„Woher …?" Maries Fassungslosigkeit kannte keine Grenzen. Niemand außer ihr, Marleen und Ruth wussten davon, was im Bootshaus geschah.

„Woher ich das weiß? Ich war da. Ich habe zugesehen."

Marie war entsetzt. Ihre Atmung setzte aus, sie konnte nichts denken, geschweige denn antworten. Es dauerte sekundenlang, bis sie ihre Sprache wiederfand und als sie sprach, war es ein wildes Gestammel, durchsetzt von Entsetzen und Erschütterung. „Du hast zugesehen? Du hast es zugelassen, dass er mich vergewaltigt hat? Was für ein Mensch bist du eigentlich?"

Klaus grinste sie nur an und zuckte mit den Schultern. „Hey, du lebst doch noch, ist doch alles gut gegangen."

Völlig durcheinander und mit einer unfassbaren Leere in ihrem Herzen rannte sie blindlings aus dem Besucherzimmer.

Tanja ist über das eben Gehörte zutiefst bestürzt, Wut und Besorgnis wechseln sich in ihr ab. „Dieses miese Schwein, wenn ich den jemals zu fassen kriege, dann …" Tanja blickt Marie sorgenvoll an. „Wie geht es dir jetzt? Was wirst du tun?"

Marie scheint ganz gefasst zu sein. „Ich weiß es noch nicht, ich muss das Ganze erst einmal verdauen. Ich bin mir nicht mehr sicher, ob er es nicht doch verdient hat, im Gefängnis zu sitzen."

„Ja, wahrscheinlich hast du recht."

DREIUNDZWANZIG

Rastlos wandert Michael in seinem Büro auf und ab. Die mächtigen dunklen Wände scheinen ihn zu erdrücken. Unwillkürlich lockert er seinen Kragen und öffnet weit das doppelflügelige Fenster zur Straße, mit dem Resultat, dass die Sommerhitze sich wie eine heiße Welle in dem Zimmer ausbreitet. An- und abschwellender Straßenlärm dringt zu Michael herein. Alles ist besser als diese erdrückende Enge des großen Raumes. Michael setzt seine rastlose Wanderung fort. Zum ersten Mal in seinem Leben weiß er nicht, wie er vorgehen soll. Gestern Abend hatte er wieder eine heftige Diskussion mit Marleen. So aufgelöst und unbeherrscht hat er sie noch nie erlebt. Die Panik, die in ihren Augen brannte, entsetzt ihn immer noch. Ihrer Meinung nach ist und bleibt Klaus ein Psycho. „Wenn es nach mir ginge, soll er bis zu seinem Lebensende eingesperrt bleiben," schrie sie ihn an. „Du wirst es noch bitter bereuen, dass du nicht auf mich gehört hast, wenn du eines Tages nach Hause kommst und deine Familie von dem Psycho abgeschlachtet vorfindest!" Danach war sie wütend und tränenreich ins Schlafzimmer geflüchtet. Das war in ihrer Ehe noch nie vorgekommen.

Eigentlich hat Michael sich schon dazu entschieden, den Fall einem Kollegen zu übertragen. Er ist viel zu befangen, um eine objektive Entscheidung treffen zu können. Doch Marleens heftige Reaktion hat in ihm nicht nur Entsetzen ausgelöst, sie hat auch die Neugier in ihm geweckt.

Michael bleibt schlagartig stehen. Er muss Klaus Starrenberg kennenlernen. Er muss ihm einmal persönlich gegenüberstehen.

Als sich die Tür zum Besucherzimmer öffnet, springt Klaus von seinem Stuhl hoch, zieht seine Kleidung zurecht und kommt mit ausgestreckter Hand auf Michael zu. Der Händedruck ist fest. Michael mag das, er sagt immer: *„Ein fester Händedruck zeugt von einem festen Charakter.“*

„Nehmen Sie Platz, Herr Starrenberg. Ich würde mich gerne mit Ihnen über Ihren Fall und Ihren Bewährungsantrag unterhalten.“ Michael hebt beschwichtigend seine Hand und schlägt einen kollegialen Ton an. „Ich weiß, es ist ungewöhnlich, dass wir alleine sind und nicht die große Jury da ist. Aber dies ist außer der Reihe und ich hoffe Sie geben mir Ihr Einverständnis, Herr Kollege.“ Michael kann förmlich spüren, wie Klaus vor Stolz an Größe gewinnt, als er ihn Kollege nennt.

„Kein Problem, ich freue mich. Fragen Sie nur, egal was.“

„Nun, als Erstes würde ich gerne wissen wollen, was Sie gelernt haben, und ich meine nicht, dass Sie das Jura-Studium erstklassig bestanden haben. Ich meine vielmehr, was Sie über sich und über den Umgang mit Ihren Mitmenschen gelernt haben." Michael sieht ihn fest an. Er hat es sich im Laufe seiner Zeit als Anwalt und Staatsanwalt angewöhnt, die Menschen direkt anzusehen. Er behauptet von sich, dass er erkennen kann, ob jemand lügt oder die Wahrheit sagt. Klaus wirkt gelassen und weicht seinem Blick nicht eine Sekunde aus. Das gefällt Michael.

Dann blickt Klaus reumütig zu Boden, nur um sogleich wieder den Kopf zu heben. „Ich habe viel Mist gebaut in meiner Jugend, das ist mir sehr wohl bewusst. Aber heute sehe ich die Welt mit anderen Augen." Er räuspert sich verlegen. „Ich weiß, ich hinke der Zeit acht Jahre hinterher, das ist mir wohl bewusst. Aber dennoch hat es nichts mit meiner Einstellung zu tun." Er drückt zur Bestätigung seiner Worte den Rücken gerade durch. „Ich habe ein ganz klares Ziel vor Augen. Ich sehe meine Arbeit als Anwalt darin, andere davor zu bewahren, Mist zu bauen, sie vor sich selbst zu schützten eine falsche Entscheidung zu treffen, so wie ich es getan hatte." Klaus erhebt sich von seinem Stuhl, schreitet langsam und selbstbewusst auf und ab wie ein Anwalt in einem Gerichtssaal bei seinem Plädoyer. „Ich könnte mir vorstellen, für die Verbrechensprävention bei Jugendlichen zu arbeiten. Ja, da genau sehe ich meinen Platz." Klaus bleibt direkt vor Michael stehen und schaut auf ihn herunter. „Und deshalb, Herr Kollege, bitte ich Sie, meinem Antrag auf Bewährung stattzugeben."

Michael ist beeindruckt. Vor ihm steht ein selbstbewusster Mann, der seine Zukunft fest im Blick hat. Es scheint, als hätte Klaus sich tatsächlich geändert. Marleen hat ihn ja seit damals nicht mehr gesehen und verständlicherweise spuken da immer noch die alten Geschichten in ihrem Kopf herum. Trotzdem, etwas an Klaus irritiert ihn. Vielleicht ist es die allzu voreilige Zustimmung, dass er ihn allein befragen darf. Oder das leicht nervöse Zucken seiner Augenbraue, als er ihn fragte, was er im Umgang mit seinen Mitmenschen gelernt habe. Michael kann es nicht genau fassen.

„Haben Sie sonst noch irgendwelche Fragen, Herr Kollege?“ Klaus lächelt Michael schief an. „Es wäre mir eine Freude, wenn Sie mir Ihre Meinung über mein Vorhaben zuteil lassen würden.“

Michael räuspert sich. „Ja, das hört sich gut an und wir brauchen definitiv engagierte Menschen in der Verbrechensprävention.“

Wieder dieses schiefe Lächeln. Dieses Lächeln verbirgt etwas, dessen ist sich Michael ganz sicher. Michael kommt vom Stuhl hoch und stellt sich direkt vor Klaus. Beide sind gleich groß, und somit ist der gerade Blick in die Augen des Gegenübers möglich, den Michael so liebt. „Ich habe da noch eine einzige Frage,“ er macht eine bewusste Pause, um genau den Punkt in Klaus‘ Augen zu finden, den er braucht, um sich Gewissheit zu verschaffen. „Erinnern Sie sich noch an Marleen, Marleen Horn?“ Als Klaus den Namen hört, verändern sich Mimik und Haltung fast unmerklich. Der Ausdruck in seinen Augen bekommt etwas Diabolisches, Gemeines. Es ist nur eine Nuance, aber Michael hat sie wahrgenommen.

„Marleen, ja, und ob ich mich an sie erinnere. Sie war immer eine coole Schülerin. Ich hatte großen Respekt vor ihr, sie hat alle in den Schatten gestellt. Wir hatten einen guten Draht zueinander. Kennen Sie sie?“

„Ach, wirklich? War sie es nicht, die Sie besonders belastet hat? Diejenige, die behauptete, dass Sie ein Psychopath sind, Entschuldigung, waren, der Ralf drohte? Dass dieser es bereuen würde, Ihnen je begegnet zu sein? Nun, dass Sie sie so gut in Erinnerung haben, wundert mich schon ein wenig, Herr Starrenberg.“

Als hätte er eine Ohrfeige bekommen, zuckt Klaus zusammen. Es kostet ihn viel Kraft, sich nicht gehen zu lassen. So überzeugend, wie es ihm nur möglich ist, antwortet er: „Das war doch nur wegen Marleens Freundin Ruth. Die beiden waren ein Team. Sie hat wegen Ruth gelogen.“

„Haben Sie Ralf getötet?“ Michael stellt die Frage so unverhofft, dass sie ihre Wirkung nicht verfehlt.

Klaus ballt die Fäuste und presst sie an seine Oberschenkel, er hat Mühe, sie nicht gegen Michael zu stoßen, und die freundliche Fassade bröckelt von ihm ab wie alter Mörtel.

„Was soll die Frage? Ich wurde schon verurteilt, also was soll das alles?“

Michael dreht sich wortlos um und geht betont langsam zur Tür, ohne Klaus noch einmal anzusehen. „Die Zeit ist leider um.“

„Ja, und was ist denn nun mit dem Antrag? Werden Sie ihm stattgeben?“ In Klaus‘ Stimme mischen sich Verzweiflung und Entrüstung. Michael hebt wie beiläufig die Schultern.

„Ich weiß es nicht, ich werde Ihre Akte einem Kollegen übergeben."

Der Sicherheitsbeamte Hansen begleitet Michael hinaus. Er ist eine Quasselstrippe und kann es nicht leiden, wenn andere schweigend neben ihm herlaufen. Besonders Anwälte kann er nicht leiden. „Mein Gott, erst jahrelang überhaupt keinen Besuch und dann gleich zweimal innerhalb einer Woche."

Michael sieht ihn erstaunt an und bleibt stehen. „Wer war denn noch hier?"

„Eine junge Frau, hübsch, schlanke, sportliche Figur, hat mich angefleht, sie müsse unbedingt mit Starrenberg reden. Nun ja, Sie wissen doch, ohne Voranmeldung ist da nichts zu machen …"

„Ja, ja, schon klar. Wer war sie?"

„Eine gewisse Kellermann, Marie Kellermann. Wirklich, ich habe sie nur zu ihm gelassen, weil sie so aussah, als würde sonst eine Welt zusammenbrechen."

„Schon gut, hat sie sonst noch was gesagt, irgendeinen Grund angegeben, warum es so dringend sei?"

„Nein, nur dass es um Leben und Tod geht, und sie müsse sofort zu ihm," Hansen gluckst vor Lachen. „Ich habe ihr gesagt, dass es immer um Tod oder Leben geht. Stimmt doch, oder?"

Michael lässt Hansen einfach stehen und hastet Richtung Ausgang. ‚Scheiße', denkt Hansen, er sollte sich vielleicht darin üben, seinen Mund zu halten. Bringt ihm bestimmt irgendwann Ärger ein.

‚Was, um Himmels Willen, wollte Marie Kellermann hier?' Michael erinnert sich an die Geburtstagsfeier seines Sohnes und wie Marie plötzlich auftauchte. Marleens Reaktion darauf war mehr als dubios. Und warum behauptet Klaus, dass er Marleen gut kannte? Michael ist zügig an seinem Auto angekommen, weil er gar nicht gewahr wurde, dass er rannte, sein Atem geht schnell und sein Herz macht wilde Sprünge. Bevor er einsteigt, wirft er noch einmal einen hastigen Blick zurück zum Gefängnisgebäude. Dort leuchten nach und nach die Scheinwerfer und Neonlampen. Dunkle Schatten huschen hinter den vergitterten Fenstern hin und her. Michael zögert es lange heraus, bis er sich die wichtigste Frage stellt: Warum weicht Marleen ihm ständig aus?

Hastig steigt er ein und rast mit quietschenden Reifen vom Gelände. Sein Gespür sagt ihm, dass etwas nicht stimmt. Aber was? Er wird heute bei Marleen insistieren. Und dieses Mal will er Antworten.

VIERUNDZWANZIG

Mit langen ausgreifenden Schritten durchschreitet Klaus seine 6m²-Zelle. Was bedeutet, dass er zweieinhalb Schritte vor und zwei Schritte zurücklaufen kann. Seine innere Unruhe und die Enge der Zelle machen ihn nach acht Jahren zum ersten Mal verrückt. Was zum Teufel ist bloß los? Dieser ganze Eierzirkus macht ihn noch wahnsinnig. Bislang lief alles so, wie er es geplant hatte. Jetzt wollte er die Früchte ernten, mit seinem Anwaltspatent in der Tasche. Aber plötzlich sind sie alle wieder da. Erst Marie mit ihrer blödsinnigen Idee, sich entschuldigen zu wollen. Er hat sie schon längst aus seinem Gedächtnis verbannt. Wie ein kleines, unsicheres Kind stand sie vor ihm und sah ihn mit diesen traurigen Augen an. Sie tat ihm leid, aber nicht leid genug, um ihr nicht wehzutun. Klaus muss bei der Erinnerung daran grinsen, als er ihr sagte, dass er zusah, wie sie vergewaltigt wurde. Er hat es genossen, wie sich diese traurigen Augen vor Entsetzten weiteten, wie Marie an ihm vorbeirauschte, als wäre ein Schwarm Bienen hinter ihr her. Nein, Marie ist nicht unbedingt sein Problem. Es ist dieser Richter, der ihm Kopfschmerzen bereitet. Wie war doch noch gleich sein Name? Hoffmann, ja, Michael Hoffmann. Was sollte bloß diese blöde Fragerei über Marleen? Klaus weiß, dass er einen Fehler gemacht hat, er wusste es in dem Moment, als er die Antwort gab und Michaels Reaktion sah. Warum hat er sich auch nur dazu hinreißen lassen, zu behaupten, dass Marleen früher cool war? Dass sie sich gut kannten? Shit. Wer ist eigentlich dieser aufgeblasene Wichtigtuer Michael Hoffmann?

Klaus bemüht sich krampfhaft, ruhiger zu werden. ‚Denke wie ein Anwalt und benehme dich wie einer. Recherchiere.‘

Klaus besitzt, was nur wenige im Gefängnis ihr Eigen nennen können, einen Computer mit Internetzugang. Dank Google wird er schnell fündig.

„Dank an alle, die sich öffentlich zur Schau stellen müssen. Dank an die Neugier der Welt, alles wissen zu wollen." Klaus Aufregung nimmt zu. Sein Verstand läuft auf Hochtouren, ganz neue Perspektiven tun sich plötzlich vor ihm auf. Marleen hat einen Richter geheiratet und Ruth ist eine Werbetussi geworden. Ihr Leben wäre ruiniert, wenn er dieWahrheit darüber, was wirklich in jener Nacht geschah, öffentlich macht. Sein Herz hämmert bis zum Anschlag und lässt die Adern an seinen Schläfen heraustreten.

Es ist dunkel geworden. Klaus schaut sinnierend aus seinem Zellenfenster. Mitten auf dem Hof wächst eine einsame Linde und wie jeden Abend sammeln sich darüber kreischende und schimpfende Krähen zur Nacht und kämpfen um die besten Schlafplätze. Klaus verehrt diese Rabenvögel, sie atmen Tod und Verderben. Sein Entschluss steht fest. Zufrieden mit sich selbst, lässt er sich auf seine Pritsche fallen. Mit einem Lächeln auf den Lippen dreht er sich zur Seite und schläft befriedigt ein.

FÜNFUNDZWANZIG

Marie parkt ihren Golf direkt vor ihrer Wohnung. Sie freut sich, denn normalerweise muss sie dreimal um den Block fahren, um einen Parkplatz zu finden. Heute scheint ihr Glückstag zu sein. Sie wird ihn mit einem schönen heißen Bad mit viel duftendem Schaum und einem Joint zur Entspannung feiern. Schließlich waren die letzten Tage alles andere als unkompliziert.

Sie schließt ihren Wagen ab und hält ihr Gesicht in die warme Abendluft, die sanft über ihre Haut streicht. Wie friedlich es ist. Marie schließt die Augen und ein tiefes Gefühl der Ruhe fließt durch ihren Körper. Ja, vielleicht findet sie ja doch noch den Frieden, den sie sucht. Morgen wird sie entscheiden, was sie wegen Klaus fortan unternehmen wird. Sie hat sich drei Tage Zeit genommen, um darüber nachzudenken. Es hat sie jeden Tag beschäftigt, sie hat viel mit Tanja darüber gesprochen, aber entscheiden muss sie selbst. Aber erst Morgen. Beschwingt steigt sie die Treppen zu ihrer Wohnung hinauf. Das Licht im Treppenhaus flackert in einem nervösen Rhythmus. Die 80-jährige Frau Schneider aus dem ersten Stock hat ihren Fernseher auf volle Lautstärke gestellt. Marie schmunzelt darüber, und fragt sich, ob sie mit 80 den Fernseher auch so laut wird stellen müssen. Voller Übermut nimmt sie gleich zwei Stufen auf einmal, um sich zu beweisen, dass es bis dahin noch lange dauern wird.

Sie erwischt sich dabei, wie sie ein Lied summt. Sie kann sich nicht an den Titel erinnern, aber es weckt Erinnerungen in ihr. Gute Erinnerungen. Was war es nur? Ja, an ihre erste Knutsch-Party. Sie knutschte mit, wie hieß er noch, Thomas? Nein, Tim. Es war in ihrem ersten Hamburgjahr. Marleen hatte die Party organisiert, und alles war so neu und fremdartig. Marie bemühte sich vorzugaukeln, es wäre ihre hundertste Party, dabei war sie noch nie auf so einem Fest gewesen. Merkwürdig, das sie gerade jetzt daran denken muss. Wie hat sich dieser Kuss angefühlt? Aber es ist wie ausgelöscht. Sie kann sich beim besten Willen nicht mehr erinnern. Sie bemüht sich, Tims Gesicht in sich hervorzuholen, aber da ist nur ein tiefes Schwarz in ihrer Erinnerung.

Als sie an ihre Wohnungstür gelangt, gibt die Treppenhausbeleuchtung mit einem letzten Flackern ihren Geist auf und im Nu ist es stockdunkel.

„Mist." Marie kramt blind in ihrer Tasche nach dem Schlüssel, und als sie ihn endlich in ihrer Hand spürt, zögert sie nicht lange, um ihn in das Schlüsselloch zu stecken.

Spürt sie zuerst Verwunderung über der angelehnten Tür, oder ist es der entsetzliche Schmerz, den der dumpfe Schlag an ihre Schläfe auslöst – sie wird sich später nie daran erinnern können. Sie wird gewaltsam in ihre Wohnung gezerrt. Alles geht so schnell. Sie will schreien, bekommt aber keinen Ton heraus. Sie stürzt. Ein heftiger Stoß in ihre Rippen, der ihr den Atem nimmt. Marie hört noch, wie die Tür ins Schloss fällt. Sie versucht, sich umzudrehen, aber ein Schlag in ihre Magengrube lässt sie zusammenzucken. Adrenalin rauscht durch ihre Adern. Nein, sie will nicht sterben. Nicht so und nicht jetzt. Mit all ihrer Kraft tritt sie wild um sich. Sie reißt ihre Augen auf, die langsam zuzuschwellen drohen. Sie will sehen, wer es ist, sie sammelt all ihre Kraft zusammen und brüllt mit einer ihr fremden Stimme: „Du feiges Arschloch, was willst du?" Die

Antwort ist ein erneuter brutaler Schlag ins Gesicht, dann noch ein Tritt in ihren Unterleib und Marie fällt aus der Welt.

SECHSUNDZWANZIG

Ruth kriecht prickelnde Nervosität in den Nacken, dabei hatte sie noch nie vor einer Präsentation Lampenfieber. Der Entwurf ist fertig, ganz nach Kundenwunsch ist er schön sanft und einfach gehalten, und, wie sie meint, sehr sinnlich ausgefallen.

Mit einem strahlenden Lächeln betritt Ruth den Konferenzraum. Charmant begrüßt sie die Kunden und für jeden hat sie ein paar passende Worte parat. Aus den Augenwinkeln erhascht sie einen Blick auf die blonde Junior Artdirektorin, Julia Harne. Ruth schluckt ihren aufwallenden Zorn herunter, denn sie kann sie hier nicht gebrauchen, und sie schießt ihrem Boss Meurer einen fragenden Blick zu. Dieser zuckt nur mit den Schultern und bittet die Herrschaften, Platz zunehmen.

„Ruth, wenn Sie dann soweit sind?"

Ruth nickt ihm mit einem einstudierten Lächeln zu. „Ja, sehr gern sogar."

Ruth blendet Julia aus und gibt sich ganz professionell. Sie erklärt jedes Detail der Kampagne, geht auf jede Frage ein und hat immer eine Antwort parat. Sie präsentiert mit dem Beamer die Fotostrecke, die sie in L.A. gemacht haben. Sie ist selbst so fasziniert von den Bildern, dass sie immer wieder hinsehen muss. Mit dem Rücken zum Publikum stehend gestattet sie sich ein zufriedenes Lächeln, als sie das leise Raunen vernimmt. Sie schließt ihre Augen vor Glück. Es gefällt ihnen. Ja, sie wusste es. Oh, dieses Gefühl ist besser als Sex.

„Entschuldigung, ich habe eine kurze Anmerkung. Warum ist das Model eine Latina? Ich dachte, es wäre eine Kampagne für den deutschen Markt?“ *Bitte nicht. Bleib cool, raste nicht aus.*

Wie in Zeitlupe wendet Ruth sich um und lächelt die blonde Junior Artdirektorin Julia an. „Nun, es gibt zwei Gründe, warum ich eine Italienerin, und nicht, wie Sie meinen, eine Latina, ausgesucht habe. Erstens, dunkelhaarige Frauen haben in der Regel deutlich mehr Haarbewuchs und somit wird ganz deutlich suggeriert, dass es sich hierbei um einen erstklassigen Rasierer handelt, der mit jeder Haarstruktur fertig wird. Und zweitens ist die Kampagne so ausgelegt, dass wir auch problemlos den gesamten europäischen Markt und auch den weltweiten Markt abdecken können. Wenn es Erfolg hat. Und diese Kampagne wird Erfolg haben.“ Ruth fixiert Julia auffordernd. „Darf ich fortfahren?“ *Du kleines Miststück.*

Nach einer halben Stunde wird eine Pause angesetzt, damit sich die Kunden beraten können. Ruth beobachtet, wie Julia zur Toilette verschwindet. Sie folgt ihr und wartet geduldig, bis das Miststück in den Waschraum zurückkehrt, und schiebt sie unsanft an die Wand. Die völlig Überrumpelte bekommt keinen Ton heraus. Ruth spürt eine diebische Freude in sich hochsteigen und es bereitet ihr großes Vergnügen, die kleine Julia noch etwas fester gegen die Wand zu pressen.

„Niemand, hörst du, niemand spuckt mir in die Suppe. Ich würde vorschlagen, du gehst noch ein wenig auf die Weide und wenn du dann meine Größe hast, dann kannst, nein, dann darfst du vielleicht mitspielen. Verstanden? Und untersteh dich, ein Wort davon an Meurer weiterzugeben. Ich habe euch gesehen, als er seine Hand tief in deinem Höschen stecken hatte. Also denk dran. Mund halten und zuhören, wenn Erwachsene das Business leiten.“ Ohne sich noch einmal umzudrehen, verlässt Ruth die Toilette.

Das Meeting wird ungestört weitergeführt und von Julia ist keine Spur mehr zu sehen. Ruth setzt ihre Kampagne durch, Meurer ist erleichtert und der Kunde glücklich, so, wie Ruth es vorausgesagt hat. Für sie ist es ein weiterer Beweis dafür, dass sie die Beste ist. Sie schafft alles, was sie will. Koste es was es wolle.

SIEBENUNDZWANZIG

„Das wird schon wieder. In ein paar Wochen wird nichts mehr zu sehen sein. Am besten, Sie lassen sie schlafen." Mit einem Mut machenden Lächeln schwebt die Krankenschwester leise aus dem Zimmer.

Marleen weiß nicht, wohin mit ihren Händen. Immer wieder dreht sie ihren Ehering hin und her. Trotz des diffusen Lichtes kann sie jedes Detail von Maries geschwollenem und zerschürftem Gesicht ausmachen. Wenn sie nicht wüsste, dass es Marie ist, sie hätte sie nicht erkannt. Vorsichtig nähert sich Marleen dem Bett und berührt vorsichtig Maries Hand. Wie weich und zart ihre Haut ist, es versetzt Marleen einen Stich. Sie fühlt sich mies und schuldig, als wäre sie diejenige gewesen, die Marie zusammenschlug.

Marleen kann es immer noch nicht fassen. Sie hat Marie gefunden. Es war purer Zufall. Oder doch Fügung? Sie wollte Marie besuchen und ihr vorschlagen, ein gemeinsames Wochenende zu verbringen, um die ganze Sache mit Klaus und Ralfs Tod in Ruhe klären zu können. Sie konnte Marie nicht auf dem Handy erreichen und da entschloss sie spontan, zu ihr zu fahren. Das, bis auf die Klaus-Episode, hat sie auch der Polizei gesagt. Nun starrt sie auf das lädierte Gesicht ihrer ehemaligen Schulfreundin.

Sie beugt sich zu ihr hinunter und flüstert ihr behutsam ins Ohr: „Alles wird gut." Zur Bestätigung ihrer Worte drückt sie vorsichtig Maries Hand.

Nachdenklich und trübsinnig verlässt Marleen das Krankenhaus. Was passiert hier gerade mit ihr, mit ihrem Leben, dass sie sich so kunstvoll aufgebaut hat? Alles um sie herum scheint zusammenzubrechen. Wie friedlich verlief ihr Leben doch, bevor Marie wieder auf der Bildfläche erschien. Marleen zwingt sich, rational zu denken. ‚Okay, was muss ich jetzt als Nächstes tun? Ruth, ich muss Ruth anrufen.'

Sie drückt die Kurzwahl auf ihrem Smartphone.

„Hallo Ruth", sagt sie zittrig und holt tief Luft, „Marie wurde überfallen."

„Oh nein, und ist sie … ich meine …"

„Ihr geht es den Umständen entsprechend gut."

„Oh … gut."

„Ich bin noch am Krankenhaus. Können wir uns auf einen Drink treffen?"

ACHTUNDZWANZIG

Es ist schon elf Uhr abends mitten in der Woche, aber trotzdem ist die kleine In-Bar unten am Hafen proppenvoll. Marleen ergattert einen freien Platz an der Bar. Sie muss nicht lange warten, um ihre Bestellung loswerden zu können. Der Barkeeper ist sofort mit einem breiten professionellen Lächeln bei ihr. „Was darf ich der Dame bringen?“

„Einen Rotwein bitte.“

„Merlot, Shiraz …“

„Cabernet Sauvignon, wenn Sie haben. Danke.“

„Kein Problem.“

Marleen wirft einen Blick in die Runde und betrachtet junge Frauen, hübsch und sehr modisch zurechtgemacht, und Männer, die cool und lässig an der Bar lehnen und die Frauen abschätzend taxieren. Was treibt die Menschen an, sich zu so einer späten Stunde die Zeit um die Ohren zu schlagen? Unwillkürlich muss sie lächeln. ‚Sie haben nicht mein Talent, so früh Mr. Right finden zu können. Ja, ich brauche das nicht mehr. Ich habe das, worauf sie hier alle warten und hoffen.‘ Mit dem einstudierten Lächeln stellt der Barkeeper den Rotwein vor Marleen ab.

„Halt, ich nehme dasselbe wie meine Freundin.“ Ruth zwängt sich an die Bar. „Mein Gott, scheint ja die neue In-Bar zu sein, ist mir irgendwie entgangen.“ Sie blickt Marleen an und reißt erstaunt die Augen auf. „Du siehst scheiße aus.“

„Danke, ich fühle mich auch so.“

Ruth lehnt sich über die Bar. „Hey, mein Süßer, sag mal, meine Freundin und ich müssten etwas Wichtiges besprechen, gibt es einen Tisch, an dem wir ungestört sitzen können?“

Der Barkeeper führt die beiden um die Ecke des Tresens, hinter dem noch zwei kleine freie Tische versteckt sind und wo der Geräuschepegel etwas niedriger liegt.

„Danke. Hey, du hast ein sehr schönes Gesicht. Hast du schon mal gemodelt?“ Der Barkeeper starrt sie entgeistert, aber doch sehr geschmeichelt an und schüttelt verneinend seinen Kopf.

„Nein? Das ist ja unglaublich. Hier meine Karte, wenn du Zeit hast, dann komm doch mal zu einem Casting vorbei. Ich bin immer auf der Suche nach guten Gesichtern.“

Der Barkeeper steckt die Karte in seine Hosentasche und verschwindet mit erhobenen Kopf und einem breiten Lächeln. Ruth sieht ihm anerkennend hinterher. „Toller Typ.“

„Meine Güte, Ruth, kannst du mal an was anderes denken?“

„Was denn? Würde ich nicht ein wachsames Auge haben, würde der Gesellschaft einiges entgehen.“ Marleen lacht überrascht auf über den Unfug, den Ruth schon wieder absondert, das ist typisch für sie, aber so erfrischend war sie schon immer.

„Also erzähle, was ist passiert?“ Marleen berichtet, wie sie die bewegungslose, zusammengeschlagene Marie auf dem Flurboden gefunden hat, von all dem Blut, und dass die Wohnung völlig verwüstet war. „Es war so schrecklich und wahrscheinlich wäre sie jetzt nicht mehr am Leben, wenn ich nicht zu ihr gefahren wäre.“

„Wie furchtbar. Die Ärmste. Und wie schrecklich muss es für dich gewesen sein. Warum warst du eigentlich bei ihr?“

„Nun ich hatte die Idee, ein gemeinsames Wochenende in meinem Wochenendhaus zu verbringen, um über Klaus und die Vergangenheit noch mal zu reden."

„Toll, und wann hättest du mir das erzählt?"

„Ich habe versucht, dich zu erreichen, dein Handy war auf Mailbox und in deiner Agentur hatte man mir gesagt, dass du in einem Meeting bist. Also?"

„Ja, schon gut." Ruth nimmt einen kräftigen Schluck Wein, und mit gedämpfter Stimme fragt sie: „Weiß man, wer Marie überfallen hat? Ist sie ansprechbar?"

„Nein und nein." Schweigend trinken sie ihren Wein. „Das mit dem Treffen in deinem Wochenendhaus ist vielleicht keine schlechte Idee. Nur wir drei. Vielleicht sieht sie ja ein, dass es uns unmöglich ist, jetzt die Wahrheit zu sagen. Ich mag gar nicht daran denken, wenn die Wahrheit herauskommt. Meine Karriere kann ich dann knicken. By the way, was ist mit Michael? Konntest du was erreichen?" Marleen zuckt mit den Schultern. „Ich weiß es nicht. Ich arbeite dran."

„Marleen, das ist wichtig."

„Ich weiß, du brauchst mich nicht daran zu erinnern." Sie blickt Ruth durchdringend an. „Weißt du, manchmal frage ich mich, ob es nicht vielleicht besser gewesen wäre, damals doch die Wahrheit zu sagen."

Das Entsetzen befällt sie urplötzlich und sie ringt um Worte. „Spinnst du?", braust Ruth auf. Wir wären heute nicht da, wo wir jetzt sind. Jetzt fang du nicht auch noch an, plötzlich reumütig zu werden. Du hast eine Familie, denk doch mal nach. Dein Mann ist Richter, wie würde es aussehen, wenn in der Bild-Zeitung die Schlagzeile erscheint „*Richter seit acht Jahren mit Mörderin verheiratet*".

Marleen starrt Ruth fassungslos an, und ihr Mund öffnet und schließt sich vor Sprachlosigkeit. Sie neigt sich über den Tisch, um Ruth direkt in die Augen zu sehen.

„Jetzt reicht es, hast du den Verstand verloren? Ich bin keine Mörderin, es war ein Unfall." Erschrocken über die Schärfe in Marleens Stimme weicht Ruth unwillkürlich zurück.

„Ja, das weiß ich, aber beweise es mal nach all der Zeit. Und bitte, sei doch etwas leiser. Raste nicht so aus wie Marie. Mein Gott, ihr macht mich noch alle total krank. Habt ihr mal darüber nachgedacht, dass ich eigentlich diejenige bin, die einen geliebten Menschen verloren hat. Ich habe seitdem nie wieder eine Beziehung gehabt. Kein Mann kann Ralf das Wasser reichen und trotzdem habe ich dem Plan zugestimmt, den du dir ausgedacht hast. Hast du dir darüber mal Gedanken gemacht?" Ruth stürzt ihren Wein herunter, und bestellt prompt und sehr laut eine neuen. „Ich sage dir, die Einzige, die Profit aus diesem ganzen scheiß Schweigen geschlagen hat, bist du."

„Was? Was für einen Müll redest du da?"

Der Barkeeper nähert sich ihnen beschwingt und sein professionelles Lächeln erstirbt sofort, als er die erhitzten Gesichter der beiden bemerkt. Wortlos stellt er die Gläser auf den Tisch und entschwindet eiligst.

„Du solltest den Ball flach halten, Ruth, du bist meiner Meinung nach nur zu schnell und zu gern mit auf die Welle aufgesprungen. Warum hast du so prompt zugestimmt, als es darum ging, Ralf verschwinden zu lassen? Diese Frage habe ich mir oft gestellt."

„Weil er tot war. Weil du ihn umgebracht hast und es kein Zurück gab.“ Ruths blaugrüne Augen funkeln kampfbereit. Marleen lässt sich nur zu gern darauf ein. „Bist du sicher? Ich glaube, du wusstest schon damals, dass du früher oder später Ralf loswerden musst, damit du dein Ego befriedigen und ausbauen und deine Karriere durchziehen kannst.“

„Was soll das denn jetzt? Ich habe ihn geliebt. Er war der einzige Mensch, der mich verstanden hat.“

„Ja sicher, deshalb hat er ja auch ständig andere gevögelt, weil ihr euch so geliebt habt. Und deshalb hat er auch Marie vergewaltigt, weil er so ein toller Kerl war?“ Die beiden mustern sich mit aufgebrachten Blicken. Wut und Unverständnis hängen wie eine Glocke über ihren Köpfen.

Marleen leert ihr Glas in einem Zug. „Ich fahre jetzt nach Hause zu meiner Familie“, sagt sie, um Beherrschung bemüht. Sie winkt dem Barkeeper. „Vielleicht hast du ja Glück und kannst noch was klar machen. Der steht auf dich. Ich rufe dich an, wenn Marie wieder auf den Beinen ist. Damit wir es ein für allemal klären können.“ Ruth packt Marleen am Arm. „Warte, es tut mir leid, ich wollte nicht … bitte, Marleen, es macht mich fertig.“ Ihre Augen füllen sich mit heißen Tränen. „Bitte, warum versteht mich denn niemand? Alle denken immer, dass ich stark bin, dass ich eine abgewichste Tussi bin, die niemandem etwas gönnt. Aber das stimmt nicht. Marleen, bitte, ich fühle mich so alleine.“ Marleen hält nur eine Sekunde inne. Nein, sie wird sie nicht trösten.

„Das tut mir leid, wirklich, aber im Moment … ich rufe dich an.“

NEUNUNDZWANZIG

Das Garagentor öffnet sich langsam, gleichzeitig springen flackernd die Neonröhren an und erhellen mit ihrem gleißenden kalten Licht die Garage. Marleen parkt ihr Cabrio neben Michaels Mercedes.

Die Auseinandersetzung mit Ruth hat sie mehr mitgenommen als Maries zusammengeschlagenes Gesicht. Marleen ist immer noch außer sich. Wie kann Ruth nur behaupten, sie hätte Ralf umgebracht, es war doch ein Unfall. Das weiß Ruth doch ganz genau.

Ratternd rollt das Garagentor wieder herunter. Noch zwanzig Sekunden und das Licht wird wieder erlöschen.

Ihre Erschöpfung ist grenzenlos und am liebsten würde sie für immer hier sitzen bleiben und warten, bis sich alles von allein regelt. Irgendwie schafft sie es doch noch, vor Ablauf der zwanzig Sekunden aus dem Auto zu steigen und durch den kleinen angrenzenden Gang ins Haus zu gelangen.

Marleen reibt sich ihren schmerzenden Nacken, eine Massage würde ihr guttun, aber es ist weit nach Mitternacht und Michael befindet sich bestimmt schon im Reich der Träume. Dann wird es ein Glas Wein tun müssen. Aus der Küche schimmert noch Licht.

Sie fährt vor Schreck zusammen, als sie Michael am

Tisch sitzen sieht, vor ihm stehen eine Flasche Rotwein und ein halb volles Glas. Aus einer Akte quellen Papiere auf den blank gescheuerten Tisch.

„Michael. Meine Güte hast du mich erschreckt. Warum bist du noch wach? Ist irgendetwas mit Tom?“

„Nein, der schläft den Schlaf der Gerechten. Ich habe auf dich gewartet, weil ich …“ Erst jetzt bemerkt er die tiefen Ringe unter ihren Augen und die kleinen Furchen um ihre Lippen. „Du siehst völlig erledigt aus. Ist etwas passiert?“

Marleen kann ihm nicht in die Augen sehen, denn sie fürchtet, sofort hysterisch losheulen zu müssen. Müde und zerschlagen lässt sie sich ihm gegenüber auf einen Stuhl fallen, streift die Jacke ab und lässt diese achtlos zu Boden gleiten. „Gibst du mir auch ein Glas Wein?“ Michael reicht es ihr wortlos. Marleen bemüht sich erfolglos, ihre zittrigen Hände unter Kontrolle zu bekommen und lacht nervös auf. „Sieh nur, meine Hände zittern wie bei einem Alki.“ Ohne einen Schluck zu trinken, stellt sie das Glas vorsichtig, soweit es ihre flatternden Hände erlauben, zurück auf den Tisch. „Ich war heute bei Marie und … oh, Michael, wie kann man so etwas einer Frau nur antun?“ Das ganze Entsetzen der letzten Stunden steht ihr ins Gesicht geschrieben, ihre Stimme wird tonlos. „Sie wurde in ihrer Wohnung überfallen und brutal zusammengeschlagen.“ Ihr Körper bebt, unkontrolliert fließen die Tränen ihre Wangen herunter. Michael ist sofort bei ihr und schlingt die Arme um sie. Sie inhaliert seinen Geruch, sie spürt seine kraftvolle Umarmung und beruhigt sich augenblicklich.

„Beruhige dich erst einmal, komm, trink einen Schluck.“ Michael reicht ihr erneut das Glas Wein. Marleen nimmt es dankbar an und leert es in einem Zug. „Ich verstehe nicht, wer so etwas macht, eine wehrlose Frau zu überfallen und fast zu Tode zu prügeln. Wenn ich nicht genau in dem Moment … Ich mag gar nicht weiter darüber nachdenken. Sie wäre mit Sicherheit tot.“

„Oh, Süße, das muss schlimm gewesen sein. Gott sei Dank ist dir nichts passiert. Warum hast du mich nicht angerufen?“ Er zieht sich seinen Stuhl zu ihr herüber und streicht ihr liebvoll die Tränen aus dem Gesicht. „Habe ich, aber es war nur die Mailbox an.“

„Entschuldige, stimmt, ich hatte es vergessen.“ Er hatte sein Handy ausgestellt, als er ins Gefängnis fuhr und dann hat er nicht mehr daran gedacht. Er ärgert sich maßlos über seine Achtlosigkeit.

„Hast du irgendjemanden in ihrer Wohnung erkennen können?“

„Nein, aber … vielleicht, wenn ich früher da gewesen wäre … vielleicht wäre dann nichts passiert, vielleicht hätte ich es verhindern können …“

„Nein, nein mach dir bitte keine Vorwürfe.“ Michael küsst sanft ihre Hände und wieder rinnen ihr die Tränen herunter „Ich verstehe das nicht. Warum tun die Menschen das. Sag es mir.“

„Bitte beruhige dich. Irre gibt es überall.“

Ihr Blick wird plötzlich bitter und in ihrer Stimme liegt Hoffnungslosigkeit. „Ja so einer wie Klaus. So einer würde es tun. Verstehst du jetzt, was ich neulich meinte? Du kannst ihn nicht auf Bewährung rauslassen. Er ist genau so ein Typ, der ohne mit der Wimper zu zucken wieder ein Leben auslöschen würde.“

„Jetzt übertreibst du. Ich habe Verständnis dafür, dass es furchtbar sein muss, die Freundin zusammengeschlagen vorzufinden. Aber du kannst nicht alle über einen Kamm scheren.“

Ihr Blick fällt auf die auf dem Tisch verstreuten Papiere. *Klaus Starrenberg Häftling Nr. 13569*.

„Was, um Himmelswillen, was macht die Akte hier?“ Sie zieht Klaus‘ Foto heraus. Es zeigt ihn, als er im Alter von 20 Jahren inhaftiert wurde. Sein schiefes Grinsen und die unsagbar kalten Augen lassen ihr einen Schauder über den Rücken laufen. „Was hat diese Akte in unserem Haus zu suchen?“

Michael betrachtet sie lange. „Nichts weiter, das kann bis morgen warten.“

„Nein, ich will es jetzt wissen.“ Es ist keine Bitte, es ist ein Befehl, der in ihrer Stimme liegt, aber Michael will jetzt nicht mit ihr darüber sprechen, nicht heute. Er steht auf, geht und wendet sich zur Spüle, dreht den Wasserhahn auf und lässt das Wasser laufen, bis es kalt genug ist, dann füllt er ein Glas und trinkt es gierig aus. Marleen beobachtet jede seiner Bewegung und ahnt, dass er Zeit gewinnen will.

„Also gut, ich habe Klaus getroffen und er scheint nicht mehr das Monster zu sein, das du mir beschrieben hast.“

Marleen fällt aus allen Wolken. „Das ist jetzt nicht dein ernst.“

„Doch. Aber da gibt es etwas, worüber wir reden sollten. Aber das kann bis morgen warten, wenn sich die Wogen ein wenig geglättet haben."

Marleen will protestieren, doch Michaels Gesichtsausdruck verrät ihr, dass sie den Bogen nicht überspannen sollte. „Ja, vielleicht hast du recht. Es tut mir leid. Das war alles zu viel heute", sagt sie versöhnlich und schlägt einen anderen Kurs ein. „Ich liebe dich und ich bin dankbar, dass es dich gibt. Dankbar für unseren Sohn. Ich habe doch nur Angst, dass so ein Irrer das alles zerstören könnte."

Michael nimmt sie erneut in die Arme und küsst sanft ihre Stirn.

„Niemand wird unsere Familie zerstören."

„Versprichst du mir das?"

„Ja, das verspreche ich dir."

Marleen küsst ihn leidenschaftlich und er erwidert den Kuss mit gleicher Leidenschaft, doch in seinem Hinterkopf schwelen immer noch glühende Fragen.

DREIßIG

Tanja verabscheut den Geruch von Desinfektionsmittel und Krankheit, angewidert schüttelt sie sich und versucht, nicht allzu tief einzuatmen.

Als sie heute Morgen die Nachricht bekam, dass Marie in ihrer Wohnung überfallen wurde, ist sie sofort losgehetzt. Als sie hektisch den Buchlanden verließ, rief sie Herrn Krause zu, es sei ein Notfall ist und schon war sie weg. Noch nicht einmal Blumen hat sie besorgt. Das ärgert sie jetzt. Aber das kann sie nachholen. Sie muss sich mühsam überwinden, bevor sie die Tür zu Maries Zimmer öffnen kann. Als sie Marie sieht, erbleicht sie. Ihr Kopf ist mit dicken Bandagen umschlungen und das Gesicht bis zur Unkenntlichkeit angeschwollen. „Mein Gott, Kind. Wer hat dir das bloß angetan?“

Marie versucht zu lächeln. Tanja bemerkt, welche Schmerzen ihr das bereitet. „Nein, nein, nicht lächeln, wenn es wehtut. Das holen wir alles nach.“ Tanja setzt sich auf den Stuhl neben Maries Bett.

Marie blinzelt Tanja aus ihren zugeschwollenen Augen an, und mit einem Schlag wird ihr bewusst, wie entstellt sie aussehen muss, als sie Tanjas fassungslosen Gesichtsausdruck erkennt. Ihr Körper fühlt sich dumpf an. Sie würde gern plaudern, sie würde gern mit Tanja scherzen, um die Verletzungen und dieses dumpfe Gefühl zu vergessen.

Mit einem Strauß Blumen steht Michael in der Tür zu Maries Krankenzimmer. Er hat sich heute Morgen kurzfristig dazu entschlossen, Marie einen Besuch abzustatten. Er muss unbedingt mit ihr über Klaus und ihre Beziehung zu Marleen und Ruth sprechen. Marie muss der Schlüssel zu allem sein.

Er räuspert sich und schließt leise die Tür hinter sich. Tanja wirft ihm einen argwöhnischen Blick zu, doch sein offenes Lächeln entwaffnet sie. Sie ist überrascht davon, dass Marie gut aussehende Männer zu ihrem Bekanntenkreis zählt. Michael streckt ihr die Hand entgegen. „Michael Hoffmann, sehr angenehm, Frau …?"

„Ölschlegel, Tanja Ölschlegel. Ich bin Maries Kollegin und Freundin." ‚Also, das ist Marleens Ehemann,' denkt Tanja, ‚nun, da hat sie sich ja einen schmucken Kerl an Land gezogen.' Sie wirft einen verstohlenen Blick zu Marie und bemerkt sofort, dass diese den sympathischen Mann nicht sehen will. Tanja stellt sich demonstrativ vor Marie. „Ist es nicht schrecklich, was heute so alles passiert?" Tanja betrachtet die Blumen, die Michael linkisch in seinen Händen hält.

„Oh Entschuldigung, die sind von meiner Frau. Sie ist eine alte Freundin von Frau Kellermann. Meine Frau hat Frau Kellermann gefunden, nachdem es passiert ist." Michael drückt Tanja die Blumen in die Hand. „Ist Frau Kellermann ansprechbar?"

„Ich fürchte, dass es ein wenig zu viel für Marie wird. Die Ärzte sagen, sie braucht jetzt vor allem eines. Ruhe." Michael erhascht einen kurzen Blick auf Marie, die ihr Gesicht zur Seite gewendet und die Augen geschlossen hat.

„Kein Problem, richten Sie Frau Kellermann aus, dass Marleen sie bald besuchen wird. Im Moment steht sie noch unter Schock und …"

„Ja, ich verstehe, das ist wirklich sehr nett von Ihnen."

„Tja, dann gehe ich mal."

Tanja lächelt ihn an und begleitet ihn zur Tür.

„Ach, sagen Sie, Sie sind doch Richter, oder?"

„Ja, wieso?"

„Ach, nur so."

Michael schmunzelt sie amüsiert an. „Im Laufe meines Berufslebens habe ich eines gelernt, Frau Ölschlegel, Fragen werden nicht nur so gestellt."

„Das stimmt und Antworten findet man nicht, wenn man nicht fragt."

EINUNDDREIẞIG

Es ist der heißeste Sommer seit Jahren. Die letzte Augustwoche hat es in sich, das Thermometer erreicht an diesem Wochenende die 33-Grad-Marke. Die Eisdielen-Betreiber freut es, sie machen ihr Geschäft des Jahrhunderts und die Badeanstalten müssen wegen Überfüllung zeitweise schließen. Jeder, der eine Möglichkeit hat und in der glücklichen Lage ist, eine Zufluchtsstätte auf dem Land zu haben, entflieht der glutheißen Stadt. So auch Marleen und ihre Familie.

Marleen ist dankbar für die Abwechslung. Michael hat darauf bestanden, das Wochenende in ihrem Ferienhaus am See in der Nähe von Hemmoor zu verbringen. „Es wird dir guttun nach all dem, was passiert ist. Es wird uns guttun," meinte er, und sie muss ihm recht geben.

Das Wasser des Sees ist angenehm kühl und erfrischend, Marleen schwimmt in Rückenlage und über ihr spannt sich der endlose blaue Himmel. Sie schließt ihre Augen und genießt den Augenblick der Ruhe. Sie breitet ihre Arme weit aus und gleitet gemächlich dahin. Keine Hektik, keine Sorgen, nur das leichte Gurgeln des Sees dringt zu ihr durch. Sie wünscht sich, sie könnte ewig so treiben, die kleinen Wellenbewegungen spüren und diese Ruhe, diesen Frieden in sich aufsaugen. Sie spürt, wie das Leben langsam wieder in ihr erwacht.

Brutal wird sie aus ihrem Traum gerissen, als eine Ladung Wasser sie mitten ins Gesicht trifft. „Mama, kuck mal, ich kann jetzt kraulen!“ Tom zieht eine ernste Miene, als er wie ein Wilder ausgreifend und platschend tollpatschig neben ihr krault.

„Toll machst du das, wie ein Profi.“ Marleen betrachtet voller Stolz ihren Sohn, auch wenn er sie aus einem lieblichen Traum herausgerissen hat. Er darf das. Tom legt sich nach diesem Kompliment noch mehr ins Zeug. Das Wasser spritzt zu allen Seiten hoch und er wird immer schneller in seinen unkoordinierten Bewegungen. Marleen schwimmt an seine Seite. „Sieh her, Tom, du musst die Arme weit ausholen, erst einen, dann den anderen und kräftig durchziehen, dann hast du mehr Kraft und kommst schneller voran.“ Tom sieht seiner Mutter zu, wie sie elegant und kräftig das Wasser zu zerteilen scheint. Er versucht, es ihr nachzuahmen. Marleen wendet sich zu ihm um. „Ja genau so. Immer kräftig durchziehen, prima, und jetzt schwimmen wir um die Wette. Ich glaube, ich habe keine Chance mehr gegen dich. Du bist Weltklasse.“ Das spornt Tom an und wie ein Verrückter krault er los.

Michael lehnt sich lässig an das grob gezimmerte Holzgeländer der Terrasse und genießt die Aussicht. Das Ferienhaus haben sie vor drei Jahren gekauft. Es war eine Ruine, aber die Lage war perfekt. Ein Blockbohlenhaus, aus massiven dicken Eichenstämmen zusammengefügt und mit einem aus Naturstein gemauertem Kamin, erbaut auf einer Anhöhe mit einem fantastischen Blick über den See und den angrenzenden Wald. Beide verliebten sich sofort in das Anwesen und Marleen gelang es, aus dieser Ruine eine wohlige Zufluchtsstätte für gestresste Gemüter zu zaubern. Der grobe Holzboden strahlt Ruhe und Gelassenheit aus, die Wände mit ihrem teilweise ockerfarbenen Lehmverputz und Eichenbohlen erzählen von Wildnis und Abenteuer. Überall sind große Fenster eingebaut, die das Licht einfangen. Alles ist in Naturtönen gehalten, die eine beruhigende Wirkung ausüben.

Das fröhliche Gekreische dringt zu ihm hoch. Michael muss unwillkürlich lachen, als er seine kleine Familie erblickt, und wie die beiden um die Wette schwimmen und herumalbern. Das Haus ist voller Leben und Lachen und Marleen ist ausgeglichen wie schon lange nicht mehr. Es war eine gute Entscheidung, hierher zu fahren. Für alle, denkt er.

Nachdem er Marie im Krankenhaus besuchte, fuhr Michael frustriert in sein Büro und knabberte lange an Tanjas Bemerkung. Frauen reden immer in Rätseln, findet er, und manchmal scheint es ihm, als ob er die Welt der Frauen nie verstehen wird. Bevor sie ins Wochenende fuhren, entschied er, den Fall Klaus Starrenberg abzugeben. Marleen weiß noch nichts davon und er wird sie damit überraschen. Er freut sich schon darauf, ihr Strahlen und ihre Erleichterung zu erleben und spüren. Er versprach ihr, seine Familie zu beschützten, und er ist ein Mann, der sein Versprechen hält. Michael schenkt sich einen Whisky ein, das ungewöhnlich für ihn um die Tageszeit ist, aber ihm ist danach.

Er nimmt einen Schluck und lässt den Whisky einige Sekunden im Mund zergehen, bevor er ihn langsam herunterschluckt. Guter Tropfen, sehr gut sogar. Er betrachtet die goldene Farbe der Flüssigkeit und nimmt noch einen weiteren Schluck, bevor er sein Glas auf den kleinen Tisch neben dem Liegestuhl abstellt. Er schließt die Augen und hört mit einem zufriedenen Lächeln den juchzenden Schreien von Marleen und Tom zu.

Ihm wird immer mehr bewusst, wie sehr er seine Frau liebt. Er hat sich schon oft gefragt, warum so eine kluge und schöne junge Frau mit einem fünfzehn Jahre älteren Mann ihr Leben verbringen wollte, und er weiß es bis heute nicht. Aber das ist auch wieder so ein Geheimnis der Frauen, das Männer nie verstehen werden. Letztlich aber ist es ihm gleichgültig, denn er weiß, dass sie zu ihm steht so wie er zu ihr. Auf diese Erkenntnis nimmt er noch einen kleinen Schluck von dem goldenen Whisky.

„Wie, jetzt schon einen Whisky? Ist es nicht noch ein wenig zu früh dafür?" Marleen steht vor ihm mit nassem Haar und einem glitzernden Funkeln im Blick.

Der sanfte Luftzug trägt den Duft des Sees mit sich und legt sich kühlend auf ihre erhitzten Körper. Marleen ergreift die Initiative und flüstert Michael zu, was er mit ihr anstellen soll. Sie sieht aufregend und schön aus in dem Schein des Mondes, ihre Haut glänzt vom Schweiß, die langen Haare sind wild zerzaust und ihre Gesichtszüge wirken entrückt. Es ist lange her, dass sie sich so hingebungsvoll und leidenschaftlich liebten. Der Sex hat sich mit den Jahren verändert, nicht langweilig, aber mehr Gewohnheit schwingt mit. Doch heute ist es fast so wie früher, als sie sich kennenlernten, wild und aufregend. Erschöpft und überaus glücklich liegen sie lang ausgestreckt nebeneinander auf dem verwühlten Laken. Sie schauen sich an und müssen unvermittelt lachen wie zwei Teenager, die etwas Verbotenes getan haben, das ungeheuren Spaß machte. Als der Lachkrampf verebbt, gestehen sie sich ihre Liebe zueinander und alles scheint so unkompliziert und einfach. Michael hält sie fest umarmt und genießt ihren beruhigenden Wohlgeruch. „Ich bin der glücklichste Mann der Welt“, sagt er lächelnd.

Marleen rollt sich auf seinen leicht behaarten Brustkorb und blickt ihn ernst an: „Und ich bin die glücklichste Frau der Welt, ich bin dankbar, dass es dich gibt.“

„Danke, Süße, das tut gut.“ Er schaut sie lange an, bevor er ihr die Frage stellt, die ihn so lange beschäftigt hat. „Marleen, ich muss dich etwas fragen, vielleicht ist es nicht der richtige Zeitpunkt, aber …“, er zögert für einen Moment und Marleen blickt ihn aufmunternd an: „Gibt es den richtigen Zeitpunkt überhaupt? Also frag schon. Was willst du wissen?“

„Was ist damals wirklich passiert?“

Ihr vorher so weiches Gesicht wird starr vor Fassungslosigkeit. „Wovon redest du?“

Michael gibt ihr einen Kuss auf die Nasenspitze. Besänftigend streicht er ihr zart über den mit feinem Haarflaum bedeckten Arm. Er spürt ihre Anspannung und bereut, dass er die Frage gestellt hat, doch jetzt ist es zu spät. Es gibt kein Zurück mehr und er fährt fort, gefasst auf eine böse Überraschung.

„Weißt du, ich habe mich die ganze Zeit gefragt: Warum soll Klaus diesen Ralf umgebracht haben, es gab doch keinen Grund. Es war doch nur eine dumme Rangelei."

Marleen setzt sich stocksteif auf. „Woher soll ich denn wissen, was in Klaus' krankem Kopf vorging. Außerdem steht doch alles in den verdammten Akten, also was soll das jetzt?", presst sie, plötzlich zornig geworden, hervor.

„Ich weiß, was mich nur wundert, niemand hat es tatsächlich gesehen, verstehst du. Er ist aufgrund eurer Aussage verurteilt worden. Wo wart ihr, als es geschah?

Die anderen Partygäste sagten aus, dass ihr nach dem Streit rausgelaufen seid, um Ralf zu suchen. Aber ihr seid nicht wieder zu der Party zurückgekehrt."

Wie vom Donner gerührt faucht Marleen ihn an: „Spinnst du? Willst du damit andeuten, dass wir ..."

Michael versucht sie zu beruhigen und gibt seiner Stimme einen bemüht sanften und verständnisvollen Ton. „Nein, natürlich nicht. So etwas Dummes darfst du nicht einmal denken. Es tut mir leid, ich bin nun mal ein gottverdammter Richter, der die Dinge nicht ruhen lassen kann. Verstehst du? Es schwirrt immer und immer wieder in meinen Kopf herum. Einige Dinge passen nicht zusammen. Ich wollte nicht, dass du dich aufregst."

„Nun, das hast du geschafft." Sie wickelt das Laken

fest um ihren Körper. „Herr Richter, wenn du die Akte genau gelesen hättest, wüsstest du auch, dass Klaus nach dem Streit verschwand und nicht wieder aufgetaucht ist. Er hat Ralf aufgelauert und seine Drohung wahr gemacht. Ich schwöre zu Gott, das hat er." Sie starrt ihn dabei an, als wäre er ein Außerirdischer, der ihre Sprache nicht versteht. „Und noch einmal zum Mitschreiben: Ja, wir sind raus und haben Ralf gesucht, ihn aber nicht gefunden, und nein, wir sind nicht wieder zu der Party gegangen. Der Grund dafür war Ruth, sie war sauer und unglücklich zugleich. Sie wollte nicht wieder zurück, du kennst sie doch, für sie muss alles perfekt sein, und das war es nicht. Ihr Ralf hat alles kaputt gemacht, weil er sich auf einen Streit mit Klaus einließ und dann spurlos verschwand." Sie schöpft nach Atem und wischt sich ungeduldig den Schweiß von der Stirn. „Das alles steht doch auch in deiner Akte und so war es auch. Ich verstehe nicht, warum du alles wieder aufrollen willst. Klaus hat Ralf getötet. Punkt." Marleen will aus dem Bett springen, doch Michael hält sie zurück.

„Beruhige dich, es ist doch nur für mich. Ein paar Ungereimtheiten …"

Sie fällt ihm wütend ins Wort. „Glaubst du etwa, dass ich dich anlüge?"

Er blickt sie lange an, bevor er ihr antwortet. „Nein. Das glaube ich nicht. Deshalb habe ich gestern den Fall einem Kollegen übergeben."

Marleen fällt aus allen Wolken und wirft ihm einen entgeisterten Blick zu. „Wieso? Wieso hast du den Fall abgegeben? Du bist der Einzige, der darüber urteilen kann. Ich verstehe dich nicht."

„Weil ich befangen bin", sagt er seufzend, lässt ihren Arm los und lässt sich müde in die Kissen sinken.

Tausend Gedanken rasen durch Marleens Kopf. Was kann sie sagen, was soll sie unternehmen? Völlig kopflos springt sie aus dem Bett. Das Laken um ihren Körper geschlungen, wandert sie im Schlafzimmer wie ein Tiger im Käfig hin und her.

„Du bist der Einzige, der die Geschichte objektiv beurteilen kann. Verflucht noch mal, Michael! Du bist mit einer Frau verheiratet, die in den Fall verwickelt ist. Ich bin diejenige, die weiß, ob Klaus schuldig ist und ob er jemals wieder frei gelassen werden kann. Und ich sage dir, nein, das kann er nicht. Er ist wie ein Tier. Er kann nur ruhig schlafen, wenn er seine Opfer genügend gedemütigt hat."

Michael sieht sie ungläubig an und ist zutiefst irritiert von Marleens Schauspielkunst, ihrem theatralischen Gehabe und ihrer ausladenden Gestik. Er erkennt sie nicht wieder. Er weiß nicht mehr, was er glauben oder denken soll. Selbst sein so berüchtigter Gerechtigkeitssinn will nicht funktionieren. Wie kann es sein, dass die Frau, die er liebt und die behauptet, auch ihn zu lieben, ihm so unglaubwürdig erscheint? Er will ihr glauben, aber es gelingt ihm nicht. Lange hat er sich erfolgreich dagegen gewehrt, doch jetzt … die Sache stinkt. Tanjas rätselhaftes Geschwafel kommt ihm wieder in den Sinn: „Antworten bekommt man nur, wenn man fragt."

„Eines noch. Warum hast du so getan, als wäre Marie

jemand Unwichtiges, als sie anrief? Sie war doch auch an dem Abend dabei."

Marleen unterbricht kurz ihre Wanderung durch das Zimmer. „Ja, das war sie. Aber sie ist kurz nach der ganzen Sache nach München gezogen und wir verloren den Kontakt. Das ist alles." Sie dreht sich um und steuert aufs Bad zu.

„Warte."

Marleen erstarrt, sie fürchtet sich plötzlich davor, sich zu Michael umzudrehen, und hält ihren Atem an.

„Kannst du mir sagen, warum Marie bei Klaus war?" Marleen atmet vorsichtig aus. „Marie war bei Klaus im Gefängnis? Nein, ich kann dir auch nicht sagen, was sie da wollte. Sie hat mir nicht gesagt, dass sie das vorhatte." Dann schlüpft sie ins Bad, damit Michael die Schreckenstränen nicht bemerkt, die ihr unwillkürlich aus den Augen schießen. Michael schweigt und blickt ihr sinnend nach. Es war nicht seine Absicht, die Wochenendstimmung zu verderben, aber er musste es einfach wissen. Marleen verbirgt etwas vor ihm.

ZWEIUNDDREIßIG

Die Haifischbar in der Großen Elbstraße am Hamburger Hafen ist die Location, die sich Ruth für diese Nacht ausgesucht hat. Schön schräg soll es sein, und das ist diese Bar, nichts hat sich seit ihrer Gründung in den 60er-Jahren geändert. Altes rotes Mobiliar, Fischernetze an den Wänden und Decken, Miniatur-Boote und ausgestopfte Fische zieren die Bar. An den Wänden hängen zahlreiche Fotos von Prominenten aus den vergangenen 60 Jahren, die ihre eigenen Geschichten erzählen. In diesem Ambiente will sich Ruth und ihren Erfolg mit der Rasierer-Kampagne feiern lassen.

Es war keine Frage an die Kollegen, heute Abend Punkt 19 Uhr in der Haifischbar zu erscheinen. Es war ein Befehl.

Mittlerweile ist die Stimmung auf dem Höhepunkt angelangt und Ruth ist der Star der Nacht. Immer wieder gibt sie Anekdoten zum Besten, wie sinnlich dieser neue Rasierer ist, wie schwer sie um diese revolutionäre Kampagne kämpfte. Ihre Kollegen benehmen sich wie Untertanen und pflichten ihr in jedem und allem bei.

Bernd lehnt an der Bar und spült den Stress des Tages mit einem Bier herunter. Er studiert aufmerksam jede von Ruths Bewegungen und Äußerungen. Was für eine selbstbewusste Frau sie gerade zu sein scheint, er wird einfach nicht schlau aus ihr. In unbeobachteten Momenten wirkt sie manchmal so weich und verletzlich. Selten hat er diese Momente mit ihr erlebt, und das sagt ihm, dass unter dieser harten Schale eine kleine zarte Pflanze schlummert. Wie gern würde er diese Pflanze ans Licht tragen und pflegen. Ruths schrille Ansage unterbricht jäh seine Nachdenklichkeit.

„Und großen Dank an unseren neuen Art Director Bernd Heim, ohne ihn hätte ich es nicht geschafft. Er hat mir immer gezeigt, wo noch Haare sind.“

Bernds zärtliche Gefühle kühlen sofort ab. Ruth lacht laut und unbeherrscht über ihren eigenen Witz, als sie Bernds Entrüstung und seinem vor Ungläubigkeit gezeichneten Gesicht gewahr wird. Sie ist sich bewusst darüber, dass ihre Bemerkung unter die Gürtellinie ging, aber das war auch so gewollt. Sie will ihn endlich loswerden. Er hat sich verliebt und will mehr als nur gelegentlichen Sex. Er fragt zu viel, schenkt ihr Blumen und all diesen Schwachsinn.

Es gab nur einen einzigen Mann in ihrem Leben, der genau wusste, was sie brauchte, und dieser Mann war Ralf. Und auch, wenn er sie immer wieder schamlos betrog: Sie waren ein Team, oder nicht? Leider liegt Ralfs Leiche seit mehr als acht Jahren unter der Erde.

Sie leert ihr Glas Tequila in einem Zug. Es liegt auch fast acht Jahre zurück, dass sie so oft an ihn denken muss. Ärgerlich versucht sie, die aufsteigende Furcht einzudämmen. Marie ist schuld. Diese Sache muss ein für alle Mal erledigt und beendet werden.

„Du bist betrunken.“ Bernd reißt sie aus ihren beklemmenden Überlegungen. Er löst sanft das Glas aus ihrer Hand und sagt fürsorglich: „Ich bringe dich jetzt nach Hause.“

„Wage es ja nicht.“

Bernd lächelt. „Was denn? Okay, wir beide trinken jetzt noch einen Tequila und dann ist es genug.“ Er legt ihr seinen Arm um ihre Hüften und drückt sie liebevoll an sich.

Ruth windet sich sofort aus seiner Umarmung und schiebt ihn heftig von sich. „Lass den Quatsch. Den Tequila trinke ich gern mit dir, und dann kannst du nach Hause gehen, aber ohne mich."

Bernd lächelt immer noch, was sie ganz verrückt macht. Wie kann ein Mensch nur so stoisch sein? Immer noch mit diesem seltsamen Lächeln im Gesicht bestellt er einen weiteren Tequila und reicht ihr das Glas. „Komm, einen Trinkspruch habe ich auch noch für dich. Ich trinke auf deinen Erfolg und auf uns."

„Ha, das hättest du wohl gern? Ich trinke auf den Erfolg, aber nicht auf uns." Sie stürzt den Alkohol herunter, als wäre er Wasser.

„Klar, mir auch egal. Also los, ich bringe dich jetzt nach Hause, bevor du die Kontrolle verlierst."

Sie spürt, wie ihr Blutdruck ansteigt, und das nicht nur wegen des Alkohols. Was bildet sich dieser Typ ein, dass er über sie bestimmen will, denkt sie wütend.

„Auf keinen Fall. Sieh dich doch mal an. Du bist eine Witzfigur. Ohne mich wärest du ein Nichts. Ich habe den Meurer dazu ermutigt, dich einzustellen. Nur mir hast du es zu verdanken, dass du in der Agentur bist, und wenn ich es will, bist du morgen wieder raus." Sie starrt ihn herausfordernd an.

Da beugt er sich zu ihr herab und flüstert ihr heiser ins Ohr: „Lass gut sein, Ruth, du kannst mich nicht provozieren. Da musst du schon andere Geschütze auffahren. Und jetzt komm." Der ruhige Ton in seiner Stimme bringt Ruth noch mehr auf die Palme.

„Du vor Liebe tropfender Idiot. Lass mich in Ruhe", kreischt sie. Alle in der Bar drehen sich zu den beiden um. Für Sekunden ist es totenstill. Bernd greift nach ihrem Arm, und mit immer noch demselben verhaltenen Ton in der Stimme sagt er:„Du bist betrunken und jetzt wirst du peinlich.“

Ruth schüttelt vehement seine Hand ab. „Wer hier peinlich ist, bist du! Hast du es immer noch nicht gemerkt, dass du nicht genug Klasse hast, um neben mir zu bestehen?“

Bernd scheint noch gefasster zu sein, seine Selbstbeherrschung ist schon fast beängstigend. „Ruth, weißt du eigentlich, wie armselig du bist? Ich verstehe nicht, was dich so verbittert hat. Wovor hast du Angst?“ Etwas in seiner Stimme lässt sie aufhorchen. Es ist diese meditative Gelassenheit, gepaart mit einer neuen Energie in seiner Ausstrahlung. Unvermittelt reagiert ihr Körper auf ihn. Es ist etwas, das sie vor langer Zeit schon einmal spürte, in den Anfängen ihrer Beziehung mit Ralf. Für einen winzigen Moment, den sie selbst kaum wahrnimmt, wird sie weich. Nein, nie wieder wird sie diesem Gefühl nachgeben. Sie will unabhängig sein.

Das Klingeln ihres Smartphones kommt ihr gerade recht. Sie fischt es aus den Tiefen ihrer Handtasche und, ganz Geschäftsfrau, lächelt sie Bernd entschuldigend an.

„Dies ist privat, wenn du mir bitte ein wenig Raum geben könntest? Danke.“ Sie wendet sich ab und nimmt das Gespräch an.

„Hi, Markus, wie geht es dir?“, säuselt sie. „Oh ja, ich freue mich, natürlich komme ich gerne am Samstag. Also, bis dann.“ Mit einem süffisanten Aufstöhnen lässt sie ihr Smartphone wieder in ihre Tasche gleiten.

Sie wendet sich mit einem aufgesetzten Lächeln wieder

zu Bernd um. Doch dieser ist verschwunden. Ruth lässt suchend ihren Blick durch den Raum wandern, aber sie kann ihn nirgends entdecken. Sie schaut in die Gesichter ihrer Kollegen, die sie erwartungsvoll anstarren, und sie dröhnt, um den peinlichen Moment zu überspielen: „Eine Runde für alle auf meine Kosten!“

„Yeah, auf Ruth“ lärmen sie, und ihr wird ganz schwindelig von so vielen ermüdenden Gestalten, alle sehen so gleich, so uniformiert aus. Niemand sticht heraus und niemand ist dabei, mit dem sie jetzt gern sprechen würde. Der Einzige, der sie hätte unterhalten können ist gegangen. Wahrscheinlich für immer. Auch gut, denkt sie, ist ja auch das, was ich wollte. Doch es versetzt ihr einen Stich, dass sie Bernd verprellt hat. Wankend lehnt sie sich an die Bar und bestellt sich noch einen Tequila.

DREIUNDDREIẞIG

Marie bemüht sich, tief durchzuatmen, und wird mit einem rasenden Schmerz, der durch ihre Rippen schießt, daran erinnert, dass es noch zu früh für derartige Übungen ist. Sie schaut an die Decke ihres Krankenhauszimmers. Mittlerweile kennt sie jede einzelne Unebenheit, jeden kleinsten schwarzen Punkt an der weißen Zimmerdecke. Seit einer Woche starrt sie nun schon darauf.

Eine Woche bietet einem viel Zeit, um über so manches nachzudenken. Es waren viele unangenehme Gedanken, aber auch viele erhellende Erkenntnisse dabei. Und wenn Tanja sie nicht jeden Tag besucht und sie mit ihrer flotten Art, Geschichten zu erzählen, unterhalten hätte, wären wohl nur unangenehme Ängste übrig geblieben. Tanja ist eine Frau, die so positiv ist und sie in allem bestärkt. Marie konnte hemmungslos ihr Herz bei ihr ausschütten. Tanja urteilte nie über sie, sondern hörte genau hin. Das hat Marie in den vergangenen Tagen dabei unterstützt, sich über den nächsten nötigen Schritt klar zu werden. Sie richtet sich ein wenig auf und erhascht einen Blick aus dem Fenster. Der Himmel ist heute in ein trübes Grau gehüllt und lässt die hohen Bäume schwarz und bedrohlich wirken. Kein Luftzug dringt durch das geöffnete Fenster. Die Welt da draußen scheint still zu stehen. Marie lässt sich wieder in ihre Kissen sinken, sie blickt zu dem Besucherstuhl in der Ecke, auf dem noch vor einer Woche Ruth gesessen hat. Bei der Erinnerung daran kriecht sofort wieder eine Gänsehaut an ihren Armen hoch.

Es war derselbe Tag, an dem Tanja und Michael sie das erste Mal besuchten. Michael, was wollte er bloß? Vor einer Woche sah sie sich nicht dazu in der Lage, aber jetzt würde sie es zu gern wissen. Als die beiden gegangen waren, wollte sie nur noch schlafen. Das musste sie auch getan haben, denn als sie aufwachte, war es dunkel geworden, und sie erschrak entsetzlich, als sie einer Gestalt auf dem Stuhl in der Ecke gewahr wurde. Sie wollte panisch aus dem Bett springen, doch sie konnte sich nicht bewegen. Sie wollte schreien, aber ihr Hals schmerzte und sie brachte nur gurrende Laute heraus. Dann kam die Gestalt auf sie zu. Es war Ruth. Zunächst breitete sich Erleichterung in ihr aus, doch als Ruth ihre Hand ergriff, und sie deren kalte Haut spürte, schlich Beklemmung in ihr hoch. Ruth hatte kaum mit ihr gesprochen. Sie wollte sich nur vergewissern, ob sie irgendeine Ahnung hätte, wer sie zusammengeschlagen haben könnte. Ob sie etwas gesehen, oder gar jemanden erkannt hätte. Nein, das hatte sie nicht, nichts hatte sie gesehen oder geahnt. Rein gar nichts. Dann erhob Ruth sich, lächelte sie mit kühlem Blick an und strich ihr über den Kopf. Es war eine unangenehme, kalt prickelnde Berührung und hatte nichts Beruhigendes an sich.

Bei der Erinnerung daran zuckt Marie unwillkürlich zusammen. Die Polizei hatte sie mehrmals aufgesucht. Es gab keine Spur und auch keinen Hinweis darauf, wer der Täter war. Für Marie hat das keine Bedeutung mehr, sie möchte so schnell wie möglich aus dem Krankenhaus heraus, um ihren Entschluss in die Tat umzusetzen. Dieses untätige Herumliegen macht sie nur noch nervöser. Sie richtet sich auf, lässt ihre Beine langsam über die Kante des Bettes gleiten, nimmt all ihre Kraft zusammen und verlagert ihr Gewicht auf ihre Beine. Ihr wird sofort schwindelig und sie muss sich wieder zurücksinken lassen. ‚Langsam, immer schön langsam eins nach dem anderen.' Ihr ganzer Körper schmerzt, als sie sich wieder aufrichtet, um aufzustehen. Sie klammert sich am Bettpfosten fest und beißt die Zähne zusammen. ‚Du schaffst das. Du schaffst das.' Marie hält den

Atem an und lässt wieder los. Wackelig versucht sie ein paar Schritte, und mit jedem Schritt wird sie sicherer.

„Was machst du? Leg dich sofort wieder hin."

Marie dreht sich erschrocken um und blickt in Marleens entsetztes Gesicht. Die unvorhergesehene Überraschung bringt sie aus dem Gleichgewicht, aber noch bevor sie zu Boden stürzt, ist Marleen bei ihr, fängt sie auf und hilft ihr, sich wieder auf das Bett zu setzen. Marie ist über ihre Schwäche deprimiert und verärgert. „Verflucht noch mal, warum bin ich eigentlich immer der Sündenbock, das Opfer. Ich bin es leid." Ihre braunen Augen nehmen den qualvollen Ausdruck eines wundgeschossenen Rehs an. Marleen zerreißt es das Herz, und einem inneren Impuls folgend legt sie beschützend ihre Arme um Marie. „Meine Kleine, ich weiß, ich weiß, aber halte durch. Bitte." Sie blickt flehend in Maries von Schmerz und Hilflosigkeit gezeichnetes Gesicht.

Marie windet sich aus der Umarmung und sieht Marleen mit festem Blick an. „Ich muss hier raus, Marleen. Wir müssen miteinander sprechen und eine Lösung finden. Eine Lösung, die für uns alle annehmbar ist. Ich bin mir sicher, dass wir eine finden. Das haben wir doch immer. Hilf mir. Nur dieses eine Mal."

VIERUNDDREIẞIG

„Tja, Herr Kollege, sie hatten recht, es gibt da ein paar Ungereimtheiten im Fall Klaus Starrenberg. Ich habe mal ein wenig recherchiert. Marie Kellermann war zwei Monate nach der Geschichte im UKE, um dort eine Abtreibung vornehmen zu lassen. Wie ich allerdings feststellen musste, wurde in den Prozessunterlagen nie ein Wort davon erwähnt, und einen Partner schien sie auch nicht gehabt zu haben. Das ist das Einzige, das mir auffiel. Ach ja, und dieser Ralf war wohl kein unbeschriebenes Blatt, was Frauen betrifft. Ich habe den Namen durch die Datenbank laufen lassen und da gab es zwei Anzeigen wegen Nötigung. Aber die Frauen haben die Anzeige wieder zurückgezogen."

Richter Bach, ein älterer Richterkollege, klemmt sich den Telefonhörer zwischen Kinn und Schulter und wühlt die Unterlagen auf seinem Schreibtisch durch.

„Sind Sie noch dran, Herr Kollege? 'Tschuldigung, aber ich habe hier ein kleines Chaos auf meinem Tisch, ah, hier," er hat das, wonach er suchte, gefunden und vertieft sich in den damaligen Polizeibericht. „Der Grund des Streites zwischen Klaus und Ralf war völlig banal. Es war nur eine harmlose Rangelei zweier Kampfhähne. Außer der Drohung, die ich für genau so harmlos halte, gab es keine eindeutigen Beweise. Nur die belastenden Aussagen der drei Freundinnen. Also, ja, Herr Kollege, Sie hatten recht, da wurde zu schnell geurteilt und ich glaube, wir sollten ihn frei lassen. Mein Gefühl sagt mir, dass er für jemanden anderes sitzt. Und besser jetzt raus mit dem Knaben, bevor er der Richterschaft eine Anzeige an den Hals hängt. Er hat ja jetzt schließlich sein Leben in den Griff bekommen. Ist ja fast ein Kollege von uns.“ Er lacht über die Ironie. „Also, ich habe gestern dem Bewährungsgesuch stattgeben. Ich wünsche Ihnen einen schönen Urlaub und grüßen Sie mir Ihre liebreizende Gattin. Ich freue mich schon auf das nächste Dinner bei Ihnen.“

Michael hat, ohne einmal Luft zu holen, Bachs Ausführungen gelauscht. Er hat ihm die Sache mit der Begründung übergeben, dass er in den Urlaub ginge. Michael hasst es, zu lügen. Er fühlte sich elend dabei, aber er wusste nicht, wie er die Abgabe des Bewährungsgesuches seinem Kollegen verkaufen sollte. Wegen Befangenheit war nicht möglich, denn dann hätte er erklären müssen, weshalb er befangen war. Er konnte doch nicht eröffnen, dass eine der drei Freundinnen seine Frau ist. Seine Frau, die etwas verschweigt, dessen ist er sich ganz sicher. Aber warum? Warum hat sie kein Vertrauen zu ihm?

‚Antworten findet man nicht, wenn man nicht fragt.‘ Michael fürchtet sich vor den Antworten, die kommen könnten, aber er hat sich entschieden die Sache auf sich beruhen lassen. Irgendwann wird Marleen ihm alles erzählen und dann wird er entscheiden, was zu tun ist. Bis dahin wird er warten. Dennoch fällt es ihm schwer, seine eigene Entscheidung zu akzeptieren.

FÜNFUNDDREIßIG

Die Nacht ist angenehm warm, die grauen Wolken des Tages haben sich verzogen und der fast volle Mond ergreift die Chance, sein kaltes Licht auf die Erde zu schicken. Möwen ziehen ihre Kreise und kreischen ungestüm, von weiter Ferne sind die dunklen Töne monotoner Schiffssirenen zu hören. Marleen bemerkt von alledem nichts. Angespannt geht sie die Veranda ihres Hauses auf und ab, begleitet von sorgenvollen Gedanken. Abrupt bleibt sie stehen und blickt zum Haus. Es herrscht eine beschauliche Stimmung im dämmrigen Garten, Tom schläft und Michael sitzt über Aktenbergen in seinem Arbeitszimmer. Normalerweise liebt sie solche Abende, wenn alles um sie herum still wird und zur Ruhe kommt, doch heute gelingt es ihr nicht. Sie kramt eine Zigarette aus der fast leeren Schachtel, die sie schon die ganze Zeit krampfhaft in ihren Händen hält, und zündet sie umständlich an. Das hat sie schon lange nicht mehr getan. Als sie schwanger war, hat sie das Rauchen aufgegeben. Nur gelegentlich, wenn sie nicht weiter weiß und so wie jetzt allzu nervös wird, raucht sie ausnahmsweise eine. Die Situation im Krankenhaus hat sie stärker mitgenommen, als sie vermutete. Sie möchte Marie helfen, und sie begreift auch, wie wichtig es für

Marie ist, die Wahrheit endlich ans Licht zu bringen. Marleen inhaliert tief bis in ihre Lungen den Rauch ein, und lässt ihn langsam wieder heraus. Aber was soll sie tun? Verzweifelt sucht sie nach einer Lösung, die passabel für alle Beteiligten ist, aber sie kann es drehen und wenden, wie sie will. Sie wird verlieren. Nur sie muss die Konsequenzen tragen und der Preis, den sie bezahlen wird müssen, ist hoch. Viel zu hoch. Schließlich war sie es, die zugeschlagen hat. Wenn herauskommt, dass sie einen Mord begangen hat, ist die Karriere ihres Mannes dahin und das darf auf keinen Fall passieren. Alles andere ist ihr gleichgültig. Nervös tippt sie die Asche von der Zigarette und blickt hinauf zum Mond.

Seit dem Wochenende am See hat Michael nicht noch einmal insistiert, was genau damals geschehen ist. Aber Marleen weiß, dass er nur darauf wartet, dass sie das Thema anspricht. Er hat die Sache nun doch seinem Kollegen übertragen. Sie tobte und flehte ihn an, doch er hat sich nicht umstimmen lassen. Inständig hofft sie, dass der Kollege nicht zu tief graben wird und dass Klaus, falls er auf Bewährung raus kommt, sich von ihr und ihrer Familie fernhält. Und Marie? Was soll sie nur mit Marie machen?

Marleen inhaliert tief den beißenden Rauch ein. Widerlich, denkt sie, aber es beruhigt die Nerven. Oder ist das auch nur eine dumme Einbildung?

„Stimmt irgendetwas nicht?"

Erschrocken fährt sie herum. Michael deutet auf die Zigarette.

„Nein, alles okay. Mir war nur gerade danach." Sie

nimmt noch einen Zug, und wirft sie dann auf den Boden, um sie auszutreten. Ihr Lächeln wirkt gequält, als sie Michael endlich anschaut. „Du weißt doch, manchmal überkommt es mich."

„Ja, ich weiß. Noch Lust auf einen Drink?", fragt er freundlich.

„Nein danke, ich bin müde und gehe zu Bett. Musst du noch lange arbeiten?" Seine ruhige Zugewandtheit macht sie noch nervöser und sie will so schnell es geht aus seiner Nähe. Einer erneuten Diskussion könnte sie nicht standhalten.

„Nein, ich bin fast fertig."

„Schön, also bis gleich." Marleen haucht ihm einen Kuss auf die Wange und wendet sich schnell um.

„Warte." Michael hält sie am Arm fest, sein Griff ist hart und Marleen spürt, wie der Schmerz in ihre Schulter zieht. Doch sie verliert kein Wort darüber. Fragend schaut sie ihn an und hält seinem eindringlichen Blick stand. „Marleen, du weißt, dass ich dich liebe, egal, was passiert, ich bin für dich da."

„Ja, das weiß ich, aber was soll denn schon passieren?" Überzeugend lächelt sie ihn an. „Ich warte auf dich, mach nicht zu lange."

Bevor sie ins Bett geht, schleicht sie sich noch einmal in Toms Zimmer. Er hat die Decke von sich gestrampelt und liegt ausgestreckt auf seinem Rücken, seinen Jedi-Ritter fest in seiner Hand umklammert. Marie beugt sich zu ihm herunter und küsst seine Stirn. Tom quengelt bei der Berührung und dreht sich zur Seite. Marleen versetzt es einen Stich, als ihr Sohn sich von ihr abwendet. Eiligst verlässt sie sein Zimmer. Sobald sie die Tür zu ihrem Schlafzimmer geschlossen hat, fängt sie hilflos zu weinen an.

SECHSUNDDREIẞIG

Gut gelaunt blickt Marie in den Spiegel, obwohl das Gesicht, das ihr entgegenblickt, so gar keine Ähnlichkeit mit ihr hat. Sie lächelt trotzdem ihrem Spiegelbild zu. ‚Du siehst aus wie ein geprügelter Hund, aber das geht vorüber. Da gibt es Schlimmeres.' Ein Gutes hatte der unfreiwillige Aufenthalt im Krankenhaus jedenfalls. Eine Woche lang keinen Alkohol und keine Drogen. Erleichterung macht sich in ihr breit, denn ihre Gedanken sind jetzt viel klarer.

Jede Faser ihres Körpers und ihrer Seele schreit nach Frieden und das ist ein Ausblick, der sie vorantreibt. Zum ersten Mal nach langer Zeit, wenn nicht sogar zum ersten Mal in ihrem Leben, fühlt sie sich stark.

Sie hatte Bedenken, in ihre Wohnung zurückzukehren. Die ganze Fahrt über vom Krankenhaus zu ihrer Wohnung wurde sie von einem mulmigen Gefühl begleitet. Tanja saß hoch konzentriert hinter dem Steuer und lenkte den Wagen durch den dichten Nachmittagsverkehr. Dennoch bekam sie es hin, unaufhörlich zu plaudern. „Krause sendet die besten Wünsche und die Kunden fragen ständig nach dir, ach ja, und Jan freut sich schon auf unseren nächsten Besuch im Café." Alles rauschte an Marie vorbei. Immer wieder waren da die Fragen in ihrem Kopf. Würde sie stark genug sein und es schaffen, wieder einen Fuß in ihre Wohnung zu setzen? Würde sie es schaffen, das, was sie sich vorgenommen hat, auch wirklich durchzuziehen?

Ihre Sorgen waren unberechtigt. Als sie nach Hause kam, war ihre Wohnung tipptopp aufgeräumt. Nichts erinnerte sie an den Überfall. Überall standen Blumen und auf dem kleinen Esstisch thronte Jans legendäre Erdbeertorte und hieß sie willkommen. Tanja ist eine großartige Frau und Marie weiß ganz genau, dass sie ohne Tanja niemals so viel Selbstvertrauen hätte aufbauen können. Sie steht kurz vor ihrem Ziel, mit der Vergangenheit aufzuräumen.

Dank Make-up sind die blauen Flecken im Gesicht so gut wie verschwunden. Marie wirft ihrem Spiegelbild augenzwinkernd einen Kuss entgegen. Nur für eine Millisekunde hält sie die Luft an und ihr Lächeln verschwindet. Ein Déjà-vu, nur dass es keines ist. ‚Alles ist gut', versucht sie, sich zu beruhigen, und doch hämmert ihr Herz wie wild.

Der klapprige Golf rattert über die Landstraße. Marie hat die Musik laut gestellt, nicht nur der guten Laune wegen, sondern vielmehr, um das ratternde Geräusch ihres alten Wagens zu übertönen. Wenn alles vorbei ist, dann wird sie es tun, sie wird den Wagen verschrotten und sich einen schicken VW Tiguan zulegen. Ja, in Schwarz mit Ledersitzen und allem Schickimicki. Sie freut sich schon darauf. Ja, und mit einer grandiosen Musikanlage. Trotz des blechernen Klangs dreht sie die Lautstärke noch etwas höher.

Es solle ein Mädels-Wochenende werden, sagte Marleen, nur sie drei, damit sie sich mal so richtig ausquatschen können. Endlich haben die beiden ein Einsehen. Marie ist froh darüber, sehr froh sogar. Ihre Hoffnung, dass sie sie doch noch davon überzeugen kann, die Wahrehit zu sagen, steigt um ein Hundertfaches. Sie möchte ihnen keinen Schaden zufügen, bei Gott, das liegt ihr fern. Sie weiß, dass die beiden an ihrem Lebensstil kleben, aber sie ist egoistisch genug geworden, dass sie es auch ohne Ruth und Marleen durchziehen wird. Es geht schließlich auch um ihr Leben, und das fühlt sich gerade richtig gut an. Sie wird die Wahrheit sagen und sie wird auch für die Konsequenzen einstehen. Oh ja, das wird sie. Aber sie ist sich sicher, dass es gut enden wird. Es wird auf jeden Fall besser sein, als das, was sie in den letzten Jahren erlebt hat. Vielleicht wird ja doch noch alles gut. Doch bevor sie sich mit den beiden trifft, muss sie noch etwas mit Klaus klären. Mit so viel positivem Adrenalin tritt sie noch ein wenig mehr das Gaspedal durch. Der alte Golf gibt sein Bestes.

SIEBENUNDDREIßIG

Höchst euphorisch betritt Marie den Empfangsbereich. Diesmal hat sie sich angemeldet, denn sie möchte nicht noch einmal diese Peinlichkeiten durchstehen müssen.

Hansen grinst sie wissend an, als sie ihren Besuch anmeldet. „Sie kennen den Gefangen gut?"

Marie grinst zurück. „Nein, nicht wirklich, aber uns verbindet eine Geschichte."

„Ah, ich verstehe."

„Wirklich?" Marie sieht ihn provozierend an.

Hansens Grinsen verschwindet, und er fragt sich, ob das wirklich die Frau ist, die er vor etwa zwei Wochen zu dem Häftling begleitet hat. „Nun ja, dann wollen wir mal." Sie gehen den langen Gang herunter zum Besucherzimmer, Marie blickt zu den Decken hoch, lacht und winkt in die Kameras. „Was meinen Sie, Hansen, wird das auch auf Facebook gepostet?"

Hansen folgt ihrem Blick. „Nein natürlich nicht", entgegnet er ihr entrüstet. „Nichts geht an die Öffentlichkeit, also wirklich." Er öffnet ihr die Tür zum Besucherzimmer. „Also dann, obwohl …"

„Obwohl – was?"

„Nichts weiter."

Maries selbstbewusste Art hat ihn durcheinandergebracht, und ohne sich noch einmal umzudrehen, ist er verschwunden.

Keine Minute später steht Klaus in dem Raum. Er wirkt verändert seit dem letzten Mal, aber Marie kann nicht zuordnen, woran das liegt, und es ist ihr gerade nicht wichtig. Klaus steuert strahlend auf sie zu, und auch das irritiert sie ein wenig. Überschwänglich begrüßt er sie mit einem Augenzwinkern. „Hallo Marie. Nicht, dass es noch zu einer Gewohnheit wird, mich zu besuchen. Du musst aufpassen, sonst bilde ich mir noch etwas darauf ein."

„Nein, keine Sorge", antwortet sie ihm brüsk.

Klaus deutet auf ihr Gesicht. „Was ist denn mit dir passiert? Du siehst aus, als wärest du von einem Bus überfahren worden."

Marie geht nicht darauf ein. „Ich bin hier, weil ich dich etwas fragen will."

„Nur zu, ich bin es gewohnt, Fragen zu beantworten. Es sei denn, sie betreffen mein Privatleben, da bin ich doch sehr empfindlich."

Marie hat den Wink verstanden, hier gibt es kein privates Leben, und seine zynische Bemerkung wirft sie ein wenig aus der Bahn.

Klaus wird plötzlich ungeduldig. „Wird diese Audienz lange dauern?" Er sieht sich verstohlen zur großen Uhr an der Wand um.

Marie folgt seinem Blick. „Wieso? Hast du noch etwas vor, ich dachte, hier gibt es keinen Termindruck."

Klaus grinst sie an und setzt sich auf einen Stuhl. Seine langen Beine streckt er weit von sich und verschränkt die Arme hinter seinem Kopf. Diese dahin gefläzte Haltung bringt Marie noch mehr aus dem Konzept, sie will sich ihm gegenüber hinsetzen, entscheidet sich dann aber doch dafür, stehen zu bleiben. „Ich bin hier, weil du mir das letzte Mal erzähltest, wie du bei der Vergewaltigung zugesehen hast. Ich habe mich die ganze Zeit gefragt, warum du nicht eingegriffen hast?"

Klaus zuckt gelangweilt mit den Schultern. „Keine Ahnung, vielleicht hat es mich erregt. Was weiß ich. Ist schon zu lange her. Wen kümmert es."

„Mich kümmert es. Weißt du, ich habe acht Jahre mit dem schlechten Gewissen leben müssen, dass ich einen Unschuldigen ins Gefängnis gebracht habe. Ich bin schier daran verzweifelt." Sie bemüht sich, in Klaus irgendeine Reaktion zu lesen. Doch seine Miene bleibt ausdruckslos, blank und starr.

„Hast du nicht auch erwähnt, du seiest verliebt in mich gewesen?"

„Ich habe gesagt, dass ich dich mochte, und dass ich mich vielleicht sogar in dich verliebt habe. Ja, aber da liegt ein großer Unterschied zwischen einem „Vielleicht" und dem „Ich war verliebt"."

Marie starrt ihn fassungslos an und macht einen Schritt auf ihn zu. Von dieser Position aus kann sie von oben auf ihn herab sehen, und das gefällt ihr. Sie setzt eine ernste Miene auf, um ihren Worten mehr Gewicht zu verleihen. „Eigentlich ist das doch egal, oder nicht? Ich brauchte Hilfe und du hast einfach nur zugesehen, wie mir Gewalt angetan wurde." Sie legt eine kurze Pause ein und beugt sich dabei ein wenig zu ihm hinunter. „Du hast mir acht Jahre meines Lebens gestohlen, so wie ich dir acht Jahre gestohlen habe. Ich denke, wir sind quitt. Aber dennoch habe ich mich entschieden, die Wahrheit zu sagen und dich hier herausholen, und zwar nicht um deinetwillen, sondern, um meinen Frieden zu bekommen." Sie sieht ihn herausfordernd an. Mit Wohlwollen stellt sie fest, dass seine eiserne Maske zu schmelzen beginnt. Unerwartet springt er von seinem Stuhl hoch, Marie zuckt erschrocken zusammen, bleibt aber fest stehen und hält seinem Blick stand.

„Wenn du meinst, darauf gebe ich einen Dreck. Aber eines solltest du noch wissen, bevor du deinen hübschen Arsch hier wieder heraus schwingst. Ist dir jemals bewusst gewesen, wie du benutzt wurdest von deinen sogenannten Freundinnen?"

„Was soll das denn jetzt? Es geht hier um dich und mich."

„Nein, mein Engel. Du musst das Ganze sehen." Dramatisch breitet Klaus die Arme aus. „Du musst alles, jedes kleinste Detail erkennen und wie bei einem Puzzle zusammensetzen." Klaus schreitet in dem Besucherraum auf und ab, er fühlt sich ausgezeichnet, die Uhr an der Wand fest im Blick. Er hat noch 10 Minuten.

Marie geht sein theatralisches Gehabe auf die Nerven. „Ach Scheiße, hör auf, in Rätseln zu sprechen. Ich bin es leid. Ich will kein blödsinniges Puzzle zusammensetzen. Also sag, was du zu sagen hast."

„Wow, was auch immer in der letzten Zeit passiert ist, es hat dir gutgetan."

Sie schießt ihm einen Blick zu, der ihn erschüttern soll,

doch Klaus empfindet ihn erregend und schluckt hörbar seinen Affekt herunter. „Okay, und unterbrich mich nicht wieder.“ Er legt eine kunstvolle Pause ein und ergötzt sich an Maries Ungeduld. „Hast du dir mal in den letzten acht Jahren über deine Freundinnen Gedanken gemacht? Hast du mal die ganze Geschichte Revue passieren lassen? Deine Freundschaft, die Party, du weißt schon. Ist dir jemals aufgefallen, dass die beiden sich einen Dreck um dich geschert haben? Du wurdest vergewaltigt und keine hat auch nur einen Finger krumm gemacht.“

Marie will protestieren, doch Klaus hält ermahnend seine Hand hoch und fährt fort. „Auch bei der Verhandlung waren sie nur darauf aus, dass ihnen nichts passiert. Du erinnerst dich doch sicher daran, wie sehr sie geschwitzt haben, als du deine Aussage machtest. Nein? Nun, ich hab´s noch vor mir, als sei es gestern gewesen.“

Er beobachtet, wie Marie reagiert, und er kann ihre Ungeduld und ihre Neugier spüren. Es erregt ihn immer mehr, wieder blickt er zur Uhr, noch acht Minuten.

„Mir ist nichts entgangen, mein Engel. Ich habe mich saumäßig darüber amüsiert. Ich mache dir keinen Vorwurf, du warst, wie die beiden dich immer nannten, ‚unsere Sklavin.‘ Hast du dir jemals überlegt, wie armselig du zwischen den beiden ausgesehen hast? Ich meine, du warst toll, für mich jedenfalls. Aber du hast wirklich wie eine Sklavin gehandelt. Die beiden waren so schillernd und du bist ihnen hinterher gelaufen und hast versucht, ihnen alles recht zu machen. Und die beiden haben es genossen.“ Klaus setzt ein süffisantes Lächeln auf.

Marie wird schlagartig übel und sie wünscht, er würde aufhören, ihre Vergangenheit in ein gänzlich anderes Licht zu setzen. „Ich verstehe nicht, was du mir sagen willst … hör auf, diesen Unfug zu erzählen“, Marie keucht entsetzt auf.

„Ich bin noch nicht fertig. Noch nicht. Ich hatte die beiden immer fest im Auge, am liebsten hätte ich ihnen mal so richtig gezeigt, wo es lang geht, aber sie waren clever. Sie hatten mich beim Doperauchen erwischt und angezeigt. Ha, dabei waren sie die größten Kokser überhaupt. Hast du denn nie bemerkt, wie aufgedreht die beiden immer waren?“

Marie kann nur zustimmend nicken. Ihr dreht sich der Kopf. Ja, Klaus hat bestimmt in einigen Dingen recht. Wenn sie genau darüber nachdenkt, waren sie wirklich nie Freundinnen, nicht im klassischen Sinne. Und ja, die beiden haben sie benutzt, das weiß sie heute auch. Früher aber war sie auch für das herabsetzende Verhalten dankbar, denn die beiden waren die Einzigen, die sie wahrnahmen. Durch sie wurde sie erst in die Gemeinschaft aufgenommen. „Warum erzählst du mir das alles? Das ist doch Schnee von gestern.“

„Ist es das wirklich? Ich will dir nur zeigen, dass die beiden, die du beschützt, es nicht wert sind …“

Marie unterbricht ihn vehement. „Ich beschütze sie nicht! Wir werden versuchen, eine Lösung zu finden, damit wir alle, so gut es geht, aus der Sache herauskommen.“ Klaus lacht sie aus. In dem kahlen Raum klingt sein Gelächter erschreckend hohl. „Mein Engel, glaube mir, sie haben mehr Dreck am Stecken, als du denkst. Sie haben dich benutzt, Marie. Sie sind es nicht wert, dass du dich weiter mit ihnen abgibst. Lass es endlich gut sein. Kümmere dich nicht mehr um sie, lebe dein eigenes Leben. Und was mich betrifft, ich nehme deine Entschuldigung an. Auch ich habe jetzt meinen Frieden gefunden." Klaus reicht ihr mit einem seltsam versöhnlichen Ausdruck die Hand. „Komm schon, schlag ein. Lass uns die Vergangenheit begraben."

Marie weiß nicht, wie sie diesen Stimmungsumschwung einschätzen soll. Ihre Gedanken rasen. Ist es wirklich so einfach? Wie ferngesteuert ergreift sie die ausgestreckte Hand. „Eine Frage noch. Warum hast du nicht bei der Verhandlung die Wahrheit gesagt, warum hast du nicht gesagt, dass du am Bootshaus warst und alles gesehen hast?"

Klaus hält immer noch ihre Hand fest, als er ihr antwortet. „Weil ich so oder so verurteilt worden wäre. Unterlassene Hilfeleistung."

„Ja, aber doch nicht für fünfzehn Jahre und wegen Mordes. Das ist doch etwas anderes."

„Ja, stimmt. Aber, mein Engel, ganz ehrlich und nur unter uns, jetzt, wo wir Freunde sind, eigentlich war ich dankbar. Draußen in der Gesellschaft hätte ich nie das erreicht, was ich hier erreicht habe. Ich glaube, draußen hätte ich irgendwann wirklich jemanden umgebracht."

Marie zieht schnell ihre Hand weg und wischt sie unbewusst an ihrer Hose ab.

„Das schockiert dich? Ach, Engel mach dir nichts draus. Heute bin ich ein anderer Mensch. Also, ich zähl auf dich. Lass die Vergangenheit ruhen. Ich komm klar."

„So einfach ist es für dich?“ Marie schüttelt ernüchtert den Kopf.

Klaus strahlt sie an und in einer plötzlichen Anwandlung von Mitgefühl glaubt sie, dass er es ehrlich meint. Was muss dass nur für ein Leben gewesen sein? Lieber war er hier eingesperrt, als in Freiheit ein Leben zu führen. Überfordert weicht sie einen Schritt zurück.

Klaus grinst sie mit seinem schiefen Lächeln an. „Mach dir keinen Kopf“, er hebt theatralisch eine Hand, „ich spreche dich von all deinen Sünden frei. Na, wie klingt das?“

„Ich weiß nicht, es klingt komisch und es fühlt sich nicht richtig an.“

Das Grinsen verschwindet aus seinem Gesicht so schnell, wie es gekommen ist. „Das ist doch das, was du wolltest, und ich gebe dir die Absolution. Also was noch?“

Marie zuckt mit den Achseln. „Willst du nicht Gerechtigkeit?“

„Die bekomme ich schon, mach dir da mal keine Sorgen. Und jetzt geh.“ Ungeniert sieht er zur Uhr, noch drei Minuten, er muss sich beeilen.

Marie betrachtet ihn eine Weile und bemerkt, wie viel Mühe es Klaus kostet, nicht zu explodieren. Vielleicht ist es Klaus Art so mit den Dingen umzugehen, aber für sie ist es das nicht.

„Also gut. Ich werde darüber nachdenken. Ruth und Marleen werden auf jeden Fall begeistert sein. Ich wollte sie dieses Wochenende davon überzeugen, dass wir dich hier rausholen müssen. Aber das brauche ich dann ja nicht mehr. Es ist deine letzte Chance, überlege doch mal. Ich kann mir vorstellen, dass du …“, setzt sie wieder an.

„Hör auf damit. Ich verstehe nicht, warum du so darauf erpicht bist. Du hast das, was du wolltest, und nun lass es gut sein.“

Er wendet sich abrupt von ihr ab und geht zur Tür. Die Hand schon auf der Klinke, dreht er sich noch einmal zu ihr um. „Mädels-Wochenende, klingt gut. Wo trefft ihr euch denn?“

„Oh, Marleen hat ein Ferienhaus in der Nähe von Hemmoor an einem See. Warum?“

„Triff dich nicht mit ihnen. Denk daran, was ich dir gesagt habe.“ Und schon ist verschwunden.

Eine große Leere macht sich in ihr breit. Das ist nicht das Ergebnis, das sie erzielen wollte.

ACHTUNDDREIẞIG

Die Fahrt hinaus aus der Stadt, fort, nur fort von dem Gefängnis, hat etwas Befreiendes. Sie kurbelt das Seitenfenster ihres betagten Golfs herunter und hat prompt die Kurbel in der Hand. Marie lacht amüsiert auf und klemmt die Kurbel wieder an ihrem Platz zurück. Dann neigt sie einen Augenblick ihren Kopf aus dem Fahrerfenster. Sie braucht unbedingt frische Luft, um das merkwürdige Gespräch mit Klaus zu verdauen. Es war befremdlich und beklemmend und eine unbestimmte böse Ahnung macht sich auf einmal in ihr breit. Warum hat Klaus ihr plötzlich verziehen? Sie ist sich nicht sicher, ob sie sich darüber freuen oder weinen soll. Es geht doch um ihren inneren Frieden und um Gerechtigkeit. Und was bedeutete seine vehemente Ansprache über Marleens und Ruths Gemeinheit? Klaus ist und bleibt ein Arschloch, auch wenn er in vielen Dingen recht hat. Der Fahrtwind spielt mit ihren Haaren und nimmt ihr immer wieder die Sicht, aber sie will jetzt klar sehen. Marie schmunzelt in sich hinein. „Klar sehen“ wird ihr neues Motto sein. Sie kurbelt das Fenster wieder hoch.

Der Golf holpert über den engen Waldweg. Marie fürchtet, dass er jeden Moment auseinanderbrechen wird, und versucht, die Schlaglöcher zu umfahren. Liebevoll streicht sie über das Armaturenbrett. „Oje, wo sind wir hier bloß gelandet? Ich verspreche dir, es wird unsere letzte abenteuerliche Fahrt sein.“ Der enge Waldweg endet an einer Lichtung und Marie atmet erleichtert auf, als sie das Ferienhaus oberhalb eines Hügels entdeckt. Es sieht imposant aus. Die tief stehende Sonne taucht das Haus in ein warmes Licht. Marie kommt sich vor, als wäre sie urplötzlich in Kanada gelandet. So idyllisch, ja, fast schon kitschig ist es hier, der See, der Wald und das einsam gelegene Holzhaus.

Gut hat sie es getroffen, die Marleen. Ein wenig Neid schwingt bei diesem Gedanken mit, doch diese kleine spitze Missgunst spornt sie noch mehr an, sich nicht von ihrem Vorhaben abbringen zu lassen. Marie fährt die kleine Auffahrt zum Haus hinauf. Ein grüner Sportwagen steht vor der Tür, Ruth ist also auch schon da. Perfekt. Marie parkt ihren schrottigen Golf etwas abseits, doch dann überlegt sie es sich anders und platziert ihn direkt hinter Ruths Sportwagen. Sie kann sich Ruths beleidigten Gesichtsausdruck vorstellen, den sie nicht wird unterdrücken können, weil der Anblick ihres schönen Autos verschandelt wird. Marie ist das jetzt völlig gleichgültig, früher hätte sie so etwas nie gewagt.

Beschwingt steigt sie aus, und nur der Schmerz in ihren Rippen lässt sie kurz aufzucken. Marie zieht ihren luftigen naturfarbenen Baumwollpullover zurecht und muss unwillkürlich lachen, als sie an sich herabschaut und bemerkt, dass sie, passend zur Umgebung, eine khakifarbene Hose trägt. Immer noch lachend, klemmt sie sich die langen Haare hinter die Ohren. Die Haustür fliegt auf und Marleen, gekleidet in ein schickes blaues Sommerkleid mit dünnen Spagettiträgern, kommt mit ausgestreckten Armen auf sie zu. Sie wirkt irgendwie angespannt, ihr Blick springt unruhig hin und her, als würde der Teufel sie verfolgen. „Herzlich willkommen, meine Kleine, komm rein, Ruth ist auch schon da. Ach, ich freue mich ja so.“

„Hi, Marleen. Sag nicht immer Kleine zu mir, ich bin schließlich drei Zentimeter größer als du.“ Um die Schärfe ihrer Worte etwas abzumildern, nimmt sie Marleen lachend in die Arme. Sie spürt, wie sich Marleens Anspannung legt.

Marleen geht voran in den großen offenen Wohn- und Küchenbereich. Sie beobachtet Marie ganz genau, jede ihrer Bewegungen, jeden ihrer Blicke, und ihr wird schlagartig klar, dass sie es schwer haben werden, Marie von ihrem Vorhaben, das Schweigen zu brechen, abzubringen. Marie sieht, abgesehen von ihren Blessuren, gut aus. Frisch und voller Elan mit einem überraschenden und beunruhigenden festen Blick in ihren Augen. Dieses selbstbewusste und starke Auftreten ist neu. Und sie ist nüchtern. Unbewusst atmet Marleen schwer und tief ein. „Ist irgendetwas?“, fragt Marie, und Marleen schüttelt verneinend den Kopf. „Nein, alles gut, es ist nur sehr drückend heute, obwohl wir schon Anfang September haben, verrückt, nicht wahr?“, erwidert sie mit bemüht heiterem Tonfall.

„Tja, es ist eben ein verrückter Sommer, so was kommt immer mal vor.“ Marie ist irritiert über Marleens offensichtliche Unsicherheit.

„Ja, da hast du recht, es ist ein verrückter Sommer.“ Sie lächelt Marie unsicher an. „Und ich hoffe, er endet nicht in eine Katastrophe“, Sie blickt Marie dabei eindringlich an. Marie lässt sich dadurch nicht beirren. „Was sagtest du? ‚Lass uns ein gemeinsames Wochenende in meinem kleinen Wochenendhaus verbringen‘? Das nennst du klein?“ Begeistert wandert sie durch den hellen, lichtdurchfluteten Raum. Die gemütlichen, riesigen Sofas laden förmlich dazu ein, sich darauf zu lümmeln. Sie entdeckt die Terrasse und schlüpft durch die Terrassentür hinaus. „Nun, sieh dir mal diese Aussicht an, das ist ja abgefahren. Manche würden einen Mord begehen, um so etwas ihr Eigentum nennen zu können.“ Sie wendet sich zu Marleen um, die mit verschränkten Armen einen

Schritt hinter sie getreten ist. Als wäre ihr plötzlich kalt, reibt sie sich die Ellenbogen. „Wirklich schön hast du es hier, danke für die Einladung."

Mechanisch antwortet ihr Marleen: „Ich freue mich, dass du gekommen bist."

„Ja, und ich freue mich auch, dass du da bist, Marie." Mit einem extrem knappen Bikini bekleidet und mit einem Glas Wein in der Hand erhebt sich Ruth anmutig aus einem der Liegestühle, die so arrangiert auf der Terrasse stehen, dass man einen herrlichen Blick über den See hat. Ruth umarmt Marie und küsst sie rechts und links auf die Wange.

„Scheiße nur, dass das Wetter nicht mitspielt." Ruth deutet zum Himmel, an dem dunkle Wolken über den See ziehen. „Du siehst aber wieder gut aus, die blauen Flecken sind kaum noch zu sehen. Alles halb so schlimm, oder?"

Marie setzt ihr breitestes Lächeln auf und wundert sich darüber, dass ihr das gelingt. „Danke für das Kompliment." Sie richtet ihren Blick auf Ruths knappen Bikini. „Meinst du nicht auch, dass du so etwas nicht mehr tragen solltest?" Sie lacht ein klein wenig spöttisch. „Die kleinen Speckröllchen passen irgendwie nicht zu dir, aber naja, der Zahn der Zeit macht auch vor dir keinen Halt."

Marie ergötzt sich an Ruths entgleistem Gesichtsausdruck. Noch nie hat sie Ruth sprachlos gesehen. Sie genießt jede Sekunde des Anblickes, wie Ruth versucht, ihren Bauch einzuziehen. Unerwartet kommt Wind auf und die ersten Regentropfen fallen vom Himmel.

NEUNUNDDREIßIG

Der lange, aus grobem Holz gezimmerte Tisch ist das Herzstück der Küche. Hierher sind die drei geflüchtet, als der Regen einsetzte. Ruth hat sich eiligst ihr luftiges

T-Shirt und eine Jeans übergezogen. Mit zusammengepressten Lippen sitzt sie Marie gegenüber, die Bemerkung über ihre kleinen Röllchen am Bauch nagen noch an ihr, und immer wieder blickt sie verunsichert an sich herunter. Marie legt gelassen ihre Hände auf den Tisch, und das grobe Holz unter ihren Händen hat eine beruhigende Wirkung auf sie. Marie blickt übertrieben besorgt Ruth an. „Ist etwas nicht in Ordnung? Du wirkst so … nervös?"

„Nein, alles cool, was soll schon sein?", faucht Ruth zurück. Aus dem Hintergrund dringt das Klappern von Geschirr und Töpfen zu ihnen. Marleen ist eifrig dabei, einen Salat und Pasta vorzubereiten. Normalerweise geht ihr so ein simples Essen immer sehr schnell von der Hand, doch heute ist sie überaus fahrig, und fast hätte sie Zucker anstatt Salz in das sprudelnde Wasser für die Nudeln gekippt. Sie spürt die ungute, knisternde Atmosphäre, die am Tisch herrscht, und mit einem besonders fröhlichen Gesicht stellt sie die Salatschüssel in die Mitte des Tisches. „So, meine Lieben, ein wenig Pasta und Salat, eigentlich war ja der Plan, draußen zu essen, nun ja, vielleicht wird es ja morgen was.“ Sie zündet die Kerzen des sechsarmigen Kerzenleuchters auf dem Tisch an.

„Kann ich dir helfen?“ Marie will aufstehen, doch Marleen legt ihr die Hand auf die Schulter und sagt: „Nein, meine Klei… meine Liebe, du bleibst sitzen und lässt dich mal ein wenig verwöhnen.“

„Oh danke, womit habe ich das denn verdient? Ist das vielleicht der Ausgleich für die fünf Jahre erbrachter Dienstleistung in unserer Schulzeit?“ Marie blickt in zwei entgeisterte Gesichter. „Wie kommst du denn auf so etwas? Also wirklich, Marie!“, entgegnet ihr Marleen aufgebracht.

„Nun, war es nicht so damals?“ Marie lacht schallend. „Entspannt euch. Ist ja lange her.“

„Was ist dir denn über den Weg gelaufen, kommst hierher und pöbelst nur rum.“ Pikiert drückt Ruth kerzengerade ihren Rücken durch. „Also so hatte ich mir das nicht vorgestellt, ich dachte …“

Marleen räuspert sich und schießt Ruth einen warnenden Blick zu. Sie haben abgemacht, dass Marleen bestimmen soll, wie der Abend verlaufen wird. Auch wenn es Ruth schwerfällt, reißt sie sich zusammen und erhebt sich missmutig, um den Tisch zu decken.

Belustigt stellt Marie fest, wie viel Mühe sich die beiden dabei geben, ‚normal' zu wirken. Sie genießt ihr neu entdecktes Ich und das Gefühl, genau zu wissen, was sie will. Neugierig wartet sie darauf, was als Nächstes passieren wird. Sie lehnt sich in die hohe Lehne des Stuhles zurück.

Marleen öffnet eine Flasche Wein und reicht jedem ein

Glas. „Für mich bitte nicht. Ein Glas Wasser wäre toll“, wehrt Marie freundlich ab.

„Ja sicher, kein Problem.“

Inbrünstig und entrüstet zugleich wirft Ruth einen Blick abwechselnd auf Marie und auf die Flasche Wein. „Wie, keinen Wein? Ich habe mir den Hintern aufgerissen, um diesen edlen Tropfen zu besorgen, alles extra nur für dich.“ Sie schiebt Marie das Glas herüber. „Komm schon, probier ihn wenigstens mal.“

Marie ergreift, ohne lange zu zögern, das Glas und hält es hoch, bereit, mit den beiden anzustoßen, ihre Hand ist dabei ganz ruhig und sie fühlt Stolz in sich hochsteigen.

Zufrieden denkt Ruth, dass sie jeden manipulieren kann, und schon gar Marie, hier ist mal wieder der Beweis. Diese kleine Wichtigtuerin wird es noch bereuen, dass sie es gewagt hat, eine unpassende Bemerkung über ihren Körper abzusondern. Mit einem süffisanten Lächeln auf den Lippen sieht sie Marleen und Marie an und erhebt ihr Glas. „Auf uns, auf die alten Zeiten und auf die neuen Zeiten, die da noch kommen werden.“

„Ich stoße gern mit euch an. Aber nicht auf die alten Zeiten, sondern nur auf die neuen, die da noch kommen werden.“

Marleen ist sofort dabei und lässt ihr Glas an Maries erklingen. „Genau, darauf stoße ich auch an.“

Marie stellt ihr Glas, ohne einen Schluck davon zu trinken, wieder ab, mit einem breiten Schmunzeln und einem Augenzwinkern blickt sie kurz zu Ruth herüber. Die setzt ihr Glas an und trinkt es provozierend in einem Zug leer.

„Mmh, die Pasta ist köstlich. Ich hätte im Leben nicht erwartet, dass du so etwas kannst. Ehrlich, Marleen, du musst mir unbedingt das Rezept geben“, schwärmt Marie.

„Aber natürlich kann ich das und noch viele weitere tolle Rezepte.“

„Das glaube ich dir sofort. Ganz großartig, auch der Salat, ein Gedicht.“ Marleen ist über Maries Kompliment geschmeichelt, und freut sich insgeheim darüber, dass die Stimmung nicht ganz aus dem Ruder gelaufen ist, denn das passt sehr gut in ihr Vorhaben. Dankbar widmet sie sich ganz liebvoll Marie und sie vertiefen sich im Austausch von Rezepten.

Ruth stochert in ihrem Essen herum, sie blickt gelangweilt aus dem Panoramafenster und stellt fest, wie stark und dicht der Regen geworden ist. Das triste Grau und das langweilige Geplänkel über Kochrezepte gehen ihr auf die Nerven. „Sind wir hier, um den ganzen Abend über das Kochen zu reden?“

„Entschuldige Ruth, nein, natürlich nicht.“ Marie legt ihr Besteck zur Seite, „aber ich dachte, zu einem Mädelsabend gehört das dazu. Kochen und über Männer reden.“ Sie tupft sich den Mund sorgfältig mit der Serviette ab. „Möchtest du lieber das Thema wechseln und über Männer reden?“

Ohne eine Antwort zu geben, lehnt sich Ruth zurück und trinkt mit einer provozierenden Geste ihren Wein. „Nun, wir können aber auch gerne über die Vergangenheit reden.“ Marie sieht Ruth mit festem Blick an, dann wendet sie sich lächelnd an Marleen und sagt: „Ja, deshalb sind wir ja schließlich hier, oder? Um eine Lösung zu finden, die gut für uns alle ist."

Für Marleen kommt das jetzt ein wenig zu schnell, und innerlich verflucht sie Ruth, die sie sich nie an Abmachungen hält. „Nun ja," stammelt sie, „wir sollten unbedingt darüber reden. Denn ich glaube, es ist nicht so einfach, wie du denkst. Weißt du, der Zeitpunkt ist ein wenig unpassend …" Marleen zögert, weil sie sich darüber bewusst wird, welch wirres Zeug sie redet. Sie versucht, sich zu konzentrieren, aber irgendwie will es ihr nicht gelingen. Sie setzt noch einmal von vorn an. „Sieh mal, Ruth und ich haben uns unser Leben hart erarbeitet und wir dachten, dass es das Beste ist, wenn du Hamburg verlässt. Wir kommen selbstverständlich für die Kosten auf und ich werde meine Beziehungen spielen lassen, und Ruth natürlich auch. Nicht wahr, Ruth?" Sie wirft einen prüfenden, fragenden Blick zu Ruth herüber, aber die sitzt immer noch stocksteif da. „Nun ja, wir werden dir deinen Lebensunterhalt natürlich finanzieren, es spielt überhaupt keine Rolle für uns. Wir versprechen dir, dass wir uns um dich kümmern werden." Erwartungsvoll blickt sie Marie an. „Für wie lange würdet ihr bezahlen?", fragt Marie ganz nüchtern.

„Oh, ich weiß nicht, darüber hatten wir uns noch nicht … vielleicht ein Leben lang." Plötzlich kommt Bewegung in Marleen. Kann sie das? Ein Leben lang für jemanden den Unterhalt finanzieren? Doch, sie kann, wenn es um ihre Familie geht, dann würde sie alles tun. Gleichzeitig unsicher und erwartungsvoll fragt sie: „Also Marie, sag schon, was meinst du dazu?"

Marie weicht ihrem Blick aus, spielt mit ihrem Glas Wasser und lehnt sich gemächlich wieder zurück. Sie hat sich vorgenommen, sich auf keinen Fall, weder von Marleen noch von Ruth, provozieren zu lassen.

Ruth hat ihre Sitzposition geändert und lehnt jetzt halb über dem Tisch, ihre Augen sind starr auf Marie geheftet. Sie wird ungeduldig, sie kann es nicht ausstehen, wenn Menschen so lange für eine Entscheidung brauchen. „Also Marie, was hältst du davon?"

Marie wendet langsam ihren Blick vom Wasserglas ab, atmet tief durch und schaut in zwei, aufmunternde und zuversichtliche Gesichter. „Ich sage Nein. Ich werde das Schweigen, diesen dämlichen Schwur von damals, brechen." Es dauert eine unerträgliche Weile, bis die Tragweite von Maries Eröffnung in den Köpfen der beiden angekommen ist.

Marleen reagiert zuerst und springt heftig von ihrem Stuhl, der mit einem lauten Knall zu Boden kracht, hoch. „Bist du noch ganz bei Trost? Das wirst du nicht tun! Weißt du eigentlich, was du da vorhast?", stößt sie, die Augen weit aufgerissen, hervor.

„Ja, natürlich weiß ich das", entgegnet Marie.

„Ja, dann ist dir doch auch hoffentlich klar, dass du auch die Konsequenzen dafür tragen musst. Unter Umständen bedeutet das den Knast für dich." Kaum hat Marleen die Worte ausgesprochen, wird ihr schlagartig bewusst, dass auch sie, und gerade sie ins Gefängnis wird gehen müssen. Das hat sie bei all ihren Überlegungen nicht bedacht. Unruhig geht sie auf und ab. Sie muss ihre wirren Gedanken ordnen, sie darf nicht überreagieren, schließlich war doch noch bis eben die Stimmung gut. Langsam hebt sie den Stuhl wieder auf und lässt sich kraftlos darauf nieder.

„Bitte, Marie, bitte, tue mir, tue uns das nicht an. Ich habe einen Sohn. Was soll aus ihm werden?“

„Dein Mann ist doch Richter. Frage ihn, wie du da am besten wieder rauskommst. Ich hatte damals keine Wahl, ich hatte niemanden, den ich um Rat fragen konnte“, sagt Marie in kühlem Tonfall.

„Doch, du hattest uns.“ Marleen wendet sich hilfesuchend zu Ruth, doch deren Gesicht ist blank wie ein Bergsee.

„Euch!“ Maries schnaubt entrüstet, „dass ich nicht lache. Ihr habt euch nicht einen deut geändert. Ihr seid immer nur auf euren Vorteil aus. Ihr kotzt mich an.“ Wie aus einer Gewohnheit heraus greift Marie ihr Glas und stürzt das Wasser herunter und verschluckt sich fast daran, aber dann fährt sie wütend fort: „Ich wollte dieses Treffen. Ich wollte mit euch reden und nach einer Lösung suchen … aber das ist jetzt echt die Krönung. Mich wieder zu entsorgen. Auf gar keinen Fall.“ Sie holt tief Luft. Eigentlich wäre jetzt der richtige Moment, um einfach zu gehen und die beiden ihrem selbstsüchtigen Schicksal zu überlassen. Aber da gibt es noch etwas, das sie loswerden muss. „Habt ihr eigentlich die geringste Ahnung, wie schrecklich es für mich war? Ich wurde vergewaltigt und ich durfte nicht darüber reden. Nicht einmal mit meiner Mutter und obendrauf noch die Abtreibung. Wie sehr habt ihr mich gedrängt! Alles musste heimlich geschehen. Erinnert ihr euch, oder ist das auch von eurer Festplatte gelöscht?" Sie blickt die beiden eindringlich an. „Ich werde nie Kinder bekommen können." Marie springt nun doch von ihrem Stuhl hoch, eine Welle von Zorn überkommt sie so heftig, dass es ihr gleichgültig wird, was jetzt passieren könnte. Sie will so schnell wie möglich fort von diesen beiden Frauen, die sie einst vergöttert und wegen ihrer Stärke bewundert hat.

Ruth, die bis dahin das ganze Drama von ihrem Platz aus schweigend beobachtete, spült den faden Geschmack, der sich in ihrem Mund breitgemacht hat, mit einem Glas Wein herunter. Langsam geht sie auf Marie zu und beängstigend leise und ruhig sagt sie: „Schrecklich. Du armes Ding. Aber weißt du, was ich mich die ganzen Jahre gefragt habe?" Sie ist so dicht an Marie herangetreten, dass ihr Atem Maries Haare anhebt. „Hat Marie es nicht auch genossen, endlich mal einen richtigen Kerl zwischen den Beinen zu haben? Nun frage ich dich, hast du es genossen? Denn ich weiß, Ralf war ein richtiger Kerl." Sie atmet schwer aus und wieder schwingen Maries Haare im Rhythmus ihres Atems. „Im Grunde hast du ihn umgebracht. Ihn und sein Kind."

Marie holt aus und versetzt Ruth eine schallende Ohrfeige. Erschrocken über die Wucht und den darauffolgenden Schmerz weicht Ruth unwillkürlich zurück. Im selben Moment erhellt ein gespenstisch greller Blitz den Raum, der nachfolgende Donnerschlag grollt ohrenbetäubend durch den Raum. Noch ein Blitz, greller als der vorige, lässt die Sicherung herausspringen. Vor Schreck schreien die drei gemeinsam auf. Das Haus liegt im Dunkeln, nur die Kerzen auf dem Tisch geben ein warmes tanzendes Licht ab. Für einen Augenblick herrscht drückende Stille. Für Marie bedeutet dies das Signal, dass sie nach Hause fahren sollte. Sie sieht keinen Sinn mehr darin, noch länger zu bleiben. „Ich fahre."

„Bist du verrückt? Bei dem Wetter kannst du doch nicht Autofahren und außerdem müssen wir doch noch eine Lösung finden! Ich bin mir sicher, dass es eine Möglichkeit gibt", hastig stellt sich Marleen ihr in den Weg.

Marie drängt sie zur Seite und eilt zur Tür. „Nein, Marleen das werden wir nicht." Sie wendet sich noch einmal kurz um, bevor sie die Tür aufreißt. „Klaus hatte recht, ihr benutzt die Menschen, wie es euch gefällt."

Als sie herausstürmen will, steht Klaus vor ihr. Entgeistert starrt sie ihn an, als stünde ein Dämon vor ihr. Sein Gesicht wird gespenstisch vom nächsten Blitz erhellt, der vom Himmel herunterfährt. Marie kann gar nicht so schnell reagieren, wie Klaus seinen Fuß in der Tür hat. Mit einem fröhlichen „Hallo Mädels, es ist ein Schweinewetter draußen und ich hatte eine Autopanne und bis eben war noch Licht" begrüßt er sie und lacht sarkastisch. „Nein, das war nur Spaß."

Sein Gesichtsausdruck verändert sich sofort. Marie weicht einen Schritt zurück, die Tür immer fest im Blick doch Klaus schiebt sie mit grobem Druck wieder ins Wohnzimmer.

Marleen schreit entsetzt auf, als sie Klaus erkennt. Ruth wird stocksteif, und Marie weiß jetzt, was ihr an ihm so merkwürdig vorkam, als sie ihn vor ein paar Stunden im Gefängnis traf. Seine Kleidung. Er trug normale Straßenkleidung und keine Gefängnisklamotten. Warum ist ihr das nicht früher in den Sinn gekommen? Sie ärgert sich über ihre Unachtsamkeit. Vielleicht hätte sie diese eskalierende Situation verhindern können.

VIERZIG

Unkonzentriert manövriert Michael durch den dichten Feierabendverkehr, seine Gedanken schlagen Kapriolen. Er fragt sich, wie er sich in der nächsten Zeit verhalten soll. Das Gespräch mit dem Kollegen Bach gab ihm die Bestätigung für das, was er vermutete. Darf und soll er Marleen danach fragen oder soll er lieber seinen Mund halten? Seine Gedanken rasen durcheinander. ‚Nein, immer schön den Ball flach halten, das ist die beste Strategie. Komm, Junge damit bist du immer gut gefahren, außerdem hast du dich doch entschieden, keine Fragen mehr zu stellen', versucht er sich zu beruhigen. Sich selbst Mut machend steuert er seinen Mercedes in die Garageneinfahrt und drückt den Knopf der Fernbedienung für das Garagentor. Mit einem leisen metallenen Geräusch fährt das Tor nach oben. Es ist erst halb geöffnet, da ist ihm schon klar, dass Marleen nicht zu Hause ist. Ihr Auto steht nicht da. Er sieht auf seine Uhr. Fünf Uhr am Nachmittag, um diese Zeit ist sie eigentlich immer daheim. Er geht in seinen Gedanken ihren Terminkalender durch. Kein Friseur, keine sportliche Veranstaltung mit Tom. Nichts. Bevor er in die Garage fährt, bemerkt er, dass Rosas Wagen vor dem Haus parkt, und er fragt sich, warum Marleen sie herbestellt hat. Michael parkt den Wagen und eilt durch den kleinen Gang ins Haus.

Rosa programmiert die Mikrowelle, damit das Essen punkt sieben Uhr gar ist. So hat Marleen es ihr aufgetragen. ‚Wie verrückt sie sich alle in letzter Zeit benehmen', denkt sie. Das Haus ist voller Anspannung, nur Tom verhält sich wie immer frech und liebenswert. Rosa hat das Gefühl, dass die Ehe der beiden nicht mehr lange hält, obwohl sie immer so liebevoll miteinander umgingen. In ihrer Heimat hätte man sich ordentlich gestritten und sich alles gesagt, was zu sagen ist, und dann wäre die Luft wieder rein gewesen. Aber hier ist es anders. Niemand spricht ein Wort. Und dann ist es irgendwann zu spät.

Rosa fährt vor Schreck zusammen, als Michael unerwartet hinter ihr steht. „Hallo, Rosa was machst du denn noch hier?"

„Nun, ich stelle dieses Gerät ein, damit Sie nachher ein warmes Essen haben."

„Ja, das sehe ich, ich meinte, warum sind Sie noch hier? Wo ist Marleen?"

Rosa atmet tief durch. Nichts möchte sie weniger, als dass die beiden sich trennen. Was soll dann aus ihr werden? Was aus Tom?

„Ach, Herr Hoffmann, wissen Sie, manchmal ist es vielleicht ganz gut, wenn man der Frau ein wenig, nun, wie heißt es, Freiraum gibt. Lassen Sie sie doch. Sie ist jung und sie braucht ein wenig Zeit mit ihren Freundinnen."

„Rosa, wo ist sie hin?", fragt er nachdrücklich.

„In die Wochenendhaus", gibt sie seufzend zu.

„In das Wochenendhaus", korrigiert Michael sie mechanisch.

„Ja, richtig, das Wochenendhaus. Oh, und ich soll Ihnen sagen, Tom ist übers Wochenende bei Justin. Und Sie sollen sich keine Sorgen machen, alles ist okay. Sie will nur ein, wie war das noch gleich, ach ja, ein Mädels-Wochenende haben, ja, das hat sie gesagt. Und ich soll Ihnen die Mahlzeiten vorbereiten." Rosa sieht Michael bemüht freundlich an und sie ist nicht glücklich mit seinem Gesichtsausdruck.

„Nicht traurig sein. Frauen sind manchmal so. Also, wenn dann nichts weiter ist. Ich gehe dann."

Michael gibt ihr keine Antwort, aber Rosa kennt das schon. Leise verlässt sie das Haus und bittet inständig zum Himmel, dass Gott Erbarmen mit den beiden hat.

EINUNDVIERZIG

Als Michael wieder in seinem Auto sitzt, weiß er zunächst nicht, wie er mit Marleens dubiosen und überstürzten Aufbruch nach Hemmoor umgehen soll. ‚Mach dich nicht verrückt, das ist doch nur ein harmloses

Freundinnentreffen. Du reagierst über. Was ist, wenn sie fröhlich auf der Terrasse sitzen und über alte Kamellen lachen und ich tauche da wie ein überfürsorglicher Hornochse auf? Und dann spürt er es, die Angst schleicht ihm die Wirbelsäule hinauf. Klaus ist auch da draußen. Er erinnert sich daran, was Marleen ihm über Klaus berichtete. Er zögert noch für einen kurzen Augenblick, und dann startet er den Motor.

Auf dem Weg zum Wochenendhaus versucht er, Marleen zu erreichen. Bei der Festnetznummer hört er nur das Besetztzeichen, und ihre Handynummer gibt mit der smarten Stimme einer Frau immer nur eins von sich: *The number you have dialt is not available at present. Please try again later. Die Nummer, die Sie gewählt haben …* Michael schmeißt frustriert sein Smartphone auf den Beifahrersitz und gibt Gas. Das Gewitter hat mittlerweile auch Hamburg erreicht. Im strömenden Regen prescht Michael über die Autobahn.

Er verlässt die Autobahn und biegt auf eine Landstraße ein. Die Scheibenwischer arbeiten unentwegt gegen die Wassermassen an, aber die Sicht ist trotzdem miserabel. Michael beugt sich unwillkürlich nach vorn, um besser sehen zu können. Er fährt viel zu schnell, und erst im letzten Augenblick entdeckt er die kleine Seitenstraße, in die er abbiegen muss. Er reißt das Lenkrad herum, der Wagen kommt ins Rutschen. Michael steuert hektisch gegen die Fahrtrichtung, aber die Geschwindigkeit ist viel zu hoch und er prallt gegen eine alte Eiche.

Michael hat Schwierigkeiten, klar zu sehen. Sein Schädel dröhnt. Es ist stockdunkel, nicht ansatzweise kann er irgendetwas erkennen. Orientierungslos schlägt er wie verrückt mit den Armen um sich. Er erinnert sich nur noch daran, wie der Wagen außer Kontrolle geriet und gegen den Stamm knallte.

Ein greller Blitz erhellt für einen Sekundenbruchteil die Szenerie. Michael erkennt nur Bäume und Büsche. Der Regen trommelt unaufhörlich auf das Autodach, und das Geräusch macht ihn wahnsinnig. Er versucht, die Wagentür zu öffnen, doch sie klemmt. Er rutscht auf die Beifahrerseite und versucht es dort, aber auch diese Tür lässt sich nicht öffnen. Die Schmerzen in seinem Kopf sind unerträglich. Er versucht, sich selbst und seinen stoßweisen Atem zu beruhigen, klar denken, das muss jetzt die Devise sein. Wieder schlägt ein Blitz gen Boden, gefolgt von einem mächtigen Donnerschlag. Er dreht den Zündschlüssel um, damit er das Seitenfenster öffnen kann. Nichts regt sich, weder springt der Motor an, noch bewegt sich das Fenster. Er versucht es immer wieder und die Verzweiflung droht, ihn zu ersticken. Er drückt und hämmert gegen die Scheibe. Nichts. Schweißperlen, gemischt mit Blut, rinnen ihm die Schläfe herunter. Er muss hier raus. Er muss zum Wochenendhaus, zu Marleen. Er spürt ganz deutlich, dass sie in Gefahr ist. Mit aller Macht versucht er noch einmal, das Fenster zu öffnen. Als wolle es ihn verhöhnen, denkt er.

ZWEIUNDVIERZIG

„Schön hast du es hier. Wirklich sehr gemütlich, davon träume ich schon die ganze Zeit. Vielleicht bekomme ich das ja auch bald. Mit deiner und Ruths Hilfe könnte es klappen."

Der Raum erstrahlt im Kerzenlicht. Marleen wollte die Sicherung wieder eindrehen, doch Klaus hinderte sie daran und sie hat noch mehr Kerzen angezündet „Ist doch viel gemütlicher so." Klaus traut ihr nicht, denn sie ist überaus clever, daran erinnert er sich noch. Nein, sie sollen alle schön hier in dem Raum bleiben. Das ist seine Chance und er will sie nicht vermasseln.

Die drei stehen, gelähmt vor Angst, dicht zusammen und die Ratlosigkeit ist den Frauen anzusehen. Klaus schaut eine nach der anderen an mit seinem schiefen Grinsen. Die langen Arme hängen an ihm herunter, als würden sie nicht zu ihm gehören. Sein durchbohrender Blick lässt die drei noch unruhiger werden.

„Wie erwachsen ihr ausseht. Du, Marleen, siehst aus wie die First Lady, nein wirklich, so elegant und selbstbewusst. Was machen die Drogen?" Unbewusst schüttelt Marleen ihren Kopf.

„Nein, du nimmst keine mehr? Klar, das kannst du dir ja nicht mehr erlauben. Nicht wahr?"

Er schlendert zu Ruth weiter, die dasteht, als hätte sie einen Stock verschluckt. Er beugt sich zu ihr herunter und atmet ihren Duft ein. „Ah ja, das riecht nach Erfolg. Du hast doch Erfolg, oder nicht? Ja, ich erkenne immer noch den gleichen wilden Ausdruck in deinen Augen. Älter bist du geworden, aber du hast immer noch Feuer."

Ruth will protestieren, entscheidet sich aber, noch abzuwarten.

Kopfschüttelnd wendet Klaus sich an Marie. „Nun, wir hatten ja schon das Vergnügen. Mein Engel, warum hast du nicht auf mich gehört? Du solltest eigentlich nicht hier sein. Aber irgendwie hatte ich es mir schon gedacht. Vielleicht ist das auch gut so." Amüsiert bemerkt er, wie eine ungeheure Macht in ihm erwacht. Er kann jetzt alles bekommen, was er will. Alles. Klaus atmet tief durch, oh, wie er es genießt, dieses Gefühl, und er will es so lange wie möglich festhalten.

„Kann ich dir etwas zu trinken anbieten, Wein, Whisky, Bier?"

Klaus kann es kaum glauben, aber klar, Marleen ist immer auf zack. Verärgert stellt er fest, wie sehr sie mit diesem höflichen Angebot seine Gedanken unterbrochen hat. „Sei still. Wenn ich etwas will, dann sage ich es schon." Genüsslich betrachtet er sie der Reihe nach. „Setzt euch." Ohne einen Mucks von sich zu geben, setzen die Frauen sich auf ein Sofa. Sie funktionieren nach seinem Willen, stellt er erfreut fest und wandert vor ihnen auf und ab wie ein General, der seine Kompanie abschreitet.

Marleen wird unruhig. „Klaus, was ist der Grund für deinen Besuch?"

„Hey, du siehst nicht nur aus wie eine First Lady, du redest auch so. Nur Geduld, du wirst es schon früh genug erfahren.“

Ruth springt wieder auf. „Was soll das ganze blödsinnige Theater? Sag, was du willst, und gut ist.“ Marleen zieht sie am Arm auf das Sofa zurück und flüstert ihr zu: „Beruhige dich, bitte.“

Klaus schaut Marleen wohlwollend an. „So ist es recht. Alles der Reihe nach. Lasst uns die Geschichte von Anfang an erzählen. Ihr habt doch nichts dagegen, dass ich dieses Ding hier benutze, oder? Ist nur so eine Art Versicherung, für uns alle.“ Klaus zieht ein altmodisches Diktafon aus seiner Hosentasche und legt es auf den Tisch. „Also, fassen wir doch mal zusammen. Ihr habt ein schönes sorgloses Leben geführt, außer unserer Kleinen hier. Ich glaube, auch sie hat acht Jahre lang in einem Gefängnis gesessen. In ihrem eigenen. Dabei war es doch sie, die am wenigsten Schuld hatte. Aber das haben wir ja schon geklärt, nicht wahr mein Engel?“

Marie würdigt ihn keines Blickes und zieht es vor, stur aus dem Fenster zu sehen. Tief befriedigt betrachtet er Marleens und Ruths verständnislose Mienen. Er spürt förmlich, wie sie sich auf die Lippen beißen wollen. Vor allem Ruth wird zunehmend nervöser. „Wie ich schon sagte: Ihr habt ein tolles Leben geführt und es wäre doch jammerschade, wenn es von einer Sekunde auf die andere wie ein Kartenhaus in sich zusammenfallen würde.“ Klaus kann ihn riechen, er kann den Angstschweiß riechen. Er muss sich konzentrieren und darf sich jetzt nicht ablenken lassen. Doch der Geruch ist betörend und erregt ihn.

Marie versteht nicht, was Klaus mit seinem Auftritt bezweckt. Wider Erwarten empfindet sie keine Angst, aber sie spürt, dass etwas Gewaltiges auf sie zukommt. Etwas, worauf sie lange gewartet hat. Sie ist ruhig, auch wenn ihr Verstand ihr zuflüstert, wegzurennen. Marie lehnt sich zurück und beobachtet das Geschehen wie aus der Ferne, irgendwie hat sie den Eindruck, nicht beteiligt zu sein, und doch hört sie immer wieder ihren Namen und die Namen von Marleen und Ruth. Klaus' eintöniger Stimme kann sie nur schwer folgen.

Mit einem lauten Klickgeräusch stellt Klaus das Diktafon an. „Fangen wir an. Unsere Kleine hier wurde von Ralf vergewaltigt und du, Marleen, haust ihm eins über den Schädel. Übrigens ein toller Schlag. Dann entsorgt ihr Ralf im See."

Marlene unterbricht ihn entgeistert. „Woher weißt du das? Niemand weiß davon. Niemand weiß von der Vergewaltigung und dass ich Ralf erschlagen habe." Sie blickt konsterniert zu Marie. Doch sie kann keine Regung in deren Gesicht erkennen.

Klaus lacht, es ist ein gemeines, leises Lachen.

„Ich weiß, dass niemand außer uns vieren davon Kenntnis hat." Er holt tief Luft, er wünscht sich sehnlichst, dass er das, was er gleich verkünden wird, genießen kann. Er stellt sicher, dass er alle drei gut sehen kann, um jede Reaktion der Drei in sich aufzusaugen wie ein Schwamm. „Ich war an dem Abend dabei, als es geschah, ich habe alles gesehen.“ Er macht eine lange Pause, um dann mit einer dramatischen Geste fortzufahren, „und ich meine wirklich – alles.“ Ihre verständnislosen, verwirrten Blicke entschädigen ihn überreichlich für seine geschundene, kranke Seele.

„Ich habe hinter dem Busch gesessen und fast hättest du mich erwischt, Marleen,“ er giggelt vor sich hin, „erinnerst du dich an das leise Knacken im Busch? Als du rausgingst, um nachzusehen, ob das Boot noch daliegt und ob die Luft rein ist. Das war ich und nicht der blöde Vogel, der aufflog.“ Er feixt. Oh, wie gut das tut.

Marleen ist blass geworden, ihr Mund steht weit offen und doch bekommt sie keinen Ton heraus.

„Warte, Marleen, das Beste kommt noch, du darfst jetzt nicht ohnmächtig werden.“ Oh, wie er es genießt. Er freut sich jetzt schon auf das Finale. Dann richtet er seine Aufmerksamkeit auf Ruth. „Wisst ihr eigentlich, was später noch geschah? Nein? Nun, ich werde es euch verraten, das darf ich doch jetzt, nicht wahr, Ruth? Jetzt kommt dein großes Coming-out.“ Ruths Blick bohrt sich tief in ihn hinein. Was für eine bewundernswerte Frau sie doch ist, sie wäre ihm würdig. „Nun, fahren wir fort. Also, ihr entsorgt Ralf im See. Fahrt dann nach Hause. Ihr legt euch in eure warmen Bettchen und schlaft euch erst einmal richtig aus. Nur eine von euch kann offensichtlich nicht schlafen. Sie kommt zurück an den See. Und soll ich euch noch etwas sagen?“, wieder macht er eine Pause, damit sie das, was er jetzt offenbaren wird, noch besser zur Kenntnis nehmen. „Ralf war auch da. Er war nicht tot.“ Stumm vor Ungläubigkeit und unfähig, sich zu bewegen, brauchen die Drei einige Sekunden, um das eben Gehörte zu verarbeiten.

Marleen wirkt apathisch und ihre Worte klingen blechern. „Sag das bitte noch einmal, das kann ich nicht glauben.“ Sie blickt Klaus mit weit aufgerissen Augen an und kreischt: „Du lügst! Das kann nicht sein, ich habe doch seinen Puls gefühlt. Er war tot!“

Marleens schrilles Geschrei schmerzt Marie in den Ohren, sie ist aufgewühlt und doch empfindet sie nichts weiter als das dumpfe Pochen ihres schnell schlagenden Herzens. Sie faucht Marleen an: „Sei still und spar dir deine Kraft auf.“ Zum ersten Mal an diesem Abend blickt sie Klaus direkt in die Augen. „Wie geht die Geschichte weiter? Und lass kein Detail aus. Ich will jetzt alles ganz genau wissen.“

„Ja, mein Engel, so ist es recht. Aber nur Geduld. Also, als ich Ralf fand, hatte er nichts weiter als gehörige Kopfschmerzen. Also ging ich und ließ ihn alleine. Er brauchte meine Hilfe nicht. Als ich wieder am Bootshaus war, drehte ich mich noch einmal um und entdeckte Ruth, die zum Strand lief. Ich dachte, klasse, das sehe ich mir doch noch mal genauer an. Also schlich ich mich wieder zurück.“

Klaus sieht eine nach der anderen. Maries Blick ist fest auf ihn fixiert, Marleen ist ein wenig von Ruth abgerückt, die angespannt auf die äußerste Kante des Sofas gerutscht ist. Klaus steht vor ihr, schaut auf sie herunter und schüttelt tadelnd seinen Kopf.

„Ruth, Ruth, du bist ein böses Mädchen, hast dem armen Ralf den Garaus gemacht. Ihn kalt erschlagen, und dann bist du noch einmal mit dem Boot raus auf den See gerudert. Du hast sie alle getäuscht."

Wie von Sinnen springt sie blitzartig auf Klaus zu, will ihn wegstoßen, sie rammt ihre Fäuste gegen seinen Oberkörper, und wie eine Furie schreit sie: „Lügner, verdammter, kranker Psycho!"

Klaus wusste, dass Ruth sich auf ihn stürzen würde. Er umklammert fest ihre Arme und hält sie weit von sich, sie wirbelt die Luft mit ihren Schlägen durcheinander, aber sie trifft nicht ein einziges Mal. Als sie mit den Füßen nach ihm zu treten versucht, schleudert er sie unsanft auf das Sofa zurück. Sie landet halb auf Marleen, die sie reflexartig zur Seite schubst und aufspringt, als hätte sie glühende Kohlen auf ihrem Schoß. Mit zittrigen Beinen, die ihr nicht gehorchen wollen, stakst Marleen auf die Verandatür zu. Wie wild rüttelt sie an dem Griff, um sie zu öffnen.

„Setz dich sofort wieder hin", bellt Klaus sie an.

„Nein, ich brauche frische Luft", stößt Marleen hervor.

Klaus packt ihren Arm und zerrt sie zurück auf das Sofa. „Ihr bleibt alle schön dort sitzen, ist das klar?"

Marie ist wie versteinert, mit allem hatte sie gerechnet, aber Klaus' Eröffnung übersteigt ihr Fassungsvermögen. Sie schafft es nicht, Ruth anzusehen, schon die Nähe ihres Körpers bereitet ihr Qualen. Marie bemüht sich verzweifelt, ihre Stimme zu kontrollieren, und erhebt sich vorsichtig. „Entschuldige, Klaus, aber ich kann nicht neben einer Frau sitzen, die mein Leben zerstört hat."

Klaus lässt sie gewähren.

„Du hast sie wohl nicht mehr alle, der Typ da ist krank, das weißt du doch. Ich bitte dich, Marie, du glaubst ihm doch nicht etwa? Diesem ekelerregenden kranken Psycho." In Ruth steigt Wut, Verzweiflung und Irrsinn auf, flehend sieht sie zu Marie auf, die sich an die Verandatür gelehnt hat und auf das aufgewühlte Wasser des Sees starrt. Beschwörend sucht Ruth Marleens Blick. „Warum sollte ich so etwas tun?" Weder Marie noch Marleen sehen sie an. Völlig hysterisch schreit sie los: „Er war es, er hat Ralf getötet! Es war genau anders herum! Ich war da, ich habe es gesehen!"

„Ruth, Ruth, ich denke, dass dir hier keiner mehr glaubt. Oder?" Klaus sieht sich um. Marie hat ihre Position nicht verändert und Marleen sitzt mit vorgebeugtem Oberkörper am anderen Ende des Sofas und hat ihren Blick fest auf den Fußboden geheftet. „Siehst du? Niemand wird dir jemals wieder etwas glauben." Klaus ist zufrieden, ein wohliges Gefühl macht sich in seinem Körper breit.

„Also, meine Damen, was ihr mit diesem Wissen anfangt, ist mir egal. Aber ich habe da so einen Plan. Es wäre nett, eine kleine Entschädigung für acht Jahre des Schweigen zu bekommen. Natürlich verspreche ich, weiterhin und lebenslang zu schweigen. Ihr könnt es euch leisten. Wenn ihr nicht zahlt, wisst ihr ja, was dann passiert." Er wedelt mit dem Diktafon. „Ach, übrigens, mein Engel, du bist davon ausgenommen. Ist doch Ehrensache." Selbstherrlich lässt er seinen langen Körper in den weichen Sessel gegenüber dem Sofa gleiten. Ge spannt erwartet er das Schauspiel, das mit Sicherheit gleich anfängt. ‚Oh, das wird besser als Kino,' denkt er.

Ruth schwirrt der Kopf, ihr Magen dreht sich im Kreis und sie muss dringend pinkeln. „Ich gehe aufs Klo. Das darf ich doch, oder?"

Gebieterisch nickt ihr Klaus zu. „Ja, jetzt darfst du. Ist ja alles auf dem Band. Also, abhauen ist zwecklos." Mit einem niederträchtigen Blick auf Klaus sagt sie: „Das hatte ich auch nicht vor. Feigheit liegt mir nicht." Selbstbewusst ordnet sie ihr T-Shirt und geht zum Bad.

Marleen hebt den Kopf und schaut ihr nach. „Miststück", murmelt sie, zieht sich mühsam aus den Polstern hoch und geht zum Küchentisch, um sich ein Glas Wein einzuschenken. „Ich brauche erst einmal was zu trinken." Ihre Hand zittert, als sie die Flasche zur Hand nimmt. Ihre Gedanken schlagen Purzelbäume. Nicht sie, sondern Ruth hat Ralf getötet. Acht Jahre lang hat sie in dem Glauben gelebt, sie sei eine Mörderin. Acht verdammte lange Jahre. Sie leert das Glas in einem Zug. Aber es ändert nichts an der Tatsache, dass sie einen Mord vertuscht hat. Hätte sie nur damals nicht darauf bestanden, Ralf verschwinden zulassen. Sie füllt erneut ihr Glas, sie muss diesen muffigen Geschmack in ihrem Mund loswerden. Sie blickt zu Marie herüber, die sich nicht einen Millimeter von der Verandatür bewegt hat. Langsam geht sie zu ihr herüber, stellt sich neben sie und legt behutsam ihre Hand auf deren Arm. „Ich hätte damals auf dich hören sollen. Du hattest recht. Wir hätten zur Polizei gehen sollen. Es war Notwehr. Und jetzt ist es eiskalter Mord. Was sollen wir denn jetzt machen? Es tut mir so leid, Marie."

Marie dreht sich langsam zu ihr um und starrt sie lange an. „Ich scheiß drauf. Es reicht jetzt, ihr könnt mich alle mal."

Marleen zieht ihre Hand zurück, erschrocken über das, was sie in Maries Augen liest. Verachtung.

Ruth bleibt mitten in der Bewegung stehen, als sie von der Toilette zurückkehrt. „Habe ich etwas verpasst?" Marleen wirbelt herum. „Nein. Miststück, wie konntest du uns das nur antun?" Sie stößt ihren Zeigefinger in Ruths Richtung. „Du hast uns das angetan, wie konntest du nur …" Marleen sucht nach den richtigen Worten, „du bist eine eiskalte Mörderin! Und ich habe all die Jahre gedacht, dass ich an dem Ganzen Schuld habe. Warum hast du mir das nur angetan?"

„Komm wieder runter, Marleen, sei nicht so hysterisch, du benimmst dich wie ein Teenager", erwidert Ruth betont lässig.

Marleen stürmt wütend auf sie zu. Klaus, der sich bis dahin prächtig amüsiert hat, kommt aus seinem Sessel hoch und stellt sich blitzartig zwischen die beiden. „Wow, ihr habt ja richtig Feuer, aber jetzt reicht es. Setzt euch sofort wieder auf das Sofa." Murrend folgen sie Klaus Anweisung. „Also, was ist jetzt, sind wir im Geschäft, haben wir einen Deal?"

Marie will auf keinen Fall versäumen, ihre Mienen zu sehen, wenn sie sich entscheiden. Sie dreht sich zu ihnen um und erschrickt darüber, wie klein, hilflos und um Jahre gealtert die beiden aussehen. Stille breitet sich im Haus aus. Draußen kämpfen Regen und Sturm leidenschaftlich miteinander um die Gunst, bemerkt zu werden.

Marie bewegt sich langsam auf das Sofa zu und blickt auf ihre ehemaligen Freundinnen hinunter. „Was gibt es denn da noch lange zu überlegen, ihr seid es doch gewöhnt, Deals auszuhandeln." Sie lächelt Klaus an und am liebsten würde sie ihm das Diktafon entreißen und davonrennen. „Ich gehe jetzt, du brauchst mich ja nicht mehr. Oder?"

Klaus, der sich wieder in seinen Sessel hat fallen lassen, grinst sie an und schlägt die Beine übereinander. Es sieht eigenartig aus, wie ein wirres Tau, und irritiert wendet Marie schnell ihren Blick von ihm, denn sie fürchtet, gleich zügellos loslachen zu müssen.

„Ja, kein Problem, Marie, ich vertraue dir."

„Warum?"

„Nun, ich glaube, dass es dir eine Freude sein wird zu wissen, dass die beiden ihr Leben lang bezahlen müssen."

„Ja, da hast du vielleicht recht." Sie wirft einen letzten Blick auf Marleen und Ruth, die voller Unverständnis und Furcht zurückschauen. Unerwartet übermannt Marie ein schlechtes Gewissen. Kann sie die beiden einfach so mit Klaus zurücklassen? Unsicher über ihre Entscheidung steuert sie die Haustür an. „Also, macht es gut alle zusammen."

„Du wirst nicht gehen, du nicht!" Blitzartig ist Ruth aufgesprungen. In der Hand hält sie eine 38er. Sie stürzt sich Marie in den Weg, und fuchtelt ihr wild mit dem Revolver vor der Nase herum. „Setz dich wieder!", brüllt sie, „und ihr beiden seid ganz brav, keiner bewegt sich, ist das klar?"

Langsam setzt sich Marie auf das Sofa. Marleen

schreit gellend auf, als sie den Revolver gewahr wird. Klaus ignoriert Ruths Befehl und stürzt sich auf sie. Durch die Wucht seines Körpers verliert sie das Gleichgewicht, fällt auf Marie und begräbt sie unter sich. Eine wilde Rangelei entsteht. Klaus versucht, die 38er aus Ruths Hand zu zerren. Wie ein Knäuel sind die drei ineinander verstrickt.

Marleen schnellt vom Sofa hoch, reißt die Verandatür auf und schreit laut um Hilfe. Ihr Geschrei wird von dem tosenden Sturm geschluckt, nur der ohrenbetäubende Knall des Schusses ist monströser als die Gewalt der Natur.

DREIUNDVIERZIG

Dumpf dringen die Geräusche des Regens und des Sturmes zu ihr durch. Sie presst ihre Hände fest an ihre Ohren, unfähig, sich zu bewegen, unfähig, normal zu atmen, starrt Marleen auf den leblosen Körper, der wie ein Fötus zusammengekauerten auf dem Boden liegt. Langsam beugt sie sich herunter. Sie wagt nicht, ihn zu berühren. Zu groß sind ihre Angst, ihre Panik. Ihre Kehle fühlt sich rau wie ein Reibeisen an. „Marie? Marie ist alles in Ordnung?“ Marleen schüttelt Maries Körper. „Marie, wach auf, bitte, wach auf.“

Marie vernimmt ihren Namen. Er klingt verzerrt, aber sie kann ihn erkennen. Ihr Brustkorb schmerzt, als würden tausend Nadelstiche dort ihr Unwesen treiben. Sie erinnert sich daran, wie Ruth auf sie fiel und sie sich nicht mehr bewegen konnte, und dann war es unsagbar laut. Hastig tastet sie ihren Körper ab und reißt die Augen auf. Hektisch dreht Marie ihren Kopf zur Seite. ‚Warum liegt Klaus so gebeugt da? Warum starrt er mich so an?', schießt es durch ihren Kopf. „Klaus?", flüstert sie, und als hätte ihr jemand ein brennendes Eisen unter die Füße gehalten, springt sie auf.

Marie erfasst das ganze Bild. Klaus hat Ruth unter sich begraben, nur ihre kupferfarbenen Haare ragen unter ihm heraus. Verwirrt blickt Marie zu Marleen herüber, doch diese scheint in einer anderen Welt zu sein, Augen so groß wie Murmeln und ihr Mund steht vor Entsetzten weit offen. Langsam wird Marie bewusst, was gerade geschehen ist.

„Helft mir. Nehmt ihn runter. Los, Marie starr mich nicht so an. Nimm ihn runter, verdammt noch mal." Wie ferngesteuert rollt Marie zusammen mit Marleen den leblosen Klaus von Ruth herunter. Klaus rutscht mit einem dumpfen Geräusch auf den Boden. Marie starrt auf die rote klaffende Wunde in seiner Brust.

Ruth setzt sich umständlich auf, ihr T-Shirt ist voller Blut. Die 38er hält sie immer noch fest in ihrer Hand. „Mein Gott, war das laut. Mir ist fast das Trommelfell zerplatzt." Mit einem abfälligen Kopfnicken in Klaus' Richtung sagt sie zufrieden: „Der Mistkerl macht uns jedenfalls keinen Ärger mehr."

Marie fehlen die Worte. Sie fragt sich noch einmal, wie sie diese beiden Frauen nur ihre Freundinnen nennen konnte. Ihr wird übel bei dem Gedanken. Speiübel. Fluchtartig stürmt sie auf die Terrasse und ihr ganzer Mageninhalt entleert sich in einem Schwall auf die schönen roten Begonien. Sie hält ihr Gesicht in den wohltuenden Regen. Der Sturm spielt mit ihren Haaren, und sie fühlt, dass sie noch am Leben ist. Das muss bedeuten, dass dies kein schlechter Traum ist. Sie atmet tief ein und versucht, diese Frische, dieses Leben einzufangen.

Ohne einen Kommentar, ohne einen weiteren Blick auf Marleen und Ruth wendet Marie sich wieder zur Tür. Sie hat den Griff schon in der Hand, als sie den Revolver in ihrem Rücken spürt. „Du bleibst. Wir sind noch nicht fertig." Ruths leise Stimme hat einen drohenden Ton.

„Doch, das sind wir", sagt Marie entschlossen und wischt sich nachlässig über den Mund. Einem zornigen Impuls folgend, kann sie nicht anders, als sich auf Ruth zu stürzen, um ihr die 38er zu entreißen. Ruth bückt sich unter Marie hindurch und holt zum Schlag aus, Marie kann ihn abwehren, umklammert Ruths Arme und bohrt so fest sie kann, ihre Fingernägel in das Fleisch. Ruth grinst sie an, und obwohl der Schmerz unsagbar stark sein muss, gibt sie keinen Laut von sich.

Maries schnaubende, atemlose Laute und Ruths bösartiges Zischen hauchen Marleen wieder Leben ein. Sie will dazwischen gehen, doch ihr fehlt der Mut. Sie hasst sich dafür, und verzweifelt über ihre eigene Unfähigkeit hechtet sie zum Telefon. Sie erhascht einen Blick auf Ruth. Deren Ausdruck mit dem irren Grinsen gleicht einer Fratze. Marleen schüttelt sich vor Ungläubigkeit, als sie die unheilvolle Ähnlichkeit mit Klaus feststellt. Hastig greift sie zum Telefon und wählt die Nummer des Notrufs, doch die Leitung ist tot. Eiligst durchwühlt sie ihre Handtasche nach ihrem Smartphone, kein Signal. Die Sicherung, sie muss in den Keller, die Sicherung wieder eindrehen. Sie blickt zu den Beiden herüber, sieht, wie Marie Ruth an die Wand drängt. Marleen schließt für einen Moment die Augen, bevor sie auf die beiden zurennt.

Marie drängt Ruth an die Wand. Ruth fasst den Revolver mit beiden Händen und zielt auf Maries Bauch, diese schleudert Ruths Arme an die Wand. Laut aufbrüllend federt Ruth zurück und schlägt Marie mit aller Kraft die 38er an die Schläfe. Marie taumelt zurück und stürzt mit dem Kopf gegen die Buddha-Skulptur die sie so bewundernd registriert hat, als sie in das Haus kam. Es ist das Letzte, was sie sieht, den mächtigen Bauch des Buddhas.

Wie vom Donner gerührt schreit Marleen auf. „Bist du wahnsinnig geworden? Was hast du gemacht? Du bist …“ Marleen sucht nach dem passenden Wort, aber keins will ihr einfallen. „Was, um Himmels Willen, geht in deinem Kopf vor?“ Marleen ist außer sich. Fieberhaft überlegt sie, was sie jetzt unternehmen soll. Sie verdammt die große Leere, die in ihrem Kopf herrscht und zu allem Überfluss bekommt sie einen Heulkrampf. Sie kann ihn nicht kontrollieren und fällt wie haltlos auf die Knie, ihr Körper wiegt sich mechanisch hin und her.

Ruth schnaubt vor Anspannung. „Reiß dich zusammen, Marleen. Ist doch genial. Weißt du eigentlich, was passiert wäre, wenn auch nur einer von den beiden lebend den Raum verlassen hätte?"

Marleen erkennt ihre Freundin nicht wieder. Wie eine Guerillakämpferin stolziert Ruth auf und ab und klemmt sich lässig die 38er in den Hosenbund.

„Weißt du eigentlich, dass ich unseren Arsch gerettet habe? Hysterisch lacht sie auf. „Weißt du eigentlich, dass ich nahe dran war, einen Killer zu engagieren, damit er Marie aus dem Weg schafft? Gott sei Dank habe ich das Geld gespart. Und wie man sieht, habe ich es auch ganz alleine geschafft. Ich. Ich, Ruth, ich schaffe alles." Triumphierend blickt sie auf die von Weinkrämpfen geschüttelte Marleen herunter. „Allerdings frage ich mich die ganze Zeit, wer es war, der Marie überfallen hat. Ein Zufall war das bestimmt nicht. „

Marleen kann Ruths Abgebrühtheit nicht länger ertragen, hält sich die Ohren zu und schreit: „Aufhören, hör auf!" Ruth blickt in Marleens flehendes und vor Scham und Selbstverachtung zerknittertes Gesicht. „Oh nein, Marleen, erzähl mir nicht, dass du … das glaube ich nicht, das hätte ich dir nicht zugetraut. Also, jetzt mal im ernst …" Marleen brüllt sie an: „Ja, ich habe einen Killer engagiert und ich schäme mich dafür. Ich bin froh, dass er es nicht geschafft hat, denn sonst …" Rasend vor Verzweiflung springt sie auf Ruth zu und reißt sie zu Boden. „Aber du, du bist eine Mörderin. Lügnerin." Wie von Sinnen schlägt sie auf Ruth ein. Ruth versetzt ihr einen derben Schlag in die Magenkuhle und Marleen bleibt die Luft weg.

Keuchend liegen sie nebeneinander auf den Boden. Nachdem sich Ruth wieder einigermaßen beruhigt hat, sagt sie mühevoll: „Es tut mir leid, Marleen. Ich wollte das alles nicht, aber … glaube mir, wenn es damals anders gelaufen wäre …“

„Was dann?“ Marleen quält sich auf die Knie. Sie ist sportlich, aber das ist zuviel. Sie setzt einen Fuß vor den anderen, bis sie bei der leblosen Marie angekommen ist. Ein kleines Rinnsal Blut sickert an deren Schläfe entlang. Mechanisch tastet Marleen nach dem Puls an der Halsschlagader. Sie kann es nicht glauben und fühlt noch einmal. „Sie lebt. Gott sei Dank. Ruth, komm, hilf mir, wir müssen sie …“

„Nein. Wir werden nichts tun“, sagt Ruth hektisch. „Überlege doch mal. Wenn sie überlebt, dann sind wir am Arsch.“

Marleen lässt sich nicht beirren, rennt ins Bad und kommt mit dem Erste-Hilfe-Kasten zurück. Sie kniet sich neben Marie und fängt an, die Kopfwunde zu versorgen. Ihr ist überdeutlich bewusst, was geschehen wird, wenn Marie überlebt. Aber zum ersten Mal ist es ihr ganz und gar nicht gleichgültig. Es sind genug Menschen gestorben, und für was? Für nichts. Für eine dumme, naive und törichte Entscheidung, die sie vor acht Jahren traf. Nur sie allein ist für all das hier verantwortlich. Aber eins will sie noch wissen. Ohne sich zu Ruth umzudrehen, fragt sie: „Warum, Ruth? Warum hast du Ralf umgebracht?" Als sie keine Antwort erhält, wendet sie sich um.

Ruth hat sich in eine Sofaecke verkrochen, zusammengekauert starrt sie mit leeren Blick auf Marleen, die 38er liegt zu ihren Füßen auf dem Boden. „Was sagtest du?"

„Ich habe dich gefragt, warum du Ralf getötet hast." Marleens Stimme bekommt einen harten Beiklang, und ihr Blick wird kalt. Ruth wendet sich ab und monoton antwortet sie: „Er hat mich so oft betrogen, und mich immer unter Druck gesetzt, cool zu sein. Ich durfte nie auch nur eine Schwäche zeigen, denn wenn ich es tat, hat er gleich mit einer Anderen herumgemacht. Ich habe es ertragen, weil ich ihn so geliebt habe. Er war doch so wie ich!"

Durch tränenverschleierte Augen blickt sie Marleen an. „Weißt du, was er immer zu mir gesagt hat? ‚Baby, ohne mich bist du ein Nichts, denn nur ich habe die geilsten Ideen.'" Sie schluchzt auf. „Aber das stimmte doch nicht. Ich war es doch, die ihn immer unterstützt hat, ich habe ihm doch immer auf die Sprünge geholfen, er hat meine Ideen geklaut und sie für sich verwendet, und ich habe nie etwas gesagt. Wir waren doch ein Team." Sie wischt sich mit dem Handrücken die triefende Nase. „Er hat mir vor der Abi-Party gedroht, dass er mich verlässt, wenn ich ihm nicht mehr Freiraum gebe und er an dem Abend der Party nicht machen könne, was er wollte. Aber das konnte ich doch nicht zulassen. Oder?" Ruth verstummt. Langsam tastet sie sich an der Lehne hoch, um ihren schmerzenden Körper aufzurichten. „Als ich an dem Abend noch einmal an den See zurückkam, habe ich ihn unten am Strand sitzen sehen. Erst freute ich mich, dass er, unfassbar, noch am Leben ist. Doch dann war ich irgendwie enttäuscht, denn ich wusste, er würde mich verlassen und mit einer Anderen zusammensein, das konnte ich nicht ertragen. Als er mich dann noch anschrie, dass ich verschwinden solle, griff ich mir einen Stein und schlug zu." Nach einer für Marleen grauenvollen Pause fügt sie hinzu: „Er hatte recht. Ich bin ein Nichts ohne ihn."

Marleen fühlt sich hin und hergerissen zwischen Verabscheuung und Betroffenheit. Warum hat sie es nie gesehen? Warum hat sie sich nie dafür interessiert, wie es Ruth ging? Mitleid mit Ruth, die so zerstört vor ihr sitzt, steigt in ihr auf. Mit einem Mal wird ihr das ganze Ausmaß der Dinge bewusst und sie schwört sich, dass wenn sie noch einmal eine Chance im Leben bekommt, wird sie es besser machen. Doch jetzt widersteht sie dem Impuls, Ruth tröstend zu umarmen. Sie braucht selbst Trost.

„Es ist besser, du gehst jetzt, bevor ich den Notarzt und die Polizei rufe. Geh, Ruth, so lange du noch kannst. Geh. Ich werde versuchen, sie so lange es möglich ist, aufzuhalten."

„Nein. Wir werden die Sache gemeinsam zu Ende bringen", erwidert Ruth erstaunt und entschlossen zugleich. Sie hebt die 38er vom Boden auf und richtet sie auf Marleen. „Ich habe nichts mehr zu verlieren, aber vielleicht gewinne ich ja etwas. Und du, Marleen, kannst dann auch davon profitieren."

„Du bist krank." Es ist keine Vorahnung, die Marleen beschleicht. Es ist pure Angst.

„Ja, vielleicht. Aber jetzt mach, was ich dir sage, oder du wirst deinen Sohn niemals wieder sehen."

VIERUNDVIERZIG

Der Regen peitscht ihnen ins Gesicht und der Sturm verschluckt jedes Geräusch, als sie Marie zu ihrem alten Auto tragen. Umständlich verfrachten sie den leblosen Körper auf dem Beifahrersitz. Im Fond sitzt Klaus Leiche, kunstvoll mit den Gurten in aufrechter Position gehalten. Es ist ein grotesker Anblick, als würde er darauf warten, von seinem Chauffeur ins Kino gefahren zu werden. Verzweifelt versucht Marleen, Ruth von ihrem Vorhaben abzubringen.

„Das können wir nicht machen. Sie lebt noch. Ruth, lass uns damit aufhören. Ich bitte dich inständig."

Ruth hält Marleen die 38er an die Stirn. „Nein. Wir bringen das jetzt zu Ende."

„Es wird nicht funktionieren. Bitte nimm die Waffe runter." Marleen legt sanft ihre Hand auf Ruths Unterarm, um die Waffe herunterzudrücken. Erschreckend kaltblütig spannt Ruth den Hahn des Revolvers. „Ich warne dich, Marleen. Ich bringe dich um. Bei Gott, ich bringe dich um."

Marleen lässt die Hand sinken und schluckt durch ihre trockene Kehle. „Ruth, bitte, es ist noch nicht zu spät", krächzt sie.

Ruth ignoriert Marleens Flehen. „Los jetzt, steig ein. Wir machen es so, wie ich es dir gesagt habe."

Marleen steuert Maries alten Golf durch die aufgeweichten Schlaglöcher in Richtung Steilhang. Ruth hat sich auf den Rücksitz neben Klaus gezwängt und zielt mit der 38er auf ihren Hinterkopf. Der Weg ist kaum zu erkennen, und vor Marleen tanzen die Scheinwerfer wild auf und ab, als der Wagen über die vom Sturm abgerissenen Äste holpert. Als Marleen in ein tiefes Schlagloch kracht, stöhnt Marie leise auf. Panisch blickt Marleen auf die hin und hergerüttelte Verletzte, deren Kopf bedrohlich nach vorn schwankt. Reflexartig hält sie schützend ihre Hand vor Marie. ‚Gott, bitte, lass sie nicht aufwachen, noch nicht. Bitte', denkt sie.

„Hey, pass ein bisschen besser auf. Sonst bricht die Schrottkarre noch zusammen, bevor sie ihr endgültiges Grab gefunden hat. Marleen, du weißt noch, was ich dir gesagt habe. Einen Stein auf das Gaspedal und dann geht sie ab die wilde Luzie. Ich verspreche dir, ich komme anschließend mit dir nach Hause und dann räumen wir deine Bude wieder auf. Versprochen."

Marleen beobachtet sie im Rückspiegel. Ruth hat völlig den Verstand verloren. Sie versucht, ihre Gedanken zu ordnen und bemüht sich, die immer wieder aufsteigende Panik zu unterdrücken. ‚Mach es nur einmal richtig. Nur ein einziges Mal.'

FÜNFUNDVIERZIG

Michael fühlt sich fiebrig. Sein Atem ist heiß und sein Mund trocken. Er verflucht den Tag, an dem er geboren wurde, er verflucht sich, er verflucht Klaus, er verflucht den Rest der Welt. Michael ist am Ende seiner Kräfte. Zum wiederholten Mal wischt er mit seinem Ärmel über die beschlagenen Scheiben. ‚Nicht durchdrehen alter Junge, nur nicht durchdrehen,' redet er sich ein. Er lehnt sich zurück, beißt die Zähne aufeinander und tritt gegen die Windschutzscheibe. In diesem Moment sieht er Scheinwerfer auf sich zukommen. Hektisch nestelt er die Taschenlampe aus dem Handschuhfach. ‚Gott sei Dank,' denkt er und seine Stimmung steigt jäh an. Er richtet die Taschenlampe auf das herannahende Auto, das mit hoher Geschwindigkeit an ihm vorbeirast. Er schmettert die Taschenlampe auf den Rücksitz. „Idiot", schreit er. Er schließt für einen Moment die Augen.

Das war Marleen. Seine Frau saß da am Steuer, er ist sich absolut sicher. Michael tritt nochmals mit voller Wucht gegen die Windschutzscheibe. Noch einmal und noch einmal, bis sie endlich in scheinbar tausende Splitter zerspringt. Er klettert heraus, und Regen und Sturm hauchen ihm neue Energie ein. Hart stolpert er zu Boden, rappelt sich wieder auf und rennt schreiend hinter dem Golf her. Er stolpert wieder, und noch während er fällt, kann er das Geräusch seines brechenden Knöchels hören. Das Adrenalin verdrängt den Schmerz und er humpelt weiter, dem Wagen hinterher. Marleen saß darin, am Steuer.

Als sie am Steilufer ankommen, breitet sich in Marleen eine unnatürliche Ruhe aus. Gemeinsam bugsieren sie Marie auf den Fahrersitz. „Such einen Stein, schön groß muss er sein." Ruth lacht kurz auf. „Ja, schön groß, und komm mir nicht auf dumme Gedanken, zum Beispiel darauf, abzuhauen." Ohne ein Wort zu erwidern, verschwindet Marleen in die pechschwarze Nacht.

„So, Jungs und Mädels, das war's. Eine tolle Vorstellung habt ihr beide ja heute abgegeben." Sie zwinkert Klaus zu. „Du dachtest wohl, du könntest mich über den Tisch ziehen, ha, da musst du schon früher aufstehen." Sie streicht ihm das blutverschmierte Hemd zurecht. „Mach's gut, mein Lieber." Sie knallt die Tür zu. Dann wischt sie mit einem alten Lappen, den sie im Wagen gefunden hat, über die Tür, wandert langsam zur Fahrerseite und setzt sich neben Marie. „Und du, meine Kleine, nun weißt du es. Und, hat es sich gelohnt, die Wahrheit zu erfahren? Nun, wie man sieht, glaube ich nicht." Sie streicht über Maries Haar und fast liebvoll sagt sie: „Es ist eine Schande, dass du sterben musst, aber du musst. Das verstehst du doch sicher." Sie wischt über das Lenkrad und das Armaturenbrett, und sie ist so damit beschäftigt, dass sie nicht bemerkt, wie Marleen dicht hinter sie getreten ist, in den Händen einen großen runden Stein haltend. Er ist schwer, und seine Rundung legt sich angenehm auf ihre kalte Haut. Marleen beobachtet jeden Handgriff Ruths. Sie wartet ab. Sie wartet auf ihren Moment. Dann hebt sie den Stein an, der Regen rinnt ihr in die Augenwinkel.

„Mein Gott, das hat ja eine Ewigkeit gedauert." Ruth wendet sich zu ihr um, die 38er auf Marleen gerichtet.

Ruth klemmt das Gaspedal mit dem Stein fest und legt den ersten Gang ein. Mit aufjaulendem Motor rast der Wagen über die Klippe und Sekunden später versinkt er im nachtschwarzen, aufgewühlten Wasser des Sees.

„So einfach kommst du nicht davon." Noch bevor Ruth reagieren kann, springt Marleen von der Klippe ins Wasser.

SECHSUNDVIERZIG

Völlig außer Atem kommt Michael am Steilufer an. Er kann den Wagen nicht entdecken, nur Ruths Silhouette erhebt sich über dem Steilufer, sie schreit Marleens Namen. Er will lossprinten, doch sein lädierter Knöchel erlaubt es ihm nicht, denn der Schmerz ist unerträglich geworden. Er zieht das Bein nach, es geht ihm viel zu langsam, und schon von Weitem brüllt er los: „Ruth, was ist hier los? Wo ist Marleen?"

Ruth wirbelt erschrocken herum. „Michael, bist du denn des Wahnsinns? Was machst du hier? Seid ihr alle bekloppt?“

„Wo ist Marleen?“ Michael blickt in ihr verzerrtes Gesicht und bemerkt entsetzt die blutigen Flecken auf ihrer Kleidung. Er packt sie an den Armen und schüttelt sie. „Wo ist Marleen, was ist passiert? Ruth, reiß dich zusammen.“ Sie zittert am ganzen Körper und deutet auf den See. „Deine Frau, Marleen, sie ist völlig durchgedreht. Sie ging plötzlich mit den Messer auf uns los,“ ungestüm schreit sie auf. „Sie hat Marie bei sich, sie wird sie umbringen. Du musst hinterher. Sie ist einfach gesprungen, ich konnte sie nicht aufhalten. Spring, Michael, spring.“

Er fragt nicht länger und setzt zum Sprung an. Er spürt noch den Stoß im Rücken, als er unkontrolliert kopfüber den Abhang hinunter rollt. Er greift wild um sich, seine Hände suchen verzweifelt nach etwas, woran er sich festhalten kann. Er spürt Zweige in seinen Händen und greift zu. Schroff wird sein Fall gestoppt. Er klammert sich noch fester an die Zweige, und versucht, Boden unter die Füße zu bekommen. Dann hat er es geschafft. Sein Herz schlägt wie wild und das Rauschen seines Blutes gleicht dem Donnern von Stromschnellen. Sein Knöchel brennt wie Feuer. Doch er lebt. Langsam, Schritt für Schritt, und ächzend vor Schmerz, zieht er sich den Abhang hoch.

SIEBENUNDVIERZIG

Der Aufprall des Wagens ist hart. Marie schlägt mit der Stirn gegen das Armaturenbrett. Nur die Kälte des eindringenden Wassers lässt sie aus ihrer Ohnmacht erwachen. Völlig verwirrt versucht sie, sich zu orientieren. Es fällt ihr schwer, ihr Kopf schmerzt und sie bekommt kaum Luft. Langsam gleitet der Wagen im gespenstischen Licht seiner Scheinwerfer immer tiefer auf den Seegrund zu. Marie braucht ein paar Sekunden, bis sie begreift, wo sie sich befindet. Das Wasser im Wagen steigt immer höher. Voller Panik versucht sie, sich aus den Gurten zu befreien, wie wild strampelt sie, zerrt am Türgriff, um diese zu öffnen. Es gelingt ihr nicht, und sie rutscht zur Beifahrerseite, rüttelt und hämmert. Nichts bewegt sich. Sie versucht, das Fenster herunter zu kurbeln, sie zerrt und reißt, bis die Kurbel abbricht und nutzlos in ihrer Hand liegt. Entkräftet schließt sie einen Moment lang die Augen. Das Wasser schwappt über Marie, sie hält den Atem an, dreht sich um und erstarrt, als Klaus auf sie zu schwebt. Sie schreit auf und Wasser dringt in ihre Lungen. Mit aller Macht schiebt sie Klaus zur Seite, um aus der Hintertür zu entkommen, doch sein Körper ist zu lang und versperrt ihr den Weg. Ihr geht der Atem aus. Sie kann sich nicht bewegen. Sie will atmen, öffnet ihren Mund damit lebensspendende Luft zu ihr dringen kann, doch noch mehr Wasser dringt in ihre Kehle. Ein Gefühl von unendlicher Freiheit und Geborgenheit berauscht ihren Geist, als sie immer tiefer in das nasse, dunkle Grab hinabsinkt. Sie spürt einen heftigen Schmerz in ihren Lungen. Es ist, als würden sie gleich zerspringen.

Wie ein Blitz schießt es durch ihr Gehirn. ‚Kämpfe um dein Leben, Marie. Kämpfe, du musst leben, Marie.

Soll denn alles umsonst gewesen sein? Leben, Marie, du musst leben. Was wird aus Marleen und Ruth, wenn du jetzt aufgibst? Soll denn alles vergeblich gewesen sein? All das Leid, der Druck, die Ängste und das Schamgefühl. Jetzt, wo du weißt, wie es wirklich war, darf es nicht vergeblich gewesen sein. Nein, nein, das darf es nicht.‘ Marie reißt die Augen auf, um sie breitet sich nur unendliches Schwarz aus. Ihre Furcht ist groß, doch sie entscheidet sich für das Leben.

Ja, sie will ein neues Leben beginnen. Sie will es mit aller Macht. Doch sie kann sich nicht mehr bewegen.

Sie ist tot. Sie muss tot sein, denn vor ihr schwebt Marleens Gesicht. Sie sieht schön wie ein Engel aus. Ihre Haare umspielen lieblich ihr Antlitz. Aber warum blickt sie sie so ängstlich und aufgeregt an? Warum reißt sie an der Tür und umfasst ihren Arm so hart? Es tut weh. ‚Aber wenn ich etwas spüre, bin ich dann tot?‘

Nach Luft schnappend kommt Marleen an die Oberfläche geschossen. Ihr Atem geht schwer und hektisch.

Angetrieben von Adrenalin und Verzweiflung schwimmt sie dem Ufer entgegen. Immer wieder gleitet Marie aus ihrem Griff. „Komm schon, ruhig bleiben, eins, zwei, drei und weiter." Das Ufer scheint nicht einen Zentimeter näher zu rücken. Maries lebloser Körper hängt schwer in ihren Arm, und Marleen sammelt alle Kraft zusammen, um weiter zu schwimmen. Sie darf nicht loslassen, sie muss Marie retten, sie muss.

Als sie Boden unter ihren Füßen spürt, schießen unvermittelt Tränen der Erleichterung in ihre Augen. Sie zieht Marie mit allerletzter Kraft ans Ufer, bevor sie zusammenbricht. Schwer atmend liegt sie regungslos da und starrt in den düsteren Himmel. Sie lässt sich auf die Seite rollen und blickt auf Marie. Marleen atmet kräftig durch und beginnt, so wie sie es damals bei der DLRG gelernt hat, mit der Wiederbelebung. Ganz konzentriert und ruhig drückt sie mit beiden Händen auf Maries Brustkorb, hält ihr abwechselnd die Nase zu und haucht ihren Atem in Maries Lungen. Das macht sie so lange, bis ein Rinnsal Wasser aus Maries Mund fließt und sie sich hustend und nach Luft schnappend zusammenkrümmt. Grenzenlose Erleichterung macht sich in Marleen breit und erst jetzt spürt sie, wie sie vor Anspannung am ganzen Körper bebt.

„Bist du okay?" Sie schaut Marie an, die verstört zu ihr aufblickt. Marleen versucht ein Lächeln. „Du lebst, alles ist gut. Wie viele Finger siehst du?" Marleen hält drei Finger hoch.

„Ich weiß nicht, ich … drei?" ‚Sie steht unter Schock,' denkt Marleen, ‚aber jetzt ist keine Zeit, um sich darum zu kümmern. Das muss warten, wir müssen so schnell es geht, von hier weg.‘ Sie nimmt Marie an die Hand. „Kannst du aufstehen und laufen?“

Abwesend nickt Marie.

Marleen zieht sie den Abhang hinauf. Immer wieder bleibt Marie, von einem Hustenanfall gebeutelt, stehen. „Komm schon, Marie. Wir müssen uns beeilen.“

„Ich kann nicht mehr. Lass mich hier sitzen.“

„Nein. Ich lass dich nicht zurück. Steh auf. Los, mach schon.“ Sie zerrt Marie weiter hinter sich her, den Hang hinauf. Oben angekommen, brechen die beiden völlig erschöpft zusammen.

Das Adrenalin in Marleens Blut arbeitet auf Hochtouren, und ihr Verstand ist klar. In geduckter Haltung spät sie vorsichtig in alle Richtungen. Regen und Sturm haben zwar nachgelassen, aber es ist stockdunkel. Wo ist sie? Wo, verdammt noch mal, ist Ruth?

„Ist sie tot?“

Marleen dreht sich abrupt zu Marie um. „Wen meinst du?“

„Ruth natürlich, ist sie tot?“

„Nein.“ Die kategorische Antwort bewirkt, dass beide sich noch enger an den Rand des Steilhanges kauern.

„Danke, Marleen. Danke, dass du mir das Leben gerettet hast. Ich hätte das nicht von dir gedacht, nach allem, was passiert ist“, flüstert Marie.

„Schon gut. Ich glaube, ich habe etwas dazu gelernt. Auch wenn es ein wenig spät dafür ist. So, und nun komm, wir gehen nach Hause.“ Vorsichtig späht sie über den Rand des Steilhanges.

„Marleen, Marleen, du versaust alles.“

Marleen blickt hoch, und was sich vor ihr abspielt, verschlägt ihr den Atem. Hoch vor ihr aufgerichtet steht Ruth und hat die 38er auf Michael gerichtet.

Ruth delegiert die beiden hoch auf den Weg, während sie gleichzeitig Michael mit nach hinten gedrehten Arm in Schach hält. Abwechselnd richtet sie den Revolver auf ihn und auf Marie und Marleen. „Ihr glaubt wohl, dass ihr so einfach verschwinden könnt. Nein, nein, nicht mit mir.“

„Ruth, es ist alles gut, beruhige dich. Lass Michael los und wir können reden.“ Marleen versucht krampfhaft, Ruth zu beruhigen, denn trotz der Dunkelheit erkennt sie den auflodernden Wahnsinn in Ruths Augen. Ruth fuchtelt wild mit dem Revolver um sich und stoßt Michael zu Marleen herüber.

„Nein, meine Liebe, es ist aus und vorbei. Wir werden alle sterben. Hörst du, alle. Und du bist schuld. Nur du!“

Marie hört genau zu und achtet darauf, wann Ruths Konzentration sich nur auf Marleen richtet. Endlich ist es soweit und sie bewegt sich achtsam aus ihrem Blickfeld. ‚Immer kleine Schritte machen,‘ denkt sie, ‚ganz ruhig.‘ ‚Und dann? Willst du weglaufen?‘ Als wäre sie aus einem endlos langen Traum erwacht, schreit sie los: „Nein!“

Mit unbändiger Wut und einem animalischen Schrei stürzt sie voran. Sie spürt nichts außer dieser Wut in sich, als ihr Körper mit voller Wucht auf Ruth prallt.

Der Angriff ist so überraschend, dass Ruth keine Zeit hat, zu reagieren. Wie ein Mehlsack bricht sie zusammen. Die 38er fliegt im hohen Bogen über den Steil hang. Marie liegt schwer auf Ruth und ballt ihre Faust, aber mitten in der Bewegung hält sie inne. „Du bist es nicht wert.“ Langsam erhebt sich Marie von der jammernden und nach Luft schnappenden Ruth. Angewidert wendet sie sich ab und geht langsam weg, ihre Schritte werden immer schneller, bis sie rennt. Marleens nach ihr flehende Rufe treiben sie immer weiter voran.

ACHTUNDVIERZIG

Die Sonne hat es endlich geschafft sich gegen den grauen Himmel durchzusetzen. Es ist Sonntagnachmittag und die Tische vor dem Café ROSA sind allesamt besetzt. ‚Macht nichts,‘ denkt Marie, ‚drinnen ist es sowieso viel gemütlicher.‘

Tanja traut ihren Augen nicht, als sie Marie entdeckt, wie sie grazil in einem roten Sommerkleid, das schmeichelnd ihre Figur umspielt, auf sie zukommt. Doch die größte Überraschung ist das kurz geschnittene Haar, das Marie ein freches Aussehen verleiht.

„Wow, ich bin platt. Entschuldigung, wie ist Ihr Name?“ Tanja und Marie fallen sich lachend in die Arme.

Entspannt lässt sich Marie auf das weiche Sofa sinken. Vor ihr auf dem Tisch steht ein Teller mit einem Stück der von Jan gebackenen Erdbeertorte mit einer extra

Portion Schlagsahne, nur für sie. Marie schiebt sich genüsslich eine Gabel davon in den Mund.

„Ein Traum. Wie lecker die ist." Sie sieht Tanja schelmisch an. „Magst du auch mal probieren?"

„Nein danke, ich nehme schon beim Hinsehen zu." Tanja ist glücklich. Vor fast drei Wochen haben sie genau hier an diesem Tisch gesessen und da sah die Welt alles andere als rosig aus. „Was wird aus den beiden, Ruth und Marleen?"

„Ich habe keine Ahnung. Die Polizei wird sich darum kümmern. Das Einzige, was ich weiß, ist, dass Michael vorerst ausgezogen ist. Marleen rief mich gestern unter Tränen an." Marie schweigt kurz. „Ich habe ihr gesagt, dass ich nichts mehr mit ihr zu tun haben will. Sie soll mich in Ruhe lassen. Tja, und Ruth hat man sofort eingewiesen."

„Richtig so. Ich bin froh, dass es dir wieder gut geht. Was für eine Geschichte. Unglaublich. Und du hast wirklich ‚Ich scheiß drauf' gesagt, als Marleen sich entschuldigte? ‚Ich scheiß drauf'?" Marie und Tanja sehen sich an und lachen prustend los. „Ja, schlimm, nicht wahr?"

„Ja, das passt gar nicht zu dir. Aber die selbstbewusste Ausstrahlung, die du jetzt hast, die passt zu dir."

Marie wartet darauf, dass ihr nach diesem Kompliment Röte ins Gesicht steigt. Doch nichts passiert. Völlig übermütig nimmt sie Tanja in die Arme. Es fühlt sich so gut an, angekommen zu sein. „Danke, Tanja. Ohne dich hätte ich das nicht durchgestanden. Jetzt kann ich endlich meinen Eltern in die Augen sehen und ihnen alles erzählen. Danke, danke."

„Immer gerne." Die beiden blicken sich lange an. „Oh, jetzt bloß nicht sentimental werden. Marie, sieh nur, was du mit mir machst. Ich heule."

Es ist spät geworden. Sie haben noch ein wenig mit Jan und Alex Maries neues Leben gefeiert. Mit einem zufriedenen Lächeln schlendert Marie durch die Straßen. Sie atmet die milde Luft ein, die nach Stadt, nach Abenteuer und nach Leben riecht.

Sie muss noch etwas erledigen. Zielstrebig setzt sie ihren Weg fort. Ihr Gang wird immer schneller, bis sie schließlich rennt. Völlig außer Atem kommt sie um die Ecke und ist erleichtert, als sie die Obdachlose auf ihrem angestammten Platz erblickt. Sie verlangsamt ihren Schritt, die Obdachlose blickt auf und als sie Marie erkennt, wendet sie ihren Blick wieder ab. „Hallo, ich heiße Marie." Marie streckt der Frau ihre Hand entgegen. Die Obdachlose schielt zu Marie hinauf. „Sophia." Ihre Stimme klingt leise und krächzend. „Mein Name ist Sophia Blum."

„Das ist ein schöner Name, darf ich mich zu Ihnen setzen, Sophia?"

Unsicher deutet Sophia auf den Bürgersteig, als Marie sich setzen will. „Halt, warten Sie." Sie kramt ein paar alte Zeitungen aus ihren Plastiktüten hervor und breitet sie fein säuberlich auf dem Bürgersteig aus. „Sie beschmutzen sonst Ihre Kleidung."

„Danke." Marie setzt sich auf die Zeitungen und blickt in Sophias von Gram und Leid gezeichnetes Gesicht. „Wie geht Ihre Geschichte, Sophia?", fragt sie sanft.

Sophia schaut sie mit seelenwunden Augen an. „Das wollen Sie gar nicht wissen. So etwas Schreckliches gibt es nur einmal auf der Welt. Das glauben Sie mir doch nicht.“ Ihre Stimme hat einen kratzigen Ton und doch etwas Mildes an sich.

Marie blickt sie aufmunternd an. „Versuchen Sie es doch einmal. Vielleicht glaube ich Ihnen Ihre Geschichte ja doch.“

Sophia verzieht für einen Moment die Lippen zu einem jammervollen Lächeln. „Haben Sie Zeit? Denn diese Geschichte zu erzählen, dauert lange.“

„Ja, kein Problem. Also, fangen Sie an, ich bin gespannt.“

„Nun, ich war jung und hatte gerade meinen ersten richtigen Job als Architektin. Wissen Sie, eine richtige Anstellung, mit einem guten Gehalt und so. Nun, ich verdiente Geld und ich wollte endlich mal einen besonderen Urlaub machen. Ich reiste nach Südafrika.“ Sophia seufzt tief aus dem Herzen heraus und blickt zum Sternenhimmel. „Dort lernte ich auf einer Safari einen Mann kennen. Robert. Robert war ein junger Chirurg und …“

Die beiden sitzen noch lange da und Marie hört gebannt zu.

Liebe Leser,

ich hoffe, Ihnen hat das Buch gefallen. Ich würde mich sehr freuen, wenn sie eine kleine Rezension bei Amazon schreiben würden oder mir persönlich eine Mail zukommen lassen.

Vielen Dank,
Marion Krafzik

info@marionkrafzik.de

Printed in Great Britain
by Amazon

47256637R00163